雨降る森の犬

馳　星周

集英社文庫

雨降る森の犬

1

「あの家だ。覚えているか?」

運転席でステアリングを握る伯父が言った。広末雨音《ひろすえあまね》は額に手をかざして目を凝らした。

三月下旬の蓼科高原《たてしな》はまだ雪に閉ざされている。その雪が冬晴れの陽光を反射して目が痛いほどだった。

女神湖《めがみこ》を通り過ぎた四駆の車は除雪された坂道を登っている。正面に聳《そび》えているのは蓼科山。伯父——乾道夫《いぬいみちお》の家が緩やかなカーブの先に建っていた。

三年がかりで自分だけで建てたというその家は、記憶にあるままの無骨なログハウスだった。

「覚えてます」

雨音は答えた。最後に訪れたのは五年前だ。家はまだ真新しい木材の匂いで満ち溢《あふ》れていた。雨音は九歳で、道夫が飼っている犬と遊ぶのが楽しみでならなかった。父の俊《とし》弥《や》も生きていたし、母の妙子《たえこ》もなんの変哲もない主婦として日々を過ごしていた。

カーブの出口で車が横に滑った。雨音はシートベルトをきつく握った。道夫はなにごともなかったかのように運転を続けている。ダッシュボードのデジタル気温計はマイナス五度になっていた。

「三月も終わりなのにマイナス五度？」

「今朝は放射冷却が効いてかなり凍《し》みたからなあ」

信州の方言も懐かしい。凍みるというのは冷えるという意味だ。ログハウスを目にし、方言を耳にした途端、記憶が溢れかえった。その大半は、マリアとのものだ。スイスが原産のバーニーズ・マウンテン・ドッグ。体重四十キロを超える大型犬で、体の大半が黒で、顔や胸、足先に白と茶色の毛が交じるトライカラー。人懐っこくて優しくて、雨音はマリアに体を押しつけて過ごすのが好きだった。

そのマリアももういない。四年前、父が胃癌《いがん》で亡くなった直後にマリアも他界した。雨音が十歳になる直前だったはずだ。父を喪《うしな》った悲しみに暮れているうちに、マリアが死んだことも意識から消えていってしまった。

「マリアはもういないんですよね」

「代わりにというわけじゃないが、ワルテルがいる」

道夫が言った。マリアがいなくなってしばらくしてから、また、同じ犬種を飼いはじめたのだ。マリアと違って、今度は牡《おす》だと聞いていた。

「ワルテルって変な名前」

「ワルテル・ボナッティという有名な登山家がいるんだ。イタリア人だけどね。そのボナッティから名前をもらった」

道夫は山岳写真家だった。八《やつ》ケ《が》岳《たけ》はもちろん、北アルプスや南アルプスに登り、写真を撮る。若い頃には海外の山にも頻繁に登っていたそうだ。

「マリアみたいに優しい子？」

雨音の問いに、道夫が苦笑した。

「それはどうかな。ワルテルはかなり個性的なやつだ」

車が減速した。道夫がウィンカーレバーを倒し、ステアリングを回す。車は道夫の家の広い敷地に入った。

土地は千坪と聞いた記憶があった。山の斜面の一画を道夫が知人から買ったはずだ。建坪五十坪のログハウスは敷地の端にちょこんと建っていて、車のために設けられた砂利道と駐車スペース以外は手つかずの森のようになっている。

記憶にあるより、木々の背が高くなっているような気がした。

ログハウスから犬の吠《ほ》え声が聞こえてきた。ワルテルのものだろうか。マリアの吠える声は低く、威厳があった。ワルテルのそれは少し甲高《かんだか》く、どこか子供っぽい響きを伴っている。

ログハウスの前で車が停まった。道夫が降り、車の背後に回った。荷室には、雨音の持ってきたスーツケースがふたつ、積んである。その他の荷物は引っ越し業者が昨日、運び込んでくれたはずだ。

道夫が両手にスーツケースをぶら下げた。痩せているが、登山で鍛えた体はがっしりしている。

「ドアを開けてくれるかい？」

道夫に促され、雨音はドアノブに手をかけた。ワルテルの吠え声はやんでいた。代わりに、甘えて鼻を鳴らすような音が聞こえてくる。

ドアを開けた。マリアよりひとまわり小さなバーニーズ・マウンテン・ドッグが尻尾を振りながら飛び跳ねていた。

「ワルテル？」

雨音が声を発した瞬間、ワルテルは動きを止めた。道夫の帰りを待ち侘《わ》びていたという甘えるような眼差《まなざ》しがきついそれに変わり、体を低くして雨音を睨《にら》み、唸《うな》った。

雨音は凍りついた。

マリアならこんなことは絶対にしない。バーニーズは穏やかな犬種のはずだ。なのに、目の前のワルテルは明らかに自分を攻撃しようとしている。

「ワルテル、新しい家族だ」

肩越しに道夫の声が飛んできた。途端に、ワルテルは雨音に対する敵意を引っ込め、激しく尻尾を振りはじめた。

「相変わらず男尊女卑な男だな、おまえは」

道夫はふたつのスーツケースを置くと、ワルテルの頭を撫《な》でた。

「少し疲れただろう。コーヒー淹《い》れるけど、飲むか？　もらいものだけど、シフォンケーキもある」

「いただきます」

雨音はワルテルに注意を払いながら、道夫に続いて靴を脱いだ。すると、ワルテルが吠えはじめた。家に入れまいとするみたいに雨音の前に立ちはだかっている。

「いい加減にしろ、ワルテル」

道夫が叱咤《しった》すると、ワルテルはくるりと向きを変え、家の奥に向かっていった。

「噛《か》んだりはしない。ただ、この家に来る女性には厳しいんだ、あいつは」

「男尊女卑だから？」

「そう。とんでもない男尊女卑の犬なんだよ。なぜそうなったかはわからんがな」

廊下を進み、居間に入った。ワルテルはソファの上で寝そべっていた。道夫には尻尾を振るが、目で雨音の動きを追っている。

道夫が嚙まないと言ったのだから、嚙まない。頭ではわかっているが、なんだか落ち着かなかった。

「今、コーヒー淹れてくるから、適当に座ってて」

道夫がキッチンに消えた。ワルテルが尻尾を振るのをやめた。大きな目でじっと雨音を見つめている。

ソファには近寄りがたく、雨音はダイニングテーブルの椅子を引いて座った。首を巡らせて四方の壁に目をやる。外見と同じように素っ気ない内装だった。

ワルテルがソファから降りた。流れるような足取りで近づいてくる。雨音は太股《ふともも》の上に乗せた両手を握った。

ワルテルが足もとで立ち止まった。鼻をうごめかせ、くんくんと音を立てて雨音の膝の匂いを嗅いだ。

家に入った時の攻撃的な気配はない。ただ、新参者の匂いを確かめようとしているだけのようだ。

どれぐらい時間が経《た》っただろう。キッチンからコーヒーの香りが漂ってきて、ワルテルは雨音の匂いを嗅ぐのをやめた。顔を上げ、雨音をじっと見つめる。

「もう安心した？」

雨音は声をかけた。ワルテルが一歩、後ずさった。

あらためて見ると、ワルテルはハンサムな犬だった。小柄だが、バランスがいい。顔も綺麗《きれい》だ。なにより、目が特別な光を宿している。まるで、人間のような目だ。

「君、ハンサムだね」

雨音は撫でようとして手を伸ばした。噛まないと言った道夫の言葉がやっと心に染みこんだのだ。

だが、ワルテルはぷいと顔を背けると、またソファに戻って寝そべった。

「感じ悪い」

雨音は言った。ワルテルはもう雨音を見ようともしていなかった。キッチンに顔を向けている。

「ほんとに感じ悪い」

「人に触られるのが嫌いなんだ」

道夫の声がした。湯気の立つマグカップとシフォンケーキの皿をトレイに載せている。

「バーニーズが人に触られるの嫌なんですか？」

マリアは人に撫でられるのが大好きだった。バーニーズという犬種はみなそうなのだと思っていた。

「こいつは変わり者なんだよ」

道夫がトレイをテーブルに置いた。それを待っていたというように、ワルテルが再びソファから降り、道夫の脚にまとわりついた。

「感じ悪い」

雨音は道夫に聞こえないように呟《つぶや》いた。

＊

道夫が用意してくれたのは二階の南側に面した角部屋だった。六畳の間取りに、手製と思われるシングルベッドと勉強机、本棚が置かれている。それに、古い洋簞笥《ようだんす》がひと棹《さお》。祖母——道夫と妙子の母が愛用していたものだ。祖父は雨音が生まれる前に他界した。祖母も二年前に肺炎がもとで亡くなった。亡くなる半年前に自宅で転倒して右の大《だい》腿骨《たいこつ》を骨折し、入院生活を余儀なくされた。怪我《けが》をする前は矍鑠《かくしやく》としていた祖母だったが、見る間に痩せ衰え、免疫力も低下してあっという間に世を去ってしまったのだ。国立《くにたち》にあった家と土地を売り払った金は道夫と妙子で折半した。妙子はそのお金のほとんどを若いボーイフレンドに注ぎ込んでしまっていた。

雨音は荷ほどきをする手を止め、溜息《ためいき》を漏らした。

昨年の夏、妙子のボーイフレンドがニューヨークに旅立った。自称前衛芸術家のその男は、アーティストとして勝負するならニューヨークに行かなきゃと、渡米費用の大半を妙子に捻出《ねんしゅつ》させ、とっとと飛行機に飛び乗ったのだ。

東京に残された妙子は毎日のようにＬＩＮＥでメッセージを送り、電話をかけ、ひとり、やきもきしていた。

そして、年が明けると「彼と離れて暮らすなんて耐えられない。わたしも向こうに行く」と宣言した。

雨音にとって高校受験を控えた大切な年になるという事実は、妙子の頭からは完全に欠落しているようだった。

雨音は日本に残ることに決めた。高校受験がどうのこうのというより、自称芸術家に振り回される妙子に振り回されるのにうんざりしていたからだ。

父の俊弥が亡くなって、妙子は変わってしまった。毎日どこかへ出かけ、帰ってくるのは夜遅く。いつも酒の匂いを漂わせていた。挙げ句の果てには自称芸術家と恋に落ち、家にいることも稀《まれ》になった。

雨音はしばらくの間は祖母と暮らした。祖母は善人だったが、孫娘の養育を放棄して男に走った娘に対する愚痴をのべつまくなしに口にした。それを聞くのが辛《つら》かった。

わりはない。

俊弥が死んでからの妙子はどうしようもない女だった。それでも、母であることに変わりはない。

祖母が入院すると、雨音は世田谷《せたがや》のマンションに戻り、ひとりで暮らした。たまに帰ってくる妙子が置いていく食費を切り盛りし、自炊した。料理は祖母から習っていたから大変ではなかった。

担任の教師も、周辺の住人も、雨音がひとりで暮らしていることに気づかなかった。大人なんてそんなものだ。

雨音も一緒に行こう――妙子がそう口にした瞬間、雨音は首を横に振った。

ひとりに慣れてしまっていた。妙子の我儘《わがまま》に付き合って新しい生活をはじめるつもりはなかった。

ひとりでどうするのかと妙子は言った。今までもひとりだったと雨音は答えた。

それでも、自分が近くにいるのといないのとでは事情が違うと妙子が言い張り、雨音は道夫と暮らすことを選んだ。

道夫は山岳写真家だ。道夫が山に登っている間はひとりで暮らすのと一緒だ。それに、犬がいる。マリアの後釜に座ったのがどんな犬なのか、興味があった。

「それがあんな犬とは……」

雨音は窓際に立った。まだ四時前だというのに辺りはすでに薄暗い。周囲を山に囲まれているせいで、日照時間が短いのだ。

玄関の辺りで物音がし、少しすると道夫とワルテルが外に出てきた。道夫は登山に行くような格好をしている。トレッキング用のストックを両手に持ち、ワルテルの首輪に繋《つな》がったリードをザックの脇から吊したカラビナに引っかけている。吠える声は聞こえないが、ワルテルはしきりに尻尾を振っていた。

散歩に行く喜びに興奮しているのだ。

「そこはマリアと一緒なのね」

雨音は歩きはじめた道夫とワルテルの後ろ姿を見送った。マリアも散歩が大好きだった。まだ小さかった雨音がリードを持っても、雨音を気遣ってリードを引っ張ることなく歩いてくれた。マリアは本当に優しい犬だった。

「会いたいな、マリア」

呟くと、胸が切なくなり、目頭が熱くなった。雨音は慌てて目を閉じた。

最後に泣いたのは祖母が亡くなった時だ。それからは、もう二度と泣かないと決めた。泣くと惨めな気持ちになるからだ。やっと築きあげた自分の世界が崩れ落ちてしまうような気がするからだ。

「泣かない。絶対に泣かない」

雨音はそう言って、窓に背を向けた。

*

夕飯は道夫の作ったホワイトシチューだった。根菜とブロッコリー、それにソーセージがたっぷり入っている。

野菜もソーセージも、この辺りに住む知り合いが作っているらしい。

「このバゲットも近所のパン屋さんで買ってきたんですか?」

雨音はスライスされたバゲットをシチューに浸しながら訊《き》いた。

「そうだよ。美味《おい》しいだろう?」

雨音はうなずいた。

「天然酵母を使ってるんだけど、美味しいのはそのせいだけじゃない。生地をこねる時、スキンヘッドの見た目やくざみたいなおっさんが、美味しくなぁれ、美味しくなぁれと語りかけてるんだ」

「本当ですか?」

「相変わらず言葉が丁寧だな、雨音は。今度、そのおっさんが生地をこねてるところ、見に連れてってやるよ」

大人に対して敬語を使うようになったのは、俊弥が亡くなってからだった。

「とりあえず、この家で暮らすに当たってのルールを説明しておこうかな」

道夫が皿に残ったシチューをバゲットですくい取りながら言った。

「ルールですか？」

「基本的に、おれは雨音のすることに干渉しない。なにをしようが雨音の自由だ。勉強してもしなくてもいいし、学校に行きたくないなら行かなくてもかまわない」

雨音は小さくうなずいた。道夫ならそう言うだろうとここに来る前からなんとなくわかっていた。

「一応、おれが雨音の保護者ってことになってるが、そういうのは柄じゃないんだ」

「そうですよね」

「おれが家にいる時は、食事を作るのも掃除や洗濯もおれがやる。下着を見られるのが嫌だったら、洗濯は自分でしろ」

「はい」

「おれが暗室にこもっている時は、なるべく声をかけるな。電話も取り次ぐな」

暗室とは名ばかりの道夫の仕事部屋は一階の一番奥の部屋だ。道夫はそこで、パソコンに取り込んだデジタルカメラの画像を現像する。そう、デジタルの時代になっても、現像という言葉を使うのだ。

「山に登る時は、一、二週間、留守にする。へたをすると一ヶ月留守にする時もある。

そういう時は、雨音にワルテルの世話を頼みたい」

「わたしがワルテルの世話ですか？」

雨音はソファで寝ているワルテルを盗み見た。マリアは人間の食事の時はダイニングテーブルから離れなかった。おこぼれをもらえるのではないかと期待していたのだ。だが、ワルテルは人間の食べ物にはマリアほど興味がないようだった。

「朝夕二回の散歩。朝はワルテルを庭に放すだけでもいい。うんちは拾ってくれ。夕方は散歩だ」

「夕方も庭に放すだけじゃだめなんですか？」

道夫が首を振った。

「犬は運動させるだけじゃだめなんだ。パックウォークと言って、群れでまとまって縄張りを歩かなきゃならない。犬にとっては運動より散歩の方が大事だ」

雨音はうなずいた。だから、道夫は登山に行くような格好をしてワルテルと散歩に出かけたのだ。この辺りは坂道ばかりだ。道路は凍結してつるつる滑る。それでも、ワルテルに必要だから散歩に行く。

マリアの時もそうだった。道夫は犬に必要なことはなんでもしてあげる。

「後は、ワルテルの飯。おれはドッグフードは食わせない。知ってるよな？」

雨音はまたうなずいた。生肉と玄米のお粥《かゆ》にたくさんの野菜を煮込んだスープをかける。それが、道夫が自分の犬に与える食事だった。

「作り方は教えるから、頼む」

「わかりました。でも、ちょっと心配。マリアの時は平気だったけど、ワルテルとちゃんと散歩に行けるかな……」

「行けるさ――ワルテル」

道夫はワルテルに声をかけた。ワルテルが目を覚まし、ソファから降りて道夫のところへやって来た。

「ワルテル、雨音だ。今日から、おれたちの群れの一員になる。よろしく頼むぞ」

道夫が背中を撫でると、ワルテルの尻尾が揺れた。ワルテルは人間のような目でじっと雨音を見つめていた。

2

本当にスキンヘッドのいかつい顔つきのマスターが「美味しくなぁれ、美味しくなぁれ」と唱えながらパン生地をこねていた。

白いエプロンの下に着ているのは柄物のシャツで、だぶっとしたジーンズを穿《は》いている。エプロンがなければ目を合わせるのも躊躇《ためら》われるほどだ。

スーパーからの帰りに、昼飯を食おうと道夫が車を停めたのは女神湖畔に建つ一軒のカフェだった。看板には『Ｒｅｄｅｍｐｔｉｏｎ』と書かれていた。意味がわからずに首を捻《ひね》る雨音に「贖罪《しょくざい》という意味だ」と道夫が教えてくれた。

カフェというよりは古い喫茶店という佇《たたず》まいで、店内にはレゲエの曲が流れていた。そのメロディに合わせてマスターと思《おぼ》しきいかつい中年男がパン生地をこねているのだ。

「久しぶりだね、道夫ちゃん。また厳冬期に北アルプスに入ってたんだって」生地から目を上げずに男が言った。「いい写真撮れたかい？」

「今シーズンは雪が少なくてだめだな」道夫が答えた。「グッチー、コーヒーふたつと、なんか食うもの。ここにいるのが、おれの新しい同居人だよ」

男が顔を上げて笑った。笑顔はとても人懐っこい。

「確か、雨音ちゃんだったよね？　ようこそ。マスターの田口《たぐち》です。ミートボール・スパゲッティでいいかな？」

「はい」

雨音はうなずいた。

「ちょっと待っててね。このパン生地もうすぐこね終わるから。そしたらすぐに用意する」

「あの、どうしてリデンプションっていう名前にしたんですか？」

「へえ。読めるんだ。凄《すご》いね」

田口は嬉《うれ》しそうに目尻を下げた。さらに人懐っこい表情だった。

「なんとなく、そう読むのかなって」

「ボブ・マーリーっていうミュージシャンがぼくの神様なんだ。知ってる？」

名前だけは聞いたことがあった。レゲエのミュージシャンだ。

「彼の曲に『リデンプション・ソング』っていう歌があるんだ。世界で一番好きな曲。その曲から店の名前をつけたんだよ」

「贖罪の歌？」

「ゆるしの歌だ。有紀《ゆき》、新しい同級生が来たぞ」

田口が天井に向かって声を張り上げた。

「ほんと？」

くぐもった声が返ってきた。続いて、慌ただしく階段を駆け下りてくる足音が響いた。

店の南側の奥に取り付けられたドアが開き、雨音と同じ年頃の少女が飛び出てきた。ショートカットで背が高く、手足も長い。身長も百六十五センチ以上ありそうだった。

雨音も背が高い。時にそれがコンプレックスになることもあったが、同じような背丈の子が同級生にいるのならほっとする。

「こんにちは。田口有紀です」

少女が頭を下げた。

「あ、広末雨音です」

雨音も頭を下げた。頭を上げると、有紀が右手を出していた。戸惑いながらその手を握った。

「道夫さんから聞いてたの。今度、姪御《めいご》さんが転校してくるって。会うの、ずっと楽しみにしてたんだ」

「それはどうも……」

「あっちの席に座ろう。どうせ親父と道夫さんは古い音楽の話ばっかで、わたしたちにはついていけないから」

有紀に手を取られたまま、奥の四人掛けの席に誘われた。

「ちょうどよかった。今日は部活休みの日なんだ」

「なにやってるんですか？」

「バレー部。ちょっと、同い年なのにどうして敬語使うの？」

「あ、そうか」

「道夫さんが変わった子だって言ってたけど、東京は敬語が流行《はや》ってるの？」

雨音は首を振った。

「癖が出ただけ」

「敬語が癖なんて、やっぱり変わってる。ま、それはそれとして、雨音も背が高いけど、バレーかなにかやってる？」

「なにも」

「もったいないなあ。うちのバレー部、入らない？」

「部活とか、他の人と一緒になにかするの、苦手なの。ごめんね」

「謝らなくてもいいよ。訊いてみただけだから。立科町《たてしなまち》って小学校も中学校も一校しかないんだよね。もう、小学校ん時から見飽きた顔ばっか。転校生が来るとなったら、なんか盛りあがっちゃうの。こっちこそごめんね。うるさいでしょ？」

「そんなことないよ」

「ちょっと。いつまでパン生地こねてるつもり？　早くコーヒーぐらい出しなさいよ」

有紀はカウンターに顔を向けて悪態をついた。

「おまえが淹れりゃいいだろう」

田口が顔をしかめた。

「おまえの淹れるコーヒーはまずくて飲めたもんじゃないっていつも言ってるじゃん」

「わかった、わかった」

「気が利かないの。カフェのマスターなんて柄じゃないのよね。客がいないと、もうずっとパン生地こねてるんだから。レゲエと天然酵母パンに首ったけなの。我が親ながら、呆《あき》れるわ」

「面白いお父さんで素敵だと思うけどな。わたしにはいないから」

有紀の顔がわずかに青ざめた。

「ごめん。つい……」

「いいの。もう昔のことだし」

「気が利かないの、血筋なのかなあ。やんなっちゃう」

「本当に気にしないでいいから」

「そうそう。雨音が転校してくるの、わくわくしてたわけがもう一個あるんだ」

有紀は内緒話を打ち明けるような顔つきになった。表情も話題も気分も目まぐるしく変わる。嫌いではなかった。

「なに?」

「道夫さんのログハウスから少しだけ下ったところに、お洒落《しゃれ》な別荘があるでしょ?」

雨音はうなずいた。確かに、瀟洒《しょうしゃ》な洋風の別荘が建っている。表札には『国枝《くにえだ》』と記されていた。

「ゴールデンウィークとお盆休みの時だけ来る別荘族なんだけど、そこの息子がめっちゃイケメンなの」

有紀の頬がほんのり赤く染まった。

「この辺の女子、みんな、その人が来るのを心待ちにしてるのよ。周りにいるの、田舎小僧ばっかだし」

「ふうん」

雨音はとりあえず相槌《あいづち》を打った。妙子のようにはなりたくない。だから、恋愛にはまったく興味がなかった。

「ちょっと儚《はかな》い感じがあって素敵なの。でもさ、あんな別荘地、地元の子はよっぽどの用がないと行かないでしょ？　その人を見るのに別荘地まで出かけて軽蔑《けいべつ》されるのも怖いし……でも、道夫さん家《ち》に同級生がいるなら、別荘地でも遊びに行くっていう口実ができるじゃない」

「そういうことか」

「興味なさそうな口ぶりだけど、雨音だって絶対その人を見たら胸がきゅんってなるよ。東京にだって滅多にいないイケメンだと思う」

「おい。コーヒーとミートボール・スパゲッティ、できたぞ。運んでくれ」

田口の声が響いた。カウンターにマグカップと皿を載せたトレイが置かれている。皿からもカップからも温かそうな湯気が立っていた。

「『ゴッドファーザー』って映画の中に、マフィアの連中がミートボール・スパゲッティを作るシーンがあるんだって。親父、その映画大好きでさ、今でも月イチぐらいで観るの。店のメニューもその影響。馬鹿みたいでしょ？」

「可愛いじゃない」

雨音は笑った。

＊

スーパーで買い忘れたものがあると、道夫が再び車で出かけていった。雨音は夕方のワルテルの散歩を押しつけられた。

敷地内をリードをつけて歩くだけでいい。散歩の訓練のつもりでやってくれ——道夫は簡単そうに言ったが、雨音は不安だった。

マリアとの散歩は幼かった雨音でもなんの問題もなかった。しかし、ワルテルはどうだろう。雨音を気遣って歩いてくれるとは思えない。

それでもやらねばならない。道夫が仕事で留守にする時は、否《いや》が応《おう》でも雨音がワルテルと散歩に行かなければならないのだ。

「ワルテル、お散歩だよ」

雨音は意を決してワルテルに声をかけた。道夫が出かけてから落ち着きをなくしていたワルテルがすぐに玄関にやって来る。雨音がリードを手にしているのを見て、激しく尻尾を振った。

「いい？　リード、引っ張らないでよ。わたしは初心者みたいなものなんだから、優しくして」

雨音の言葉を理解したのか、ワルテルはおとなしく首輪とリードをつけさせてくれた。

「じゃあ行こうか」

雨音が靴を履き、玄関のドアを開けると、ワルテルが外に飛び出した。リードがぴんと張り、手に痛みが走る。雨音は思わずリードを放した。

「ワルテル！」

慌てて後を追った。ワルテルはリードを引きずりながら敷地の中を駆けていた。敷地の真ん中辺りのひときわ大きい樅《もみ》の木のところで止まると、片脚を上げて放尿した。

「ワルテル！」

雨音はなんとか追いつき、リードを拾い上げた。

「どうして勝手に走り出すのよ。だめじゃない」

腰を屈《かが》め、ワルテルを睨んだ。放尿を終えたワルテルが唸った。喉の奥から絞り出すような声だった。

「なんで唸るのよ。悪いのはあんたじゃない」

なんとか恐怖心を抑えこんだ。犬は人の心を読む――道夫の言葉を忘れたことはない。恐れを抱けば悟られ、見下される。

「行くよ。勝手なことしないで」

リードをしっかり握って歩き出した。敷地にはまだたっぷりと雪が残っていて歩きにくい。

ワルテルが雨音の前に出た。リードを引っ張りながら先を進む。

「引っ張っちゃだめ」

自分でも驚くほど甲高い声が出た。ワルテルが立ち止まり、振り返った。すぐにぷいと前を向き、また歩き出す。

まるで、おれについてこいと言っているかのような態度だ。

「感じ悪い」

雨音は唇を尖《とが》らせた。本当にマリアと同じ犬種なのだろうか。マリアの他にも、バーニーズを見かけ、撫でたことが何度もあるが、どの犬も人懐っこくて優しかった。

リードを引っ張られ、雨音は早足で歩いた。ワルテルは何度か木のところで立ち止まり、その度に放尿した。確か、マーキングというのだ。自分の縄張りに匂いをつけて回っている。

マーキングが終わると、雨音の意思は無視して自分の進みたい方へ進む。リードは絶えず張っていて、そのうち、リードを持つ腕が怠《だる》くなってきた。

「いい加減にしてよ。わたし、疲れちゃう」

またワルテルが立ち止まった。振り返って雨音を見つめる。人間のような目は、雨音を哀れんでいるようにも、軽蔑しているようにも思えた。

「犬のくせになんなのよ、その目は」

ワルテルの耳が持ち上がった。雨音の声に聞き入っているのではない。なにか、遠くの方でする音——人間には聞こえない音に反応している。

「どうしたの？」

野生動物が近くにいるのかと、雨音は辺りの様子をうかがった。それらしき気配は感じられない。目を使う代わりに耳に神経を集中させた。

車のエンジン音が聞こえた。こっちに近づいてくる。

道夫が戻ってきたのだ——そう思った瞬間、ワルテルが走り出した。リードごと引っ張られ、雨音は転んだ。リードが手から離れ、ワルテルは勝手に駆けていく。

立ち上がろうとして呻《うめ》いた。左の足首と膝に痛みが走った。足首は転ぶ際に捻り、膝は木の根かなにかにぶつけてしまったのだ。

痛みをこらえて立ち上がった。ワルテルが道路に飛び出してしまったら危険だ。なんとか止めなければ。

「ワルテル！」

雨音は腹の底から声を放った。こんな大声、生まれてからこの方、一度も出したことがない。ワルテルが止まった。振り返り、雨音を見る。

「こっちに来なさい」

視界がぼやけた。いつの間にか涙が溢れていた。痛いからではない。悔しいからだ。ワルテルに馬鹿にされているのが悔しくて、情けない。

「来なさいってば」

もう一度叫んだ。ワルテルが渋々といった足取りで戻ってくる。雨音の怒りが伝わったのだ。

「勝手に走り出さないでって言ったじゃない。なんで言うこと聞かないのよ」

戻ってきたワルテルに怒鳴った。ワルテルが唸った。

「ワルテルなんか、知らない」

雨音はワルテルに背中を向けた。そのまま、敷地を横切って家に向かって歩いた。

なんて犬だろう。言うことを聞かないだけじゃなく、人に向かって唸るなんて。

マリアは絶対にそんなことしなかった。マリアはいつだって雨音のことを気遣ってくれた。

「ワルテルなんか、大嫌い」

雨音は捨て台詞《ぜりふ》のように叫び、家の中に入った。大きな音を立ててドアを閉める。その場にしゃがみ込んだ。

癇癪《かんしやく》を起こしている。これじゃいけない。相手は犬なのだ。こちらの言うことが百パーセント通じるわけじゃない。

それでも腹立たしくてしょうがなかった。好きで立科に来たわけじゃない。道夫と暮らしたかったわけでもない。ましてや、あんな勝手な犬の世話をしたいわけでもない。

だれからも傷つけられることなくひっそりと生きていたいだけだ。父が死に、母に捨てられた。これ以上の悲しみを味わいたくない。ただそれだけなのに……。

ワルテルの吠える声が響いた。車のエンジン音も近い。道夫が戻ってきたのだ。

ワルテルを放りだしてひとり家に戻ったことを叱られるだろうか。

「ううん。怒られるべきだよ」

雨音は自分に言った。道夫に頼まれたことを、自分は放りだしてしまったのだ。叱られて当然だ。

「なんだ、ワルテル。リードが泥だらけじゃないか」

車のドアが閉まる音がして、道夫の声が耳に届いた。雨音は慌てて涙を拭った。

「雨音？　なにかあったのか？」

道夫が心配している。雨音は意を決してドアを開けた。

「ごめんなさい」

道夫に向かって頭を下げた。

「どうした？　服が濡《ぬ》れているじゃないか。ワルテルに転ばされたか？」

スーパーの買い物袋を右手にぶら下げ、左手にワルテルのリードを持った道夫が向かってくる。悔しいことに、ワルテルはリードを引っ張ることもなく、道夫の左横について歩いていた。

「ワルテルが突然走り出して、それで――」

「怪我は？」

「たいしたことないです。それより、ちゃんと散歩させられなくてごめんなさい」

「それはいいんだ。いきなり上手《うま》くできるなんて思っちゃいないから。ほんとに怪我はないのか？」

「ちょっと足首捻ったかも。それと、膝が打撲」

「歩けるならだいじょうぶだ。中に入って着替えておいで。傷の様子見て、酷《ひど》いようなら教えて」

「はい」

道夫に促され、雨音は自分の部屋に戻った。階段を上がる度に足首が痛む。膝の痛みは時間が経つにつれて薄れていった。

「最初から上手くいくとは思ってないってどういうこと？　だったら、ちゃんと教えてくれるべきじゃない？」

部屋のドアを閉め、雨音は悪態をついた。ワルテルと散歩をする時に気をつけるべきことをあらかじめ教わっていたら、こんなことにはならなかったのに。

雨音は着ていたライトダウンを脱いだ。左腕の部分がぐっしょりと濡れている。ジーンズの左の側面も濡れていた。

新しいものに着替え、濡れたジーンズとダウンを持って下におりた。道夫が濡れた布巾でワルテルの脚を拭いていた。

「ワルテル、どんな感じだった？」

道夫が訊いてきた。

「勝手に外に飛び出すし、わたしの言うことは聞いてくれないし、叱ると唸るし、酷かったです」

「唸った？　雨音に唸ったのか？」

道夫の声は嬉しそうだった。

「なにが嬉しいんですか？」

「こいつは、変わったやつでね。身内にしか唸らないんだ。唸ったってことは、雨音を群れの一員だって認めたってことだ」

「初めて会った時も唸られましたけど」

「よそ者が家に来ると唸る。それと身内に唸るのは別だ」

「道夫さんも唸られること、あるんですか？」

道夫が頭を掻《か》いた。

「群れのボスとして、間違ったことをすると唸られる」

「間違ったことって、どんなこと？」

「叱るんじゃなくて、怒るとか」

雨音は首を捻った。

「そうだな……叱るっていうのは、ルールを守らなかったことをたしなめることだ。怒るっていうのは、感情を相手にぶつけるってこと。わかるか？」

「なんとなくですけど」

「犬の群れのボスっていうのは、感情に振り回されちゃだめなんだよ。それだと、犬は従おうとしない。いつも穏やかで、威厳があって、いざという時に頼りになる。そういうボスに、犬はついてくる。まあ、人間だからな、そうはいっても、時々、感情的になっちゃうんだけど」

「感情的になっちゃだめ……」

「そう。犬の上に立つ人間は、ルールの守護者じゃなきゃだめなんだ」

最初から自分は感情的だった――雨音はさっきの出来事を振り返った。ワルテルが勝手に外に飛び出してから、自分ひとりで家に入るまで、ずっと自分は感情的だった。

道夫が脚を拭き終わると、ワルテルはそそくさとキッチンへ向かっていった。散歩の後は食事の時間なのだ。

「散歩は狩りの一環だ」ワルテルの後を追いながら道夫が言った。「群れで縄張りを回って狩りをする。オオカミだった頃の習慣。本当に狩りをする必要はないけど、縄張りを回るのは重要なんだ。そして、狩りから戻ったら、群れのボスは仲間に獲物を分け与える。それがご飯ってわけ」

「いろんなルールがあるんですね」

「そう。犬は人間と同じで、社会生活を営む種族だ。社会生活にはルールがいる」

「わたし、上手くやれる自信がありません」

道夫が笑った。

「雨音は穏やかだからな。そこはいい。だけど、威厳となると厳しいかな。ま、焦らずやっていくしかない。とりあえず、ワルテルは雨音を群れの一員とは認めたみたいだし」

ワルテルはキッチンで尻尾を振って道夫を待っていた。その目は道夫しか見ていない。

確かに群れの一員とは認めてもらったのだろう。けれど、間違いなくワルテルは自分の立場の方が上だと思っている。道夫がボスで、二番目がワルテル。雨音は群れの最下位に位置するメンバーなのだ。

「感情的になっちゃいけない……」

雨音は呟いた。祖母が亡くなってから、泣くのはやめた。ひとり暮らしを余儀なくされて、夜、惨めな気持ちに襲われて落ち込むことがよくあった。何度も繰り返すうちに、そうした気持ちを抑えこむことができるようになった。

そう。自分は感情をコントロールする術《すべ》を手に入れたのだ。犬に対してだって、できないはずがない。

道夫がワルテルの晩ご飯の支度をはじめた。ステンレスの器に、玄米のお粥と羊の肉を入れ、野菜を煮込んだスープをかけていく。その間中、ワルテルは道夫から少し離れたところでじっと待っていた。

道夫がいいと言うまで、勝手に動いてはいけないというルールに従っているのだ。

「あの、わたしがご飯あげてもいいですか?」

雨音は道夫に言った。

「やってみるか?」

道夫から器を受け取った。

「ワルテル、スィット」

雨音は命じた。道夫はワルテルになにかを命じる時は必ず英語を使うのだ。スィットは英語で座れ。

ワルテルが座った。

「ステイ」

雨音は待てと命じた。ワルテルの目を見たまま、器を床に置く。途端に、ワルテルが腰を上げた。

「ワルテル、ノー。ステイ」

再び命じたが、ワルテルは雨音の声を無視してご飯を貪《むさぼ》りはじめた。

「先は長そうだな」

道夫が言った。雨音は溜息を押し殺した。

*

部屋で勉強をしていると、妙子からLINEが来た。

〈みっちゃんとの暮らしはどう?〉

妙子は五歳年上の兄のことを「みっちゃん」と呼ぶ。道夫は妙子のことを「おまえ」

と呼ぶ。それ以外の呼び方を聞いたことはなかった。

雨音はＬＩＮＥを無視して勉強を続けた。しばらくするとまたメッセージが送られてきた。

〈こっちはやっと落ち着いたところ。尚志《なおし》は出かけてばっかりで、ちょっと寂しいかな〉

尚志というのは自称芸術家のことだ。そのメッセージも無視した。すると、次から次へとメッセージが送られてきた。

「馬鹿みたい」

東京にいる時は、雨音をほったらかしにして何日も連絡がなかった。それがアメリカへ行った途端、頻繁にＬＩＮＥが来る。なにが違うというのだろう。日本にいようがアメリカにいようが、血の繋がった娘より男を取ったという事実に変わりはない。

雨音は送られてきたメッセージには目を通さず、スマホの電源を落とした。参考書に目を移したが、書かれている文章がなかなか頭に入って来なかった。

「なんだかなあ、もう……」

椅子の背もたれに体を預けた。道夫が作ったという木製の椅子は座り心地が抜群だ。このまま眠ってしまおうかと思った時、ドアの外で物音がした。なにか固いものでドアを引っ掻いているような音だ。

「道夫さん？」

声をかけたが返事はない。ただ、ドアを引っ掻く音が続くだけだった。

「ワルテル？」

雨音は腰を上げた。ドアを開けると、ワルテルがいた。

「どうしたの？」

雨音の問いかけに応じもせず、ワルテルはするすると部屋の中に入ってきた。ベッドや机、箪笥の匂いを一通り嗅ぎ、それが終わるとベッドに飛び乗って伏せた。

「なんなの？　あんたは道夫さんといるんでしょ？」

家にいる時のワルテルは寝ているか、そうでなければ道夫のそばにいる。寝る時も、道夫のベッドで一緒に寝ているはずだ。

「ここはわたしの部屋だし、そこはわたしのベッド」

感情的になるな——道夫の言葉を胸に刻み、ワルテルに話しかけた。ワルテルは大きな欠伸《あくび》をして、自分の前脚に顎を乗せた。完全に寝に入る体勢だ。

「どいてよ」

ワルテルが目を閉じた。どくつもりはないらしい。

「だったら追い出してやる」

雨音はベッドに倒れ込んだ。腰や肩でワルテルを押す。だが、ちょっとやそっとの力ではワルテルは動かなかった。

「やっぱり大型犬だね。重いや」

ワルテルを押すのはやめて、その体に自分の頭を乗せてみた。柔らかい体毛が心地よい。ついでに胴体に腕を回した。ワルテルは嫌がる素振りを見せなかった。

雨音の部屋には暖房器具はないが、階下の薪《まき》ストーブの熱が上がってきて暖かい。それにワルテルの体温が加わると、布団をかぶらないでも寝られそうだった。

ワルテルの背中に鼻を押しつけて匂いを嗅いでみる。シャンプーの香りがした。雨音がやって来る前に、道夫がワルテルの体を洗ったのだろう。普段は泥まみれだと言っていた。

「ワルテル、ちょっと待っててね」

雨音はそっと体を離し、ベッドから降りた。部屋を出る。階段を駆け下りて、道夫の仕事部屋に足を向けた。

そっとノックする。

「どうした？」

道夫の声が返ってきた。

「あの……今、ワルテルがわたしの部屋にいるんですけど」

「ワルテルが？　へえ」

「今夜、ワルテルと一緒に寝てもいいですか?」

「ワルテルが嫌がらないなら、好きにすればいい」

「ありがとうございます。おやすみなさい」

道夫の仕事の邪魔にならないよう、駆け上がりたいのをこらえて静かに階段をのぼった。

部屋に戻ると、ワルテルはさっきと同じ格好で目を閉じていた。

「一緒に寝てもいいって。もう少し待っててね」

また階下に移動して、大慌てで顔を洗い、歯を磨いて部屋に戻った。パジャマに着替え、ワルテルに体をくっつけて横たわる。

ワルテルが体を動かした。だが、ベッドから降りる様子はない。壁のスイッチに手を伸ばし、明かりを消した。ワルテルの背中に頰を押しつけた。

暗闇の中、シャンプーが香り、ワルテルの温かさがより強く感じられる。

新鮮な感覚だった。マリアと一緒に寝たことはなかった。妙子が、布団が毛だらけになると嫌がったからだ。雨音はマリアと一緒に寝たいと駄々をこねたが、妙子が折れる前に、マリアは道夫の寝室に消えてしまったのだ。

マリアは優しかったが、自分の決めたルールには厳格だったと思う。寝るのは道夫と一緒。他の人間と夜を過ごすことはない。

ワルテルはその辺りはフレキシブルなのかもしれない。牡と牝《めす》の違いだろうか。

「おまえはマリアと会ったことないんだよね？　大きくて優しい子だったんだよ。きっと、ワルテルも根は優しいんだよね？」

雨音はワルテルの首を撫でた。ワルテルが唸った。

「なによ？」

雨音は撫でていた手を止めた。ワルテルの唸りも止まった。

「撫でるのだめなの？　眠りの邪魔しちゃった？」

ワルテルの反応はない。

「余計なことはするなってことかな……わかりました。おやすみなさい」

撫でるのはやめて、ただ、体をワルテルにくっつけた。

目を閉じる。呼吸に合わせてワルテルのお腹が上下するのが伝わってくる。

だれかと一緒に寝るのはいつ以来だろう。こんなにも温かくて、こんなにも穏やかな気分になれるなんて。

そっと目を開けてみた。ワルテルが雨音をじっと見つめていた。

まるで雨音が眠るのを見守っているかのようだった。そのまま目を開けていると唸られそうで、雨音は目を閉じた。

ワルテルの視線を感じる。その感覚はいつまでも消えることがなかった。

雨音はいつの間にか眠りに落ちた。アラーム音で目が覚めた。

目を開けると、ワルテルが見つめていた。

「おはよう、ワルテル。ずっといてくれたんだね」

ワルテルがベッドから降りた。ドアの前で振り返った。どしんとした前脚が人間の仁王立ちを思わせる。

早く外に出せ——そう言っているかのようだ。

「はいはい」

雨音がドアを開けると、ワルテルは風のような身ごなしで階下に消えていった。

コーヒーの香りが漂ってくる。道夫がとっくに起きて、朝ご飯の支度をはじめているのだ。

＊

次の夜、ワルテルは雨音の部屋には来なかった。雨音は落胆した。

その次の夜、ワルテルがやって来た。

道夫のベッドと雨音のベッド。一日おきに交互に寝る。ワルテルはそう決めたようだった。

3

新しい学校生活も二週間が過ぎ、やっとクラスの雰囲気に馴染《なじ》んできた。

積極的に会話に加わるわけではないが、話しかけられるのを拒むわけでもない。

雨音のそんな態度をクラスメートたちも受け入れていた。

「明日から、道夫さん、山でしょ？」

昼休みに、有紀が言った。

「うん。残雪期の北アルプスで撮らなきゃならない写真があるんだって。一週間ぐらい山にこもるらしいよ」

「うちの親父が、晩飯食べに来ないかって。送り迎え付き。どう？」

「悪いよ、そんなの。ご飯は自分で作るし」

「うちはほら、父子家庭じゃない？　で、父としては生意気盛りの娘と気まずい晩ご飯を食べるよりは、だれかが一緒にいてくれた方がいいみたいなんだよね」

雨音はうなずいた。

「そういうことか……」

「そういうこと。一週間の間に二、三回でいいから、おいでよ。わたしもその方が楽しいし。うちの親父、しょうもないおじさんだけど、料理は美味しいから」

「わかった」

「じゃ、親父にはそう伝えておくね。それで、どう、ワルテルとの闘いは？」

有紀が話題を変えた。

「一進一退」

雨音は答えた。

「ほんとは一進三退ぐらいなんじゃないの？」

苦笑するしかなかった。有紀が正しいのだ。ワルテルは散歩の時、リードを引っ張ったりはしなくなった。その代わり、自分が行きたい方角に雨音が進もうとしないと、唸り声をあげるのだ。

そっちじゃない、こっちだろう。

その唸り方は明らかにそう言っていた。道夫の話によると、ワルテルは雨音を自分の子分だと見なしているらしい。子分ならボスに従うのは当たり前。従わないから唸って叱る。そういうことらしい。

ワルテルの態度をあらためさせるには、雨音がワルテルの上の立場にならなければならない。

いつでも穏やかで毅然《きぜん》としていることが重要だ――道夫はそう言う。だが、簡単そうでいて、これが難しい。

「ワルテルってあの綺麗な犬のことでしょ？」

隣の席でスマホをいじっていた岡村静奈《おかむらしずな》が顔を上げた。

「知ってるの、ワルテルのこと？」

「うん。時々、女神湖の周りを散歩しているの見かけることがあるの。すっごくハンサムな犬って、うちのママ、大ファンなんだ」

「へえ。そうなんだ」

そう言ってはみたが、驚きはしなかった。ワルテルは実際、ハンサムだ。すれ違う人の目を奪ってしまう。

「あの子、ジャニーズ系だよね」

「うん。見た目は完全ジャニーズ系だよね」

有紀と静奈はうなずき合った。

あれで性格が素直なら、本当に素敵な犬なのに――雨音は溜息を呑《の》みこんだ。

「雨音、あの子を散歩させるの？」

「うん。道夫さんが一週間ぐらい留守にするから」

「土曜か日曜、散歩に付き合ってもいい？　ママが喜ぶと思うんだ。いつも声をかけて撫でさせてもらいたいって言ってるんだけど、飼い主さんがちょっと怖くて言い出せないって」

雨音は笑った。確かに、無愛想な顔をしている時の道夫は取っつきにくい感じを与える。

「でも、車がないから、家の周りを歩くだけだよ」

「アッシーなら、うちの親父がいるじゃん。土曜か日曜の夕方、女神湖で散歩して、その後うちで晩ご飯食べれば？」

「そうだね」

「じゃあ、うちの親父にどっちがいいか訊いておくよ。まだゴールデンウィーク前だから店も暇だし、どっちでもいいと思うんだけど」

「ゴールデンウィークか」静奈が溜息をついた。「今年もあの人、来るかな？」

「来るよ。決まってるじゃん」

ふたりは夢見るような表情を浮かべた。あの『国枝』という表札がかかった別荘に来るイケメンを脳裏に思い描いているのだろう。

「雨音の家って、あの人の別荘の隣なんだよね？　いいなあ」

「わたし、その人のこと知らないし、隣って言っても、そんなに会わないでしょ」

「だけど、わざわざあの人を見るためにきつい坂道登っていかなくても済むじゃん」

有紀の言っていたとおり、かなりの数の女子が、国枝さん家《ち》のイケメン君を一目見るために勾配のきつい坂道を自転車を漕《こ》いでやって来るらしい。

「ゴールデンウィークさ、雨音の家でお泊まり勉強会やらない？」

有紀が言った。

「それいい！」

静奈が声を張り上げた。

「ちょっと、勝手に決めないでよ。わたしの家っていうけど、わたしの家じゃないし。わたしは居候だし」

「お願い、雨音」

有紀が雨音の右手を握った。

「道夫さんの許可取って」

「わたしからもお願い」

静奈が雨音の左手を握った。絶対に逃がさない——ふたりからはそんな気迫が伝わってきた。

「わかった。訊くだけ訊いてみる」

「ありがとう、雨音」

有紀と静奈は同じ言葉を発した。

*

食事を終えると、道夫は自分の部屋に向かった。明日からの登山のために荷造りをするのだ。ワルテルは閉ざされたドアの前でうろつき回っていた。雨音には決して聞かせない、甘えた感じの鼻声まで出している。

道夫が長い間留守にするということがわかっているかのようだ。

雨音は洗い物を終えると、道夫の部屋に足を向けた。ワルテルが雨音を見上げた。早くドアを開けろと急《せ》かすように小さな声で鋭く吠えた。

「あんたのためじゃないから」

雨音はそう言いながらドアをノックした。

「ちょっとお話ししたいことがあるんですけど」

「入りなさい」

「失礼します」

雨音がドアを開けると、ワルテルがわずかな隙間から身をくねらせて部屋の中へ入っていった。

「あ、ワルテル──」

「いいんだ。今は仕事じゃないし」

道夫は床に直接腰をおろしていた。目の前には雨音が見たこともないような大きなザックが横たえられている。その周りには、衣類やテント、寝袋、食料、そしてカメラの機材が所狭しと並べられていた。

「話ってなんだ？」

すり寄ってきたワルテルの背中を撫でながら、道夫が訊いてきた。

「あの、道夫さんが留守の間、田口さんが晩ご飯を食べに来ないかって言ってくれてるんですけど」

「いいよ。送り迎えはしてもらえるんだろう？」

「はい」

「ワルテルの面倒をちゃんと見てくれたら、あとは自由だ」

「それから……ゴールデンウィークなんですけど、有紀ちゃんと静奈ちゃんって子が、家《うち》に泊まりたいって……」

「ゴールデンウィークに？」

道夫は怪訝《けげん》そうな表情を浮かべたが、すぐに微笑《ほほえ》んだ。

「ああ、隣の彼のせいか」

「はい。あの、だめならだめで、わたしはかまわないんですけど」

「かまわないよ」

「いいんですか？」

道夫はうなずくと、床に目を転じた。頭の中は荷造りでいっぱいらしい。ワルテルは道夫の横に伏せていた。自分の前脚に顎を乗せて目を閉じている。

雨音は部屋の中を見渡した。道夫の仕事部屋をじっくり見るのは初めてだった。一番奥の壁に向かって作業用の机がある。その上にあるのはデスクトップのパソコンとキーボード、それに専用のペン型デバイスを使うタブレット。

左側の壁には本棚が据えられて、山や写真に関する書籍や雑誌が並んでいる。右の壁に置かれた棚には登山用品が詰め込まれていた。

「道夫さんが留守の間、この部屋にある本とか雑誌、読んでもいいですか？」

「うん。この家にあるものは雨音の好きにしていい」

「ありがとうございます」

雨音はちょこんと頭を下げた。道夫は見ていない。それでいい。自分がしたいからする。他人が見ていようがいまいが、どう思おうが関係ない。

「明日は何時出発ですか？」

「暗いうちに出る。悪いが、ワルテルの散歩と食事、頼むな。いつもより早起きしなきやならなくなるけど」

「だいじょうぶです。じゃあ、おやすみなさい」

雨音は部屋を出た。今夜は、ワルテルは雨音と一緒に寝る日だった。だが、あの様子では雨音の部屋には来ないだろう。

「ワルテル、おやすみ」

ドアの向こうに小さく声をかけて、雨音は入浴のためにバスルームへ足を向けた。

4

学校から帰宅すると、ワルテルが飛びかかってきた。長時間の留守番で、寂しさに耐えかねたのか、これまで雨音には聞かせたことのない甘えた声を出し、雨音の顔をべろべろと舐《な》めた。

なんとかワルテルの体重を支えながら、雨音は顔をしかめた。

「わかった、わかった。寂しかったんだよね、ワルテル。すぐ支度するから、散歩に行こうね」

ワルテルをなだめ、落ち着かせると、制服から私服に着替え、リードをつけたワルテルと外に出た。

いつもならすぐに庭の真ん中へ行こうとするのだが、今日に限っては玄関の周りをうろうろし、しきりに地面の匂いを嗅いでいる。多分、道夫の匂いを探しているのだ。

「ワルテル、道夫さんはしばらく帰って来ないよ。向こうへ行こう」

雨音が促すと、ワルテルは渋々という態度で従った。

雨音が来たばかりの頃はまだ雪の残っていたこの辺りも、今ではすっかり溶けてしまっている。敷地内の林の地面には雑草の新芽があちこちに見受けられた。朝晩はまだ氷点下まで気温が下がるが、日中は春めいてきている。

道夫やクラスメートの話では、ここ立科に本格的な春がやって来るのはゴールデンウィークが過ぎた後ということだった。

三十分ほど、ワルテルと林の中を歩き回って散歩を切り上げた。冷凍庫に入っているワルテル用の肉と玄米を解凍する。この家には肉と玄米のお粥が入ったワルテル専用の冷凍庫があるのだ。

解凍した玄米のお粥の上に刻んだ肉を散らし、さらに野菜スープを回しかける。

ご飯ができたその瞬間、インタホンのチャイムが鳴った。途端に、ワルテルが凄《すさ》まじい声で吠えながら玄関に駆けていった。モニタに映っているのは宅配業者だ。

「はい、どうぞ」

インタホンのマイクでそう告げて、雨音は玄関に向かった。ワルテルはまだ凄い勢いで吠え続けている。まるで、獰猛《どうもう》な闘犬だ。

「ワルテル。宅配屋さんだから、だいじょうぶ。吠えなくてもいいの」

雨音は声をかけたが、ワルテルは吠え続けた。

道夫が留守で、ワルテルにとって雨音は子分だ。道夫の代わりに雨音を守らなければいけない。

ワルテルはそう思っているに違いない。

このままではドアを開けられない。もしかすると、ワルテルは宅配業者に襲いかかってしまうかもしれない。

「ワルテル、やめて」

雨音は叫んだ。宅配業者に聞かれたら恥ずかしい。けれど、そんなことは言っていられない。

雨音の剣幕にワルテルが一瞬、怯《ひる》んだ。その隙にドアを開け、外に出た。ドアを閉めた後もワルテルは吠え続けている。

「いつものワンちゃん？」

ドアの外で待っていた宅配業者が言った。

「はい。今日は伯父が留守なんで、ちょっと気が立ってるみたいで。すみません」

「なるほど。普段は一、二回吠えるだけなのに、今日は激しいなと思ったら、ボスが留守かあ」

もう何度も顔を合わせているので、宅配業者は馴《な》れ馴《な》れしい喋《しゃべ》り方をする。

「お嬢ちゃんも大変だね。あんな大きな犬だもん」

「平気です」

荷物を受け取り、伝票にサインをした。茶封筒の中身は雑誌のようだった。道夫には毎月、仕事を定期的にしている山や写真の専門誌が送られてくる。

「ありがとうございます」

宅配業者が車に乗り込むのを待って、そっとドアを開けた。吠え声はやんでいたし、ワルテルはもう玄関にはいなかった。

「ワルテル？」

怪訝に思いながら居間に戻った。ワルテルはキッチンのシンクの前で座っていた。足もとには涎《よだれ》の水たまりができている。

「ほんと勝手だよね、ワルテルって」

ワルテルに食事を与え、汚れた床を拭いた。

これから一週間のことを考えると、憂鬱だった。

*

夕食後、部屋で勉強をした。ワルテルもやって来て、雨音の足もとで眠っている。

「偉そうにしてるくせに、寂しくてひとりじゃ寝られないってわけ？」

嫌みを浴びせかけてもワルテルは反応を示さなかった。すっかり眠っている。

数学の問題集に取り組むつもりだったが、なかなか頭に入って来なかった。

「今日はだめだな……」

雨音はひとりごち、腰を上げた。ぐっすり寝入っていたはずのワルテルが頭を上げた。どこへ行くつもりだ？――そんな感じの眼差しを雨音に向けている。

雨音はワルテルを無視して部屋を出た。階段をおり、道夫の仕事部屋に向かう。ワルテルが雨音を追い抜いていった。部屋の前で立ち止まり、ドアや床の匂いを嗅いでいる。

「だから、道夫さんはしばらく留守だよ」

部屋に入り、本棚の前に立った。

道夫は何冊か写真集を出版している。どれも、山をテーマにしたものだ。数冊並んだ写真集の中から、冬の北アルプスをテーマにしたものを手に取った。カラーとモノクロの写真が混在している。

朝日を浴びてオレンジ色に輝く雪山。強い風に巻き上げられる山肌の雪。白い砂漠のような雪原。雪の白と空の青の強烈なコントラスト。

どれもこれも、息を呑むほど美しかった。

道夫の写真は構図に特徴があった。基本とされる構図を、ほんの少しだけ意図的に破綻させた写真が多いのだ。

写真のことはわからないが、基本は絵と同じはずだ。明暗をいかに表現するか。そのためにどうやって構図を決めるか。構図にはいくつかの基本がある。その基本に則《のっと》れば、見る者の目を引きつけることができるのだ。

別の写真集に手を伸ばした。春から秋にかけての山の様子を捉えた写真集は、基本の構図に忠実なものが多かった。

冬山を撮る時だけ、道夫はわざと構図を破綻させるのだ。

おそらく、その方が冬山の美しさ、厳しさを表現できると道夫は考えている。

「面白い……」

雨音は冬の北アルプスの写真集に再び目を通した。

将来に対するはっきりしたプランはない。ただ、進学するなら美術系の学校かなとは思っている。子供の時から絵を描くのが好きだった。できれば、絵を描くことで生計を立てたいと、漠然と思っていた。

独学で学べるなら、別に進学しなくてもいい。できるだけ早く食べられるようになって、できるだけ早く自立したい。

願いはそれだけだ。だれにも頼ることなく生きていきたい。

山の写真に飽きると、本棚に隅から隅まで目を通した。一番下の段の右隅に、大判のクリアファイルが数冊、並べられているのに気づいた。その中の一冊は手書きで「マリア」と記されていた。

「マリアの写真？」

雨音はクリアファイルを手に取った。中にはＡ３サイズで印刷された写真がおさめられている。被写体はすべてマリアだった。

新緑の森、紅葉の森、朝の雪原。信州の大自然を背景に、子犬の頃から衰えていくまでのマリアの姿が捉えられている。

「マリア……」

どの写真にも、撮り手である道夫の愛情が詰まっていた。マリアもまた、その愛情に応えるべく、常に笑みを浮かべている。

優しかったマリア。自分を慈しんでくれたマリア。大好きだった。

「会いたいよ、マリア」

涙でマリアの姿が滲《にじ》んだ。

太股に圧力を感じた。ワルテルが椅子に腰掛けている雨音の太股に両前脚を乗せて、体を持ち上げていた。涙で濡れた雨音の顔の匂いを嗅ぎ、やがて、頬をぺろりと舐めた。

「慰めてくれてるの？」

雨音は訊いた。ワルテルはじっと雨音の目を見つめている。普段は見られない、優しい眼差しだった。

「ワルテルの目って、人間の目みたい」

ワルテルの目は黒く澄み、覗《のぞ》きこんでいると吸い込まれてしまいそうな気分になってくる。

「ワルテルの写真はないのかな？」

腰を浮かそうとすると、ワルテルは雨音の太股から前脚をどかした。

「ありがとう」

他のクリアファイルを広げてみたが、ワルテルの写真は見当たらなかった。

「きっと、あの中だね」

雨音はパソコンに目を向けた。数えきれないぐらいの外付けハードディスクが接続されている。

「ワルテルの子犬の時の写真、見たいな。きっと、可愛《かわい》かったんだろうね」

雨音が言うと、ワルテルはそっぽを向いた。

＊

「静奈のお母さん、凄かったね」

ハンバーグを頬張りながら、有紀が言った。田口の作ってくれたハンバーグには、自家製のデミグラスソースがかかっている。ハンバーグ自体も美味しいのだが、このソースが絶品だった。

「この目が特別なのよ、だって」

有紀は静奈の母の口調を真似《まね》た。そう、静奈の母は、ワルテルに会うなりいきなり抱きしめ、ワルテルの顔を凝視してそう言ったのだ。

ワルテルが吠えかかるのではないかと、雨音は気が気ではなかった。だが、嬉しそうではなかったが、ワルテルは静奈の母のされるがままになっていた。

道夫の言葉を思い出した。身内にはきついが、他の人間には優しい。ワルテルは確かにそういう犬なのだ。

「まるでアイドルの追っかけみたい。おっかしいよね」

「ほんと、びっくりしちゃった」

雨音は相槌を打ちながら、カフェの床で寝そべっているワルテルに視線を送った。静奈の母に気を遣っていたのか、すっかり寝入っている。ときおり薄目を開け、牙を覗かせて唸るのは夢を見ているせいだ。

マリアもそうだった。夢を見ていると、牙を剝《む》き、唸り、脚をばたばたと動かす。犬はどんな夢を見るのだろう？

「ねえねえ、そういえば、道夫さん、なんて言ってた？」

「え？」

「ゴールデンウィークの話。泊まりに行ってもいいのかな？」

「ああ、かまわないって言ってたよ」

「なんだ、また悪だくみか？」

厨房《ちゆうぼう》にいた田口が、焼きたてのパンを運んできた。ハンバーグにグリーンサラダ、タマネギのポタージュスープ、そして手作りのパンが今夜のメニューだった。

「ゴールデンウィークに、雨音の家に泊まって勉強会するの」

「ゴールデンウィーク？」

田口が右の眉を吊り上げた。

「はーん。あれだな。国枝さんとこの若坊ちゃんが目当てだな」

「勉強会だって言ってるでしょ」

有紀が田口をぎろりと睨んだ。

「どう、雨音ちゃん、料理、口に合う？」

田口はわざとらしく話題を変えた。

「とっても美味しいです」

「そりゃよかった。ハンバーグ、お代わりもあるからね。しかし、よく寝てるな、ワルテル」

「今日は静奈ちゃんのお母さんに愛想よくしてたから、気疲れしたんだと思います」

「それもあるけど、道夫ちゃんがいなくて、自分が家と雨音ちゃんを守らなきゃって毎日気張ってるんじゃないかなあ。ここは安心だからって気が抜けて、爆睡してるんだ。しょっちゅう来るからね、道夫ちゃんと一緒に」

「毎日気張ってる……」

「繊細な犬だからね、ワルテルは。牡らしくあろうと、いつも神経尖らせてるから疲れるんだよ」

雨音は首を傾《かし》げただけで、それ以上言葉は発しなかった。雨音が口を開く度に、ワルテルの瞼《まぶた》が震えるのだ。眠りの世界にいても、雨音を守ろうとしているのかもしれない。

「そんな必要ないのに……」

雨音は呟き、まだ温かいパンをデミグラスソースにつけて食べた。

「それにしてもだな、有紀、ゴールデンウィークと夏休みは家の稼ぎ時だってことぐらいはわかってるだろう。おまえにも手伝ってもらわなきゃならないのに、勉強会だなんて――」

「忙しいのはランチタイムだけじゃん」

有紀が言った。観光シーズン、女神湖周辺は昼は賑《にぎ》わうが、夜には静けさが戻ると聞いたことがある。宿泊施設がそれほど多くないので、観光客は夕方になると別の観光地へ移動してしまうのだ。女神湖にとどまる人たちも、夕食はホテルか旅館で食べる。地元の人間は混雑時は外出したがらないから、外食をするのは一握りの別荘族だけなのだそうだ。

「痛いとこ突かれたな。ここが軽井沢《かるいざわ》なら、夜も賑わうんだけどなあ」

「でも、軽井沢は不動産が高すぎて手が出ないからって、ここに店出したんでしょ」

田口親子も、移住組だ。ここに移ってくる前は神奈川県に住んでいたらしい。有紀は常々、「高校を出たら絶対に東京へ行く」と公言している。父親とは違い、田舎暮らしが性に合わないらしい。

「まあ、軽井沢とは違って商売大繁盛とはいかなくても生きていけるんだから、上手くできてるよ」

「ご馳走《ちそう》様」

有紀が腰を上げた。バレー部で体を使っているせいか、食欲も食べる速度も雨音の倍以上だった。

有紀は自分の使った食器を厨房に運んでいった。

「国枝さんところの若坊ちゃんか。ま、遠くから眺めてるだけだから可愛いもんだけど」

田口は洗い物をはじめた有紀を見つめながら言った。

「そんなにイケメンなんですか？」

「うん、イケメンだな、ありゃ。人間版のワルテルだ。ワルテルとは違って、どっちかっていうと憂い顔の美少年だけど」

「へえ……」

「年に二回来るだけだし、告白するわけでもないし、女の子ってのはよくわかんないな。ゆっくり食べてていいからね。ぼくは、雨音ちゃんとワルテルを送っていく前に、明日の仕込み、ある程度済ませておかないと」

「あ、はい。ありがとうございます」

田口は、ボブ・マーリーの『リデンプション・ソング』を口ずさみながら、厨房に戻っていった。

＊

スケッチブックに鉛筆を走らせる。紙の白と鉛筆の黒の濃淡で立体感や光を表現する。描いているのはマリアのポートレートだ。道夫の撮った写真ではなく、自分の記憶にあるマリアの姿を頼りに描いていく。

絵を描くのが好きになったのはいつの頃からだろう。とにかく、絵を描いている間は無心になれる。嫌なことや悲しいことを忘れていられる。だから、夢中になって描いてしまう。

ワルテルが起き上がる気配を感じて、雨音は手を止めた。ワルテルは伸びをすると、ドアに向かい、外の匂いを嗅ぎはじめた。しばらくすると顔を上げ、吠えた。

いつもの鋭い吠え声ではなかった。甲高く尾を引く声だ。

「遠吠え？」

その声は、海外のドキュメンタリー番組で見たオオカミの遠吠えによく似ていた。番組では、その遠吠えを仲間を求める声ではないかと推察していた。

今日は道夫が戻って来る日だ。何時に帰宅するかは聞いていない。

雨音は耳を澄ませた。道夫が近くまで来ているのなら、車のエンジン音が聞こえるはずだ。

「なにも聞こえないよ、ワルテル。勘違いじゃないの？」

だが、ワルテルは断続的に遠吠えを続けた。ここが都会なら、近隣から苦情が来ることと間違いなしだ。

「好きにすれば」

雨音は言って、またスケッチブックに向き直った。絵を描くことに集中すると、ワルテルの遠吠えが遠ざかっていく。聞こえないわけではない。気にならなくなるのだ。

慎重かつ大胆にマリアの顔の輪郭を整えていく。濃淡で浮かびあがらせた輪郭のラインに納得がいった時、車のエンジン音が聞こえた。

道夫の車だ。

雨音は鉛筆を置き、ワルテルを見た。遠吠えはやんでいた。ワルテルはドアを見つめている。その耳が微《かす》かに持ち上がっていた。近づいてくるエンジン音に耳を澄ましているのだ。

「道夫さんが帰ってくるのがわかってて吠えてたの？」

雨音は訊いた。ワルテルは微動だにしない。

「凄いね」

雨音は腰を浮かせた。ワルテルが振り返った。同時に、尻尾を激しく揺らす。

「出迎えに行こうか」

雨音がドアを開けると、ワルテルは階下に向かって駆けていった。ぴーぴーと、笛の音のように鼻を鳴らしていた。

道夫が留守の間のワルテルは、田口が言っていたように常に気を張っていたのだろう。雨音と家を守るために、だ。道夫の帰還で、それが一気に緩んでしまったかのようだ。

玄関で鼻を鳴らしながら道夫を待つワルテルは、まるで子犬のようだった。

道夫の車が敷地に入ってきた。ヘッドライトのせいで、外が明るい。エンジン音が止まり、ヘッドライトが消えた。

ワルテルは外の匂いを嗅ごうと、ドアの隙間に鼻を押しつけている。

ドアノブが回った。ワルテルが飛び退《しさ》った。後ろ脚だけで立ち上がり、ドアが開くと道夫に飛びついた。

「ステイ・バック」

道夫が鋭い声を発した。ワルテルは慌てた様子で床に前脚をついた。後ろに下がり、腰をおろす。

「グッボーイ」

道夫は担いでいたザックを降ろし、太股を手で軽く叩いた。ワルテルが尻尾を振りながら道夫に向かった。道夫の脚に体を押しつけ、目を細め、猫のように甘えはじめた。

「いい子だったか、ワルテル？　雨音に迷惑かけなかったか？」

「お帰りなさい。ワルテル、いい子でしたよ」

雨音は言った。

「ただいま。なにも問題はなかった？」

雨音はうなずき、顔をしかめた。道夫から異臭が漂ってくる。よく見ると、道夫の顔は無精髭《ぶしょうひげ》に覆われ、顔の皮膚から着ているものまで薄汚れている。

「匂うか？　山じゃ、風呂に入れないからなあ。ひとっ風呂《ぷろ》浴びるまで我慢してくれ」

「あ、じゃあ、お湯張ってきます」

雨音は道夫とワルテルに背を向けた。一刻も早く、道夫が放つ匂いから逃れたかった。バスルームへ行って、軽くバスタブを洗ってから全自動給湯器のお湯張りボタンを押した。

道夫とワルテルはまだ、玄関で再会を喜び合っていた。

5

ゴールデンウィークが目前に迫って、学校はなんだか浮き足立っていた。放課後のがらんとした教室にもその名残がある。

外は生憎《あいにく》の雨だった。窓から外を見ると、親が車で迎えに来るのを待っている生徒の姿が多い。通学用の路線バスは本数が少ないから、こんな日はついつい、親に迎えに来てくれと甘えてしまう。

雨音も同じだ。道夫に電話をかけたら、少し遅くなるが迎えに行くと言ってくれた。

ワルテルが泥の上を駆け回って、泥だらけの体を拭くのに苦労しているらしい。

雨音はスケッチブックに目を落とした。マリアのポートレートは完成直前だった。だが、どうにも気に入らない。なにかが決定的に足りないような気がするのだ。

「なんだろう?」

雨音は首を傾げた。スケッチブックに描かれたマリアは、雨音の記憶にあるのとそっくりだった。だが、それだけだ。訴えかけてくるものがない。

「足りないのは、愛かな?」

道夫の撮ったマリアの写真が思い出された。どの写真にも愛がたっぷりと詰まっていた。これを撮った人間は、この犬を心の底から愛しているのだと、写真を見たすべての人間に伝わるのだ。

自分の絵にはそれがない。マリアがそばにいてくれた時に胸に湧いていた幸せな気持ちがすっぽりと抜け落ちている。

どうしたら道夫の写真のような絵が描けるのだろう。スケッチブックを開く度に首を傾げるのだが、答えは見つからなかった。

スマホに道夫から電話がかかってきた。

「五分ぐらいで着く」

「わかりました。玄関のところで待ってます」

電話を切ると、スケッチブックを鞄《かばん》に放り込み、教室を出た。体育館の方から、部活に励む生徒たちの声が響いてくる。雨の日は野球部やサッカー部も筋トレに励むため、体育館は混み合っているはずだ。

靴を履き替えている時に、自分の吐く息が白いことに気づいた。もう、四月も終わるというのに、立科は東京の真冬のような寒さだ。東京では一ヶ月も前に桜も散ってしまったそうだが、こちらではまだ蕾《つぼみ》のままだ。

道夫の車が見えた。水たまりの水を撥《は》ね上げながらこちらに向かってくる。車が停まるのを待って、雨音は駆けだした。天気予報では雨が降るのはもっと遅くなってからのはずだった。高を括《くく》って傘を持たずに家を出てしまったのだ。

車の中は暖房が効いていて暖かかった。道夫が無言で車を発進させた。雨音はハンカチで濡れた鞄や制服を拭った。

「ちょっとスーパーに寄ろうと思ってるんだけど、なにか、食べたいものがあるか？」

学校の敷地を出ると、道夫が言った。

「鍋がいいです」

「鍋か。今日は寒いから、それもいいな。肉系？　魚介系？」

「両方がいいです」

道夫が笑った。

「雨音はなんでも食うからいいな。おまえのお母さんは好き嫌いが酷かったけど」

「母は偏食だったけど、父はなんでも食べる人で、母に内緒で居酒屋に連れていってもらったりして、なんでも食べさせてもらったんです。モツ煮込みとか大好きです」

「一番好きな食べ物は？」

「馬刺しかな？」

雨音はしばし考えてから答えた。馬刺しは父の大好物だったのだ。

道夫がさらに激しく笑った。

「馬刺しが好きな女子中学生か。こっちは馬刺しの本場だから、今度、馬刺しを出してくれる居酒屋に行こう」

「ほんとですか？」

「ああ。ゴールデンウィーク終わったら行こう。約束だ」

道夫がウィンカーレバーを倒した。雨のせいかスーパーの駐車場に停まっている車はいつもより少ない。

「あれ？」

店舗に近い駐車スペースを探していた道夫が声をあげた。道夫の視線の先にあるのは黒い四駆の車だ。ポルシェのエンブレムがついている。

「国枝さん、もう来たのか。今年は早いな」

ポルシェは品川《しながわ》ナンバーだった。

「国枝さん？　隣の別荘の？」

舞い上がる有紀たちを冷めた目で見ていたつもりだったが、いざ、本人にこれから会うのかもしれないと思うと胸がざわついた。

「そう。例年だと、四月二十九日当日に来るんだけどな」

道夫は車をポルシェの隣に停めた。

「ポルシェですよね、これ？」

「そうだよ。カイエンって車だ」

「別荘も大きいし、国枝さんってお金持ちなんですね。なにしてるんですか？」

「会社を経営してるって聞いたことはあるけど、なんの会社なんだろうな……いずれにせよ、おれより金を持ってることに間違いはない。車の中で待ってるか？」

「わたしも一緒に行きます」

思わずそう口走っていた。

「雨音も国枝家のイケメン君に興味津々ってわけか」

「そうじゃないですけど……」

道夫は後部座席の方に身を乗り出し、シートの上にあるコウモリ傘を手にした。

「これを使え」

道夫自身は滅多に傘など使わない。登山用のレインウエアで雨を撃退するのだ。雨を弾き、通気性がよくて蒸れることもない。一度この手のレインウエアを着ると、傘など馬鹿馬鹿しくて使っていられないと言っていた。

車を降りて、スーパーに向かった。慣れた手つきでカートに買い物かごを載せて店内に入っていく道夫についていく。

「国枝さん」

道夫が声をかけたのは、支払いを済ませたものをレジ袋に詰めている女性だった。年齢は三十代後半といったところだろうか。少し茶色がかった長い髪の毛と赤いロングのダウンコートがよく目立つ。外は薄暗いというのにサングラスをかけていた。いかにも都会からやって来た奥様という感じだ。

女性の品定めを済ませると、雨音の目はそこにいるはずのもうひとりの姿を追い求めた。だが、それらしき人物は見当たらない。イケメン君は別荘にいて、この女性ひとりで買い物に来たのだろう。

「乾さん、どうも。今年もよろしくお願いしますね」

女性が微笑んだ。

「今年は少し早めの到着ですね」

「ええ。主人が来られないものですから、だったら早めに行っちゃおうかって。正樹《まさき》も、
学校を休むのかまわないって言うし」

「御主人、お忙しそうですね。去年の夏休みも、おひとりだけで先に帰られた」

「貧乏暇なしだって、自分では言ってますけど……そちらは？」

女性が笑みを浮かべたまま、雨音に顔を向けた。

「ああ、姪です。事情があって、この春から一緒に暮らすことになりまして」

「広末雨音です」

雨音はぺこりと頭を下げた。

「国枝真澄《ますみ》です。よろしくね」

「こちらこそ、よろしくお願いします」

「東京から越してきたのかしら？」

「はい」

「じゃあ、こっちの暮らしは不便で大変でしょう」

「不便っていえば不便ですけど、大変だとは思いません」

「そう」

「よかったら、荷物、車まで運びますよ。外は雨が強くなってる」

「荷物運びならいるんです」

女性――真澄は微笑みながら左右に視線を走らせた。

「あの子、どこに行ったのかしら？」

真澄の言葉が耳に届いた瞬間、心臓が大きく脈打った。頬が赤くなるのを感じて、雨音はうつむいた。

「馬鹿じゃないの……」

囁《ささや》くような声で自分を罵《のの》しる。

「正樹、なにしてるの。お隣の乾さんよ」

真澄の声が耳を貫いた。おそるおそる、真澄が声をかけた方へ目を向けた。雑誌を置いてあるコーナーから、若い男がこちらに向かってくるのが見えた。

黒いライトダウンにベージュのパンツ。足もとはハイカットのトレッキングシューズ。背が高い。

「こんにちは、道夫さん」

正樹と呼ばれた若い男が、道夫に向かって頭を下げた。顔を正視することができなかった。

「また背が伸びたかな、正樹君」

「ちょっとだけ。もう、成長期は終わりました」

道夫も背が高い方だが、遜色《そんしょく》ない。百八十センチは確実に超えているのだ。

「今、一緒に暮らしてる姪の雨音。雨音、隣の別荘の正樹君だ」

「はじめまして。広末雨音です」

雨音は頭を下げた。どうしても顔を上げることができなかった。

「買い物終わったなら、行こう」

正樹が言った。雨音の挨拶に応じるつもりはないのだ。

雨音は思い切って顔を上げた。正樹が仏頂面で真澄を見ていた。

細面に切れ長の目だった。鼻筋が通っていて唇が薄い。雨に濡れてカールした髪の毛が印象深い。

「雨音ちゃんが挨拶してるんだから、あなたも自己紹介ぐらいしなきゃ」

「国枝正樹」

正樹は雨音を一瞥《いちべつ》し、不機嫌なのを隠そうともせずに名乗った。

「鍵貸して。おれ、先に車で待ってるから」

真澄に語りかける口調は親に対するものではない。

無礼な男だ。腹が立ってくる。

「すぐに行くから。じゃあ、乾さん、わたしたちはこれで」

真澄の言葉が終わる前に、正樹は会釈もせずに雨音たちに背を向けた。

「いつものことですが、なにかあったら遠慮なく声をかけてください。ゴールデンウィークの間は家に引き籠もってますから」

「ありがとうございます」

真澄がレジ袋をぶら下げて正樹の後を追いかけていく。

「なにあれ？　荷物係じゃないの？」

思わず声が出た。道夫が苦笑している。

「すみません。つい……」

「正樹君は人を怒らせるのが得意なんだ。さ、おれたちも買い物を済ませてしまおう」

道夫がカートを押して歩き出した。

「人の挨拶無視するし、お母さんに酷い口利くし、どう思います？」

腹立ちがおさまらず、雨音は言葉を続けた。

「本当のお母さんじゃないんだ。後妻だよ。若いだろう？」

「でも、あの口の利き方はよくないと思います」

「よっぽど腹が立ったんだな、雨音」

道夫は笑い続けている。

「だって……」

「なあ、正樹君って、ワルテルに似てると思わないか？」

道夫の言葉にはっとした。美形だが、感じが悪い。確かに、言われてみれば似ている。

「似てますね」

「ああ見えて、心をゆるした人間には愛想がいいかもしれないぞ。ワルテルみたいにさ」

「そうですか？」

雨音は首を傾げた。正樹が愛想笑いを浮かべている姿がどうしても想像できなかった。

＊

帰宅すると、家の中にスパイスの匂いが立ちこめていた。

「ただいま」

玄関まで出迎えに来てくれたワルテルの頭を撫でながら、雨音は匂いを辿《たど》ってキッチンへ向かった。エプロン姿の道夫がタマネギを刻んでいた。包丁がまな板を叩《たた》く音がリズミカルに響いている。用意されている食材を見ると、市販のルーは使わない本格的なカレーになるようだった。

「今夜はカレーですか？」

道夫の背中に声をかけた。

「いや。カレーは明日から。今夜は親子丼だよ」

「明日から？」

「ゴールデンウィークやお盆休みはこんな田舎でも道が混むから、カレーを大量に仕込んで、それを毎日食べるんだ。チーズカレーにしたり、パスタにしたり、味は少しずつ変えていくから心配はいらない」

雨音はうなずいた。有紀から聞いた話と同じだ。立科町の観光の目玉は女神湖と蓼科山ぐらいだが、近隣には白樺湖《しらかばこ》があり、ちょっと足を延ばすと諏訪湖《すわこ》だ。観光シーズンには道路も渋滞する。都会に比べれば可愛い渋滞らしいが、普段、がらの道路に慣れている地元の人間には耐えがたいらしい。連休がはじまる前に食材を大量に買い込んでおいて、家でじっとしながらそれで食い繋ぐ。

この辺りが混雑するのは、他には満六年に一度行われる、諏訪大社の御柱祭《おんばしらまつり》の時だそうだ。諏訪湖の周りに宿を取れなかった観光客が、この辺りに大挙して泊まりに来るのだとか。

御柱祭は話に聞いたことしかない。ここで暮らしている間に、チャンスがあれば自分の目で見てみたかった。

「雨音、悪いけど、おれ、しばらくキッチンから離れられないから、ワルテルの散歩、頼むよ」

「わかりました。着替えてきます」

ワルテルはキッチンをうろうろしていた。そろそろ散歩の時間なのに、道夫が支度する気配がないのを怪訝に思っているらしい。

大急ぎで着替えを済ませた。

「ワルテル、お散歩行こう」

玄関で声を出すと、ワルテルが勢いよく駆けてきた。首輪とリードをつけ、外に出る。庭の中をしばらく歩き回ってからリードを外してやった。

いつもならすぐに駆けだすのに、ワルテルはその場にとどまって、空気中の匂いを嗅いだ。

「どうしたの、ワルテル？」

雨音が声をかけると、ワルテルは林とは別の方角に駆けていった。敷地を出る手前で立ち止まると、雨音を急かすように振り返った。

道夫から、敷地の外に勝手に出てはいけないと徹底的に教え込まれているのだ。これまでは、一緒にいるのが雨音でも、ワルテルは絶対に敷地の外に出ようとはしなかった。

「外を歩きたいの？」

ワルテルに追いつくと、リードをつけた。たまには外を歩くのも悪くない。ついでに、ワルテルが勝手にリードを引っ張らないよう、特訓すればいい。

「じゃあ、行こうか」

敷地を出ると、雨音は蓼科山の聳える方へ足を向けた。だが、ワルテルがリードを引っ張る。反対側に行きたいらしい。

「どこか行きたいところがあるの？」

雨音が向きを変えると、ワルテルが歩き出した。

「ワルテル、だめだよ。ちゃんと横について」

散歩する時は、人間の左側を、人間の速度に合わせて歩くのが基本だ。ワルテルは道夫が相手ならその基本を忠実に守るのだが、リードを持つのが雨音だと勝手に歩き回ってしまう。

雨音の意思など知ったことではないと言うように、ワルテルはリードを引っ張って歩いていく。下り坂のせいで、雨音は小走りになった。

「ワルテル、待ってってば」

ワルテルはマーキングをする素振りも見せない。どこへ向かおうとしているのか、見当もつかなかった。

坂を少し下った国枝家の別荘の前で、ワルテルの歩く速度が落ちた。しきりに辺りの匂いを嗅ぎ、落ち着きをなくしていく。やがて、別荘の門の前で立ち止まった。

「ワルテル？」

ワルテルが別荘に向かって吠えはじめた。だれかを呼んでいるような、優しい吠え声だった。

別荘の敷地内にポルシェは見当たらなかった。

「ワルテル、迷惑だよ。やめて」

たしなめてみたが、ワルテルは吠えるのを止めようとはしなかった。

「ワルテルってば……」

リードを引っ張ってその場を離れようとした瞬間、玄関のドアが開いた。ワルテルの尻尾が激しく揺れて、正樹が姿を現した。

「あ、どうも……」

雨音は慌てて頭を下げた。

「よう、ワルテル。元気だったか？」

正樹が微笑みながら近づいてくる。雨音は自分の耳を疑った。

「ワルテルのこと、知ってるんですか？」

正樹はうなずき、電動式の門扉を開けた。正樹がその場にしゃがみ込むと、ワルテルが体を押しつけていった。正樹に頭や胸を撫でられて目を細めている。そのくせ、ときおりガルルと唸っている。ワルテルは心をゆるした人間にだけ、そんな態度を取る。雨音もしょっちゅう唸られていた。

「相変わらず唸る癖、直らないな。知らない人が聞いたら怖がるって言ってるだろう」

正樹も目を細めている。昨日とは別人のようだった。

「仲がいいんですね。知らなかった。道夫さん、教えてくれればいいのに」

「よく、散歩にも行くよ。ワルテルが子犬の時から知ってるんだ」

「じゃあ、マリアも知ってます？」

正樹がうなずいた。

「四年前かな。夏休みが終わって東京に帰って、次の年のゴールデンウィークにここに戻ってきたら、マリアはいなくなってて、代わりにこいつがいたんだ。まだ小さくて、可愛かったよな……いや、違うな。おまえの場合は可愛いじゃなくて、子犬の頃から綺麗だったよな」

正樹が話に夢中になって撫でる手の動きがおろそかになると、ワルテルは唸って注意を引いた。

「悪い、悪い」

「ワルテル、普通の子犬と違ったんですか？」

「うん。子犬って、どんな犬種だって可愛いものだろ？　でも、こいつは綺麗な子犬だった」

「へえ」

「雨音のことも見かけたことあるよ。まだ、小学校の低学年ぐらいだったかな」

呼び捨てにされたが、気にはならなかった。

「そうなんですか？」

「マリアと遊ぶ時の声がうるさくて、腹が立ったからよく覚えてる」

正樹の言葉に刺《とげ》はなかった。

「すみません」雨音は頭を下げた。「子供だったんで……」

「雨音のせいじゃないよ。親の躾《しつけ》が悪いんだ。その証拠に、道夫さんが家にいる時は静かだった。金切り声出して騒いでると叱られるからさ」

他人に親の悪口を言われるのは不快だったが、母のことを考えると反論はできなかった。

「そういえば、お母さん、どうしてる？　姿も見ないし、声も聞こえないけど」

「アメリカに行ってるんです」

雨音は言った。我ながら小さい声だと思った。

「アメリカ？　旅行？」

「向こうに住んでるんです」

なにかを察したのか、正樹は片方の眉を吊り上げて口を噤《つぐ》んだ。

「わたしはアメリカなんか行きたくなくて、それで、道夫さんと一緒に暮らすことになって」

「じゃあ、ずっとあの家にいるんだ」

「はい」

正樹は肩をすくめ、腰を落とした。

「ワルテル、子分ができてよかったな」

ワルテルが頭を正樹の胸に押しつけた。甘えている。ワルテルが道夫以外の人間にそんな仕種《しぐさ》をするのは見たことがなかった。

「なんだよ、散歩行こうってか？　じゃあ、行くか。ちょっと待っててくれる？」

正樹はそう言い残すと、家の中へ駆けていった。後を追おうとするワルテルに引きずられそうになり、雨音は必死でリードをたぐり寄せた。

「ワルテル、勝手に動いちゃだめだってば」

ワルテルが振り返った。あからさまに不服そうな表情だった。バーニーズは本当に表情が豊かな犬種だ。そのせいで、腹立たしい思いを何度もさせられる。

「お待たせ」

正樹が家から出てきた。小型のカメラを首からぶら下げている。いわゆるコンパクトデジタルカメラと呼ばれるジャンルのカメラだが、質感からして値が張りそうだった。

「あのお、ほんとに散歩に行くんですか？」

「ワルテルが行きたがってるからさ。不満？」

「そういうわけじゃないですけど……」

もし、正樹と一緒にワルテルを散歩させているところをだれかに見られたら、なんだか面倒なことになりそうだった。

「じゃあ、行こう」

正樹は先頭に立って歩き出した。ワルテルがそれに続き、雨音は引っ張られる格好で後を追った。正樹は別荘の前の坂道を下っていく。

「そっちは……」

坂を下って別荘地を抜ければ、その先は観光エリアだ。ゴールデンウィークの前日ということでまだ人出は少ないだろうが、だれかに見られる可能性は高くなる。

「長く歩くの、平気かい？」

正樹が言った。

「だいじょうぶですけど……」

「じゃあ、このまま女神湖まで降りていこうか」

恐れていた台詞だった。

「でもあの……女神湖まで行っちゃうと帰りが遅くなるし」

「だいじょうぶだよ。あいつに迎えに来いって電話するから。今日は軽井沢に行ってるんだよ。混雑する前にアウトレットモールで買い物済ませるって。そろそろ帰ってくる時間だから、ピックアップしてもらえばいい」

「あいつって、真澄さんのことですか？」

正樹がうなずいた。義理の母との関係はうまくいっていないのかもしれない。

「木漏れ日がいい感じだな。ワルテル、リード引っ張らないでゆっくり歩いて来いよ」

正樹は早足になって坂を下っていく。正樹の言うとおり、アスファルトの上には木漏れ日と木の影が織りなす陰影が刻まれている。

正樹が十メートルほど先で振り返り、カメラを構えた。

「ゆっくり歩いてきて」

「あ、あの、わたしを撮るんですか？」

「ワルテルを撮るんだよ」

カメラの下に白い歯が見えた。雨音の自意識を笑っている。恥ずかしさで頬が熱くなった。唇を嚙み、ことさらにゆっくり歩いた。ワルテルは正樹の言葉を理解したのか、リードを引っ張ることもなく雨音に合わせて歩いていた。

「なによ、あんたまで」

雨音は呟いた。正樹がシャッターを切る音が届く。

「写真、趣味なんですか？」

恥ずかしさと悔しさを紛らわすために訊いた。

「別荘にいてもやることがなくてつまらないから、道夫さんに教えてもらった」

シャッターを切る音が絶え間なく続く。その度に居心地の悪さが募っていった。

正樹が腰を落としてカメラを構える横を、ワルテルと共に通り過ぎた。正樹はシャッターを切るのをやめ、雨音と肩を並べて歩き出す。

「雨音は子供の頃、よく絵を描いてたよな。今でも描くの？」

「はい。絵を描くのは好きです」

「どんな絵？」

「スケッチとか、ポートレートとか」

「今度見せてくれよ」

「いいですけど、たいした絵じゃないですよ」

「いいんだ。見てみたい」

正樹はそう言うと、また早足で坂を下り、カメラを構えてワルテルと雨音を撮りはじめた。

＊

「ねえねえ、どういうことよ？」

有紀がきつい目で雨音を睨んでいた。

「だから、ワルテルが国枝さんのことを好きで、それで一緒に散歩することになったの」

正樹はカウンターでコーヒーを啜《すす》っていた。ワルテルはその足もとで伏せている。雨音は有紀に腕を引かれて端っこのテーブルに移動していた。

「国枝さんって言った、今？」

「うん」

「聞こえたよ。さっき『正樹さん』って呼んでた」

「だって、本人に向かって国枝さんって呼びかけるのはおかしいし、正樹って名前だし」

「彼はあんたのこと『雨音』って呼び捨てしてた。いつから名前を呼び合う仲になったのよ」

真澄が迎えに来るまで三十分はかかりそうだということで、コーヒーを飲んで待つことにしたのだ。だが、田口の店を選んだのは間違いだった。

「今日から」

「嘘《うそ》つかないでよ」

「本当なの。面と向かって話したのも今日が初めてだし」

「それで、雨音と正樹さん。正樹さんはゆるすとしても、普通は、広末さんとか雨音ちゃんって呼ぶと思うんだよね」

「向こうが勝手にわたしを呼び捨てにしてるんだから」

「ふうん」

有紀は疑《うたぐ》り深そうに雨音を睨み、ついでその目を正樹に向けた。

「やっぱり格好いい」

「でも、性格はあんまりよくないみたいだよ」

雨音は言った。

「雨音はいいよね。こっちは遠くから眺めるだけなのに、性格がどうのこうのって言えるほど仲良くなってるんだから」

「だからそんなんじゃないんだってば」

「やだ。こっちを見てる」

有紀が口を閉じた。正樹が顔をこっちに向けていた。

「雨音の友達？」

「はい。クラスメートです。行こう」

雨音は有紀の手を取った。

「行くってどこに？」

「紹介してあげるから」

ありもしないことを勘繰られてぶつぶつ言われるぐらいなら、いっそのこと有紀を正樹に紹介してしまえばいい。後は自分でなんとかすればいいのだ。

「ちょっと待ってよ。心の準備が……」

「いいから行こう」

有紀の腕を引っ張りながら正樹の席に向かった。なんだか、リードを引っ張って歩くワルテルになった気分だった。

「田口有紀さん。この店の娘《こ》です。こっちは国枝正樹さん。有紀は知ってるんだよね？」

少し意地悪な気分になって付け足した。有紀の顔はリンゴのように赤く染まっていた。

「し、知ってるってわけじゃなくて、あの、田口有紀です」

「国枝正樹。コーヒー美味しかった。雨音、そろそろ出ようか」

正樹は腰を上げた。

「もう？」

「ほら、聞こえるだろう。車のエンジン音。あいつが来たんだよ」

正樹は財布から千円札を抜き出すとカウンターの上に置いた。

「ご馳走様。美味しかったです」

その声に、厨房から田口が顔を出した。

「もうお帰り？」

「迎えが来たので。行くぞ、雨音」

「あ、はい」

正樹の声の勢いに引かれ、雨音はワルテルのリードを持って歩き出した。

「またね、有紀」

「うん」

有紀は上の空だった。夢見るような目つきで正樹の背中を見つめている。

「やれやれ」

雨音はワルテルと共に店を出た。

「本当にいいんですか？」

正樹に声をかける。

「なにが?」

「ポルシェに犬なんか乗せちゃって」

「かまわないよ。どうせ、親父の金で買った車なんだから」

ポルシェが見えた。他の車とは明らかに異質なエンジン音を轟《とどろ》かせながらこちらに向かってくる。ポルシェが近づけば近づくほど、正樹の背中が強張《こわば》っていくように感じた。

「お待たせ」

ポルシェが停止し、運転席側の窓が開いた。ばっちりメイクを施した真澄が微笑んでいる。正樹が無言で後部座席に乗り込んだ。

「すみません。わざわざ迎えに来ていただいて」

「いいのよ。ちょうど帰るところだったし、正樹もいるんだから」

「早く乗れよ、雨音」

正樹が苛立《いらだ》った声をあげた。

「あの、犬も一緒なんですけど」

「かまわないわよ」

「じゃあ、失礼します」

雨音は反対側に回り込んでドアを開けた。ワルテルが当然という表情で車に乗り込んだ。シートに飛び乗ると、正樹の太股に顎を乗せて伏せる。正樹がその背中を優しく撫でた。

ドアを閉めると、ポルシェが動き出した。

真澄の運転は荒い。頻繁にブレーキを踏み、その度に車体が揺れる。長時間のドライブに付き合ったら、間違いなく車酔いしてしまうだろう。

「雨音は連休中はなにしてるんだ？」

正樹が言った。これまで聞いたことのない優しい声だった。

「別になにも。受験勉強して、暇な時は絵を描いて……」

「どこか狙ってる高校あるの？」

「美術系の高校に行きたいとは思ってるんですけど」

「そっか。よかったら勉強、教えてやるよ。理数系は得意なんだ。おれの部屋に来ればいい」

車が激しく揺れて、雨音は正樹の方に倒れ込んだ。間にいたワルテルが迷惑そうな顔で雨音を睨んだ。

「いつになったら運転上達するんだよ」

正樹が声を荒らげた。雨音と話す時とは違い、敵意が剥き出しの言葉だった。

「ごめんなさい」

真澄が言った。こちらも強張った声だった。

車内に気まずい空気が立ちこめていた。雨音はワルテルの背中に手を置き、その温かさに縋《すが》った。

6

連休に入った途端、雨雲が日本列島を覆って動かなくなった。

観光客や別荘族の動きもおのずと鈍くなる。かき入れ時だと張り切っていた地元の人間たちは、恨めしそうに空を覆う雲を睨むことしかできなかった。

連休三日目も朝から雨だった。立科周辺の雨は五月でも嫌になるほど冷たく、寒い。

雨音はなかなかベッドから出ることができず、寝返りを打っては溜息をついていた。

ワルテルが一緒に寝てくれれば寒さを感じることもないのだが、生憎、昨夜はワルテルは道夫と寝ていた。

「雨音、起きろよ。今日はこれから出かけるぞ」

階下で道夫の声が響いた。

「わたしは遠慮します」

雨音は叫び返した。

「正樹も一緒なんだ。早く起きて顔を洗え」

先日のことが思い出され、雨音は顔をしかめた。

「だから、わたしは遠慮しますってば」

「だめだ。起きろ」

道夫の語気が強くなった。ああいう物言いをする時の道夫に逆らうとまずいのは子供の時からの経験でよくわかっていた。

「なによ、もう……」

雨音は口を尖らせながらベッドから出た。冷えて湿った空気に身震いする。そそくさと着替えを済ませ、階下におりた。

玉子の焼けるいい香りが鼻に流れ込んできた。道夫はキッチンで弁当を作っていた。用意された弁当箱は三つ。大きめのふたつは道夫と正樹用で、小さいのは雨音用なのだろう。中華鍋を振る道夫の後ろで、ワルテルが尻尾を振っていた。

「どこへ行くんですか？」

「森だ。雨続きでワルテルが欲求不満なんだ。鬱蒼《うっそう》と茂った針葉樹の森があって、よっぽどの大雨でも降らない限り、びしょ濡れになることがない。そこにワルテルを連れていく」

「なんで正樹さんも一緒なんですか？」

「その森の写真を撮らせてやりたいんだ」

「わたし、別に行きたくないんですけど」

雨音は小声で言った。

「なんでそんなに嫌がるんだ」

また、道夫の語気が強まった。雨音は反射的に肩をすぼめた。

「なんだか苦手なんです、正樹さん……」

「家族がみんな一緒だとワルテルも喜ぶんだ。行こう」

道夫の声が柔らかくなった。精一杯譲歩しているのだ。

「わかりました」

雨音が言うと、道夫が破顔した。

「寒いから、フリースとライトダウン、それにレインウエアがいるぞ」

この家に住むようになってすぐ、道夫が雨音のために登山用品メーカーからいろんなウエアを取り寄せてくれた。寒冷地では登山用ウエアが機能的に優れていて暖かく、便利なのだそうだ。

「はい」

バスルームで洗顔と歯磨きを済ませ、道夫に言われたウエアを用意して玄関に向かった。すでに弁当作りも終わり、道夫は荷物を車に運んでいた。ワルテルの姿がない。とっくに車に乗り込んでいるのだ。

吐く息が白い。気温は五度ぐらいだろうか。雪ではないのが不思議なぐらいの寒さだ。きっと、蓼科山の山頂付近は雪が降っているのだろう。

「これが最後だ。準備はいいか?」

車から戻ってきた道夫が玄関に置いてあったカメラバッグを手に取った。

「はい」

雨音はトレッキングシューズを履いて外に出た。施錠する道夫を待って一緒に車に向かう。車が揺れていた。荷室に乗っているワルテルが興奮して動き回っているのだ。

車内の様子を見て理由がわかった。すでに正樹が後部座席に乗り込んでいる。足が止まりそうになったが、唇を噛んで進み続けた。

「おはようございます」

正樹に挨拶をして車に乗り込む。助手席にはすでに道夫が荷物を積み込んでいたので正樹の隣に座るしかなかった。

「おす」

正樹の挨拶はぶっきらぼうだった。相変わらず感じが悪い。ワルテルは荷室から首を伸ばして正樹の髪の毛に鼻を押しつけ、唸っている。

知らない人が見たら、正樹を威嚇しているとしか思えないだろう。だが、これがワルテルの愛情表現なのだ。

車が動き出した。

「なんで来ないんだよ」

正樹が言った。

「はい？」

「勉強教えてやるから、おれの部屋に来いって言ったじゃないか」

「あれは別に約束したわけじゃないし……」

あの時の車内の空気は最悪だった。真澄は間違いなく、雨音が正樹の部屋を訪れるのを嫌がるだろうという確信があった。

「あいつのこと気にしてるのか？」

正樹が言った。

「そういうわけじゃないですけど……」

「気にしなくていい。あの別荘は親父のもので、あいつのものじゃない」

「でも――」

「頼むよ」

正樹の声ははっとするほど弱々しかった。

「あいつとふたりきりであの別荘にいると、気が滅入るんだよ」

そういうことか——雨音は小さくうなずいた。実の母でも、父が死んだ後では一緒に暮らすのが辛かった。それが継母となればきつさも倍増するのだろう。

「わかりました。後で、お邪魔します」

「本当だよな？」

「約束します」

正樹の顔に笑みが広がった。幼い子供のような笑顔だ。

「ほんと、理数系ならなんでも教えてやるから。後、英語も。文系はちょっとやばいけど」

「よろしくお願いします」

雨音は軽く頭を下げた。ワルテルは相変わらず唸っていた。

*

連れていかれたのは、蓼科山と竜ヶ峰《りゅうがみね》の裾野に広がる森だった。

道夫の言っていたとおり、針葉樹が鬱蒼と生い茂り、森の中に分け入ると雨に打たれることがなくなった。

森の奥から湧き出た霧が、じわじわと森全体に広がっていこうとしていた。まるで異界に迷い込んだかのようだ。その異界の森を、リードから解放されたワルテルが駆け回っている。

「すげえ……」

首からカメラをぶら下げた正樹が呟いた。先日とは違い、カメラはデジタル一眼レフだった。

「だろ。一度、連れてきてやりたかったんだ」

道夫が言った。

「でも、これだと暗すぎて……」

正樹が恨めしそうな視線を自分のカメラに落とした。

「そのカメラだとＩＳＯ１６００が限界だからな。これを使ってみろよ」

道夫がカメラバッグから取りだしたカメラを正樹に渡した。同じタイプのカメラだが、正樹のものよりひとまわり以上小ぶりだった。

「ミラーレスカメラ。動体を追いかけるのにオートフォーカスがイマイチ使い物にならないんだけど、ＩＳＯは６４００までが常用感度」

「そんなに？」

「騙《だま》されたと思って使ってみろ」

ふたりの会話は雨音にはちんぷんかんぷんだった。

正樹は道夫から借りたカメラの操作システムを確認しているようだった。道夫は自分のカメラのレンズを霧煙る森の中を悠然と歩き回るワルテルに向けていた。

「雨音、おまえもワルテルと一緒に歩いてくれ」

道夫が言った。

「わたしがですか？」

写真を撮られるのは苦手だ。できることならレンズのこちら側にいたい。それに、ふたりがこの森を写真で切り取りたいと思うのと同じように、この霧の森をスケッチしたかった。

「ワルテルの近くで好きに歩いてればいいから。さ、行った、行った」

道夫の声に追い立てられて、雨音は森の奥に足を向けた。木の幹の匂いを嗅いでいたワルテルが気づき、雨音に顔を向けた。

早くこっちに来いよ——そう言いたげな眼差しだった。木々の間には下草が生えているが、まだ茶色いままで背も低い。足を取られることもなく歩くことができた。

霧がどんどん濃くなっていく。不安になって振り返った。霧の向こうで道夫と正樹がこちらにレンズを向けている。

まるで親子のようだった。写真という同じ趣味で繋がった父と子。見ているだけで微笑ましい気分になる。

母とはなにひとつ趣味が合わなかった。着るものも、味覚も、好きなものも。母は魚やラム肉といった独特な匂いのある食べ物を一切口にしなかった。雨音はそうした食べ物が好きだった。父や道夫の影響だろうと思う。だから、母の作る料理を美味しいと思ったことはほとんどなかった。毎日外食だったらどんなにいいだろうと子供ながらに思っていた。

立科へ来て、食生活はがらりと変わった。道夫の食卓には魚料理はもちろん、鹿や猪《いのしし》といったジビエ料理もよく出てくる。母なら顔をしかめて箸をつけようともしなかっただろう。だが、そうした料理を雨音は美味しく食べた。

母は休日に渋谷や銀座へショッピングに出かけるのが好きだった。雨音もお洒落に興味がないわけではないが、デパートやブティックを何軒も訪ねるのは苦手だったし、どちらかといえば、映画を観たり、美術館に足を運ぶ方が好きだった。

だから、母と出かけるのは退屈で、時に苦痛ですらあった。デパートの催事場で絵画展などがあると、母と別れてひとりで絵を見ていた。

母と一緒に美術館を回れたらいいのに。昔はよくそう思い、恨めしい気持ちに駆られた。だが、いつの頃からか、なにも感じなくなってしまった。

ワルテルの唸り声に、雨音は我に返った。ワルテルはとぼとぼと歩いてくる雨音に苛立っている。

「ごめん。そんなに怒らなくてもいいじゃん」

雨音は歩く速度を上げた。近づくと、ワルテルが歩き出す。その後を追った。

十メートルほど先に開けた場所があって、大きな岩が横たわっていた。ワルテルはそこを目指しているようだった。

霧は森の隅々に行き渡っていた。時に息苦しくなるほどの森の濃密な空気が、霧と共に肺の中に入り込んでくる。森の空気は冷たく湿って、けれどどこか懐かしい。

ワルテルが岩の前で足を止めた。雨音はワルテルの傍らに立ち、岩にそっと触れた。岩の表面は滑らかだった。うっすらと濡れ、氷のように冷たい。

ワルテルは雨音から離れ、匂いを嗅ぎながら岩に沿って歩き出した。匂いに夢中になっている。この森に住む野生動物の匂いがするのかもしれない。

雨音は岩肌に耳を押しつけた。岩の鼓動が聞こえるような気がしたのだ。なにも聞こえなかった。だが、耳たぶや頬に触れる岩の硬さが心地よかった。

「雨音、その岩によじ登れるか？」

道夫の声が耳に届いた。振り返る。いつの間にか、道夫と正樹のふたりとの距離が詰まっている。写真を撮りながらこちらに歩いてきていたのだ。

「登れると思いますけど」

岩の高さは一メートルほどだ。ところどころにある出っ張りに手脚を引っかければなんとか登れそうだった。

「登ってくれ」

雨音はよじ登った。岩の上に立つと森の中の世界が違って見えた。岩の上は霧が薄く、下は濃い。なんだか、雲の上に立っているような気分だ。

ワルテルが吠えた。雨音を真似て岩をよじ登ろうと試みるが、上手くいかず、ワルテルは苛立って吠えている。雨音は岩の上でしゃがみ、ワルテルを見おろした。

「ほら、わたしはワルテルの子分なんでしょ？　子分にできることが、どうしてワルテルにできないの？　早く登っておいでよ」

ワルテルの爪が岩肌を擦《こす》る音と、道夫たちがカメラのシャッターを切る音が交互に聞こえる。

ワルテルはこれ以上はないという真剣な顔つきだった。

「けっこう可愛いとこあるじゃん、ワルテル」

雨音は微笑んだ。

森の外から聞こえてくる雨の音が弱くなっていた。霧は濃淡を変えながら森を埋め尽くそうとしている。

「おまえの母さんはこの森が好きだった」

道夫が言った。カメラは構えたままだ。

「あの人が？」

「雨が降っても全然濡れないって、子供みたいにはしゃいでた。おまえに雨音という名前をつけたのは、この森のことが頭にあったからだ。この森の中で、雨に打たれずに聞く雨の音が好きだったんだ」

雨音はうなずいた。すぐ近くで雨の音が聞こえるのに濡れることはない。それは不思議で甘美な感覚だった。

ワルテルが吠え続けている。

「そんなにここに来たいの？」

声をかけるとワルテルは吠えるのをやめた。小首を傾げて雨音を見つめる。雨音の言葉を理解しようと必死になっているみたいだった。

ふいに、頭上に温かいものを感じた。森の上の方を仰ぎ見た。微かな梢《こずえ》の隙間から、一条の光が射し込んできていた。

「光芒《こうぼう》だ……」

雨音は立ち上がった。微かな雨の音はまだ続いている。わずかな雲の隙間から太陽が顔を覗かせているのだろう。その光が、鬱蒼とした森の隙間を貫いてきた。

霧の立ちこめる薄暗い森に射し込む一筋の光は幻想的で荘厳だった。

雨音は光に向けて腕を伸ばし、掌《てのひら》で光を受け止めた。冷えていた手にほんのりとした温かみが宿った。

次の瞬間、光が消えた。雨雲がまた太陽を覆ったのだ。

「消えちゃった」

雨音は呟いた。ついで、森の中にマシンガンのような音が響いているのに気づいた。道夫と正樹のカメラが立てる音だった。ふたりとも、カメラを連写モードにしてシャッターボタンを押し続けている。

「ほんとに親子みたい」

雨音は苦笑し、岩から飛び降りた。すぐにワルテルが体を押しつけてくる。

「ワルテルも登れたらよかったのにね」

雨音はワルテルの頭を撫でた。道夫と正樹はまだシャッターを切り続けていた。

＊

森の中で弁当を食べ終えると家に戻った。湯を張った風呂に浸《つ》かり、冷えきった体を温める。バスルームから出ると、道夫とワルテルの姿がなかった。仕事部屋からパソコンを操作する音が聞こえてくる。

雨音は自室に向かい、スケッチブックを開いた。頭の中にイメージがはっきりと残っているうちに絵にしておきたかった。

霧煙る森の中で、夢中になってカメラを構えている父と息子。

道夫と正樹は本当の親子ではないけれど、そんなことはどうでもいい。大切なのはイメージだ。

紙に鉛筆を走らせていく。下描きを描いたことはほとんどない。紙に直接イメージを刻みこんでいくのだ。針葉樹の暗い森と霧を鉛筆の線の濃淡で描き分けていく。

いつしか没頭して時間が経つのも忘れていた。我に返ったのは、ドアをノックする音が響いたからだ。

「はい？」

「昼飯、どうする？」

道夫の声に、反射的にスマホに目をやった。すでに午後一時を回っていた。三時間近く、絵を描き続けていたことになる。

森の中で朝食にしてはけっこうな分量の弁当を食べたのだが、空腹を覚えていた。ワルテルと一緒に森の中を動き回ったからだろう。

「食べます」

「ハムカツカレーだけど、いいか」

「はい」

「じゃあ、十分後におりてきてくれ」

道夫のカレーは絶品だった。ここ三日、食べ続けているが飽きることがない。その都度その都度、トマトジュースだったり和風の出汁《だし》だったり、隠し味を加えているから、いつ食べても新鮮なのだ。

スケッチブックを本棚に戻し、階下におりた。道夫がキッチンでハムカツを揚げている。立科町にある自家製のハムやソーセージを作っている店で買ってきたハムを厚めに切って揚げるのだ。あそこのハムはステーキにしても美味しい。ソーセージやベーコンも美味しかった。

ワルテルはソファの上で寝そべっていた。雨音の姿を認めると、猫のようにしなやかにソファを降り、体を押しつけてきた。撫でろと要求しているのだ。

「ご飯の支度があるから待って」

ワルテルをその場に残してキッチンへ行き、皿やカトラリーを用意した。

「冷蔵庫の中からスライスチーズ出して、包装を剝がしておいて」

「はい」

雨音はうなずいた。道夫の料理の手伝いをするのは楽しかった。なにを作るにしても、雨音の好みを必ず訊いてくれる。

まだ幼かった頃、子供なら好きだろうと道夫が気を利かせてマヨネーズを使った料理を出してくれたことがある。だが、雨音はマヨネーズが嫌いだった。おそるおそるそのことを告げると、道夫は「マヨネーズが嫌いな子供なんているのか？」と驚いたが、それ以降、雨音に出す食事にマヨネーズを使うことはなくなった。

「よし。ご飯よそって」

チーズの用意ができると道夫が言った。雨音は皿にご飯を盛った。道夫の皿には大盛りで、自分の皿には普通より若干少なめ。

この家に来てから、食事が美味しくてつい食べ過ぎてしまう。先週辺りから体重が気になっていた。

湯気の立つご飯の上に、道夫が揚げたてのハムカツを置いた。雨音はその上にスライスチーズを載せた。さらにその上から、道夫がカレールーをかけていく。熱々のカツとカレーがチーズを溶かしていく。

「さあ、食べよう」

皿を食卓に運び、道夫と向かい合って座った。食卓にはすでに、付け合わせの刻んだ野沢菜が入った小皿が用意されていた。

「いただきます」

雨音はカレーを口に運んだ。昨日のカレーとはまた違う風味と甘さがあった。

「今日はなにを入れたんですか?」

「なんだと思う?」

「蜂蜜ですか?」

道夫が微笑んだ。

「半分当たり」

「あとはチョコレート?」

「ココアの粉末を入れたんだ。惜しかったな」

道夫のスマホに着信が入った。道夫はスプーンを置いて電話に出た。

「正樹か。どうした?」

電話は正樹からのようだった。少し言葉を交わしたあとで、道夫がスマホを雨音に差し出した。

「電話替わってくれって」

「わたしにですか?」

道夫がうなずいた。断る口実も思い浮かばず、雨音は渋々スマホを受け取った。

「もしもし?」

「後で、来いよ」

「でも——」

「来いよ。待ってるから」

　電話が切れた。

「なんなの、もう」

　雨音は頬を膨らませた。

「行ってやれよ」

　道夫が言った。

「中学生の姪っ子に高校生の男子の部屋に行けっていう伯父さん、あんまりいないと思いますけど」

「正樹ならだいじょうぶだ。おれの信頼を裏切ったりはしないから」

「正樹さんと仲がいいんですね」

「なんだか知らないけど、慕われてるんだ。こっちにいる時は、ワルテルみたいにおれの後をついて回る。ガキの時からそうだった」

「へえ」

「行ってやれよ。この一、二年、暗いんだ、あいつ。なにか悩みがあるんだろうな」

　道夫は言葉を切ると、旺盛な食欲でカレーを食べはじめた。

＊

数学と理科の教科書と参考書、ノートを鞄に詰めて家を出た。なんだか足が重い。歩いてすぐの距離がとてつもなく長く思えた。

インタホンのボタンを押す。しばし間があってから真澄の声がスピーカーから流れてきた。

「はい？」

「あの、隣の広末雨音ですけど、正樹さんと約束がありまして」

声が上ずりそうになるのを必死でこらえた。

「ああ、雨音ちゃんね。どうぞ、入って」

スピーカー越しにも言葉の奥に冷ややかなものが感じられる声だった。

門扉のロックが外れる音がした。

「失礼します」

雨音はカメラ付きのインタホンに一礼して国枝家の敷地に足を踏み入れた。

「自分で呼んだんだから、来るの待っててインタホンにぐらい出てよ」

文句を言いながら歩いていくと玄関のドアが開いて正樹が顔を出した。雨音は慌てて口を閉じた。

「よう」

「お邪魔します」

雨音はつっけんどんに言って、玄関に入った。すでに用意されていた来客用のスリッパに履き替える。

「こっちだ」

正樹が階段を上がっていった。

「あの、真澄さんにご挨拶しないと――」

「いいんだよ、そんなの」

苛立ちをあからさまにした声を放ち、正樹は二階へ向かった。

「お邪魔します」

リビングと思しき部屋の方に頭を下げ、雨音はその後を追った。正樹が廊下の突き当たりにある部屋に入っていく。

「ちょっと待ってよ。こっちは初めてなんだから」

ドアが開け放たれたままの部屋に入って、雨音は立ちすくんだ。正樹の部屋は二十畳はありそうな広さだった。外から見るだけでは、国枝家の別荘がどれぐらい大きいのか実感が湧かない。だが、この部屋を見るだけでどれだけの豪邸なのかがすぐにわかった。

　床のフローリングはワックスが利いていて傷ひとつない。ウォークインクローゼットがあり、ダブルベッドがあり、ソファセットや洋箪笥、本棚、机などの家具はモダンなデザインだ。部屋の一角にはギターやシンセサイザー、アンプなどが置かれている。

「凄いですね……」

「別に凄くはないよ。全部親父の金で買ってもらったもので、自分で買ったものはひとつもない」

「でも、家《うち》に比べたら全然」

「おまえの家は、道夫さんが自分で金出して、自分で作った。そっちの方がよっぽど凄いよ」

「そういう見方もありますよね」

　正樹が笑った。

「雨音って面白いよな」

「自分ではあんまりそう思わないですけど」

「普通の中学三年生はそういう口の利き方しない。それだけでも充分に面白い」

　雨音は肩をすくめた。自分が風変わりであることは自覚している。

「こっちに来いよ」

　正樹は椅子に腰をおろした。椅子とセットの机の上にはデスクトップパソコンがある。

モニタは道夫の部屋にあるのと同じように大きかった。

「道夫さんのと同じパソコンとモニタだ。写真用に必要なんだよ」

モニタに映し出されているのは雨音とワルテルの写真だった。あの森の岩の上に立ち、光芒に手を差し伸べている雨音をワルテルが岩の下から見上げている。森は霧を孕《はら》んで白く、しかし暗く、太陽の光が射し込む岩の上だけほんのりと明るい。雨音の表情は陰になって見えないが、頬が熱くなった。

「いい感じだろう?」

雨音はうなずいた。自分がモデルでなければ、もっと素直にこの写真に見入ったに違いない。

「この画像はまだ撮ったままなんだ。これからじっくりと手を加えて作品に仕上げようと思ってる」

この部屋に入ってから、正樹の表情は緩んだままだ。これほどリラックスしている正樹を見るのは初めてだった。

その横顔が突然、強張った。ドアをノックする音が響いたからだ。

「正樹、入るわよ」

正樹が口を開く前にドアが開いた。真澄だった。化粧をばっちり決め、髪の毛も美容院帰りかと思うほど綺麗にセットしている。ブラウスにジーンズというカジュアルな衣装だったが、高級ブランドのものであることは一目でわかった。

「コーヒー淹れてきたわ。それから、自家製のチョコレートケーキ。雨音ちゃんのお口に合うかしら？」

「チョコレートケーキは大好きです。ありがとうございます」

真澄はトレイをソファセットのテーブルの上に置いた。

「この部屋に女の子が来るのは初めてね」

真澄は背筋を伸ばして立ち、正面から雨音を見つめた。微笑んではいるが、なにかを警戒している感じが滲み出ている。

「女の子どころか男友達だって来たことはないよ」

「そうだったかしら」

「用が済んだら出ていけよ」

正樹の声はいつも以上に刺々しかった。

「はいはい、わかりました。デートの邪魔をする母親は野暮ですものね」

「あの、デートじゃありません。勉強を教えてもらいに来たんです」

「ごゆっくりね」

真澄は微笑みを浮かべ、優雅に体を反転させて部屋から出ていった。その後ろ姿に正樹が舌打ちした。

ドアが閉まると、雨音は溜息を漏らした。

「なんだよ？」

「真澄さんが近くにいるとすっごく緊張するんです。それに、正樹さんの態度も大人げなさすぎるし」

「大人げない？」

「いくら本当のお母さんじゃなくて好きになれなくても、他人がいる前であの態度はいかがなものかと思いますけど」

正樹が目を見開いた。

「生意気なこと言うな――」

「とにかく、見苦しいんです。駄々をこねてる子供みたい」

正樹の肩から力が抜けていく。表情も毒気を抜かれたみたいに変わっていった。

「子供みたい、か」

「すみません。生意気なこと言って」

「いいんだ。雨音の言うとおりだ。とりあえず、ケーキ食おうぜ。お菓子作りだけは上手いんだ、あいつ」

正樹はソファセットに移動してケーキを頬張った。なんだかやけ食いをしているみたいだった。

「いただきます」

雨音はひとり掛けのソファに腰をおろし、ケーキにフォークを入れた。せっかくカレーの量を少なくしたのに、これでは意味がないと思ったが、チョコレートケーキはあまりに美味しそうで食べてみずにはいられなかった。

「美味しい」

一口食べて、雨音は感嘆した。チョコレートの苦みと甘みのバランスが素晴らしい。

「ケーキ屋さんでも、こんなに美味しいチョコレートケーキ、滅多に食べられないですよ」

「金がかかってるからさ。あいつの作るケーキ、店で売りに出したら一切れ二千円はするぜ」

正樹は指についたチョコを舌で舐め取った。子供じみた仕種で愛らしい。その仕種と表情を脳に刻んだ。いつか、絵に描いてみたい。

「さ、勉強はじめるぞ」

雨音がケーキを食べ終えると、正樹が言った。

「はい」

雨音はうなずいた。

「今日は来てくれてありがとうな」

正樹の声は小さかったが、はっきりと雨音の耳に届いた。

「どういたしまして」

チョコレートケーキが食べられるのなら、どんなに嫌な思いをさせられても、毎日来てもいい。

雨音は微笑みながら、鞄から教科書を取りだした。

7

「ちょっとちょっと、聞いたわよ」

部屋に入るなり、静奈が詰め寄ってきた。

「なに?」

「いつの間にか、雨音、正樹さんって呼び合う仲になってるらしいじゃないの」

雨音は有紀を睨んだ。有紀は肩をすくめた。

「しょうがないじゃない。お隣さんなんだから、よく会うし」

「でも、いきなり名前で呼び合ったりしないでしょ、普通」

「わたしを呼び捨てにするのはあっちの勝手。こっちも国枝さんじゃなんだかおかしいから、正樹さんって呼んでるだけ」

「ほんとにそれだけ？」

「それだけ」

雨音はその話題はこれでお終《しま》いという気持ちを込めて言った。この調子では、毎日正樹の部屋で勉強を教えてもらっているのが知られたら大変なことになってしまう。

「今日は勉強会だよ。わかってる？」

雨音はベッドの端に腰をおろした。部屋の隅には、道夫が運んできたテーブルが置かれ、その横に来客用の布団のセットが二組、積み上げてある。この部屋に布団を二組も敷けば狭くてぎゅうぎゅう詰めになるが、それはそれで楽しそうだった。

開け放った窓から入って来る風が心地よい。前半は雨に祟《たた》られた連休も、後半になると初夏のような好天が続いている。

「桜があるんだね」

窓の外を見ていた有紀が言った。庭に一本だけ植わっているヤマザクラも三分ほど開花していた。都会で見る桜はソメイヨシノかシダレザクラがほとんどだが、こちらではヤマザクラやヒガンザクラが多い。ソメイヨシノは儚いが、こちらの桜は花びらの色も濃く、生命力に満ち溢れている。

「辛夷《こぶし》も咲いてるじゃない」

静奈が有紀の肩越しに外を見た。ヤマザクラの奥にある辛夷の木は白い花が満開だった。

「一昨日《おととい》ぐらいに一気に咲いたの」

「気温がぐんと上がったからね。今夜はバーベキューだって道夫さんが言ってたけど、ほんと？」

有紀が振り返った。

「うん。昨日、買い出し手伝わされた。隣の別荘にも声かけてたから、来るかもよ」

「嘘っ」

「マジっ？」

有紀と静奈が同時に声を発した。

「だったらもっとお洒落な格好してくればよかった」

「なんで先に教えてくれないのよ。それ、めっちゃ重要でしょ」

「勉強会には関係ないことだもん」

雨音は言った。

「頼むよ、雨音」

「来ると決まったわけじゃないし。ぬか喜びさせるのもなんでしょ。さ、勉強、勉強」

「ね、ね、正樹さんってどんな人？　優しい？」

静奈が言った。どうやら、勉強するつもりはこれっぽっちもないようだった。

「普通の優しいとはちょっと違うかな」

「冷たいの？」

「冷たいのともちょっと違う」

「一言で言うとどんなタイプなの？」

「ひねくれ者」

雨音は答えた。

「一言で性格を言い表せるほど仲がよくなってるのね」

静奈が嘆いた。

「なによそれ、誘導尋問？」

「わたしの家もこの辺りにあったらよかったのに……」

「静奈は好きに喋ってなさい。有紀、勉強しよう。中間テストやばいって言ってたじゃん」

「雨音と正樹さんのこと考えると、嫉妬の炎がめらめらと燃え上がって勉強どころじゃないよ」

「有紀までいい加減にしてよ、もう」

雨音は苦笑した。言葉とは裏腹に、心は穏やかだ。都会とは違って、この辺りの少女たちは大らかだ。言葉や態度の裏を読む必要がないから、ストレスを感じることもない。

有紀も静奈も、ヤマザクラのように生命力に満ち溢れ、輝いていた。

「ねえ、正樹さんの誕生日はいつ？」

静奈が訊いてきた。

「知らないよ、そんなの」

「訊くでしょ、普通」

「訊かない。興味ないもん」

「血液型もわかんない？」

今度は有紀が訊いてきた。雨音は首を振った。

「血液型も星座もわからないなんて、使えないよね、雨音は」

「そんなの、自分で訊けばいいじゃない」

「訊けないよ、親しくもないのに」

有紀と静奈はうつむいた。

「ばっかみたい」

雨音は微笑み、ついで耳を澄ませた。ワルテルが鼻を鳴らすのが聞こえたのだ。くぅんと甘えるような声を出している。

「あれ？　今の可愛い鼻声、もしかしてワルテル？」

有紀が目を丸くした。

「ワルテルがあんな可愛い声出すの？」

「時々ね」

雨音は立ち上がり、ドアを開けた。ワルテルがするりと部屋の中に入ってきた。

「けっこう可愛いところあるのね、ワルテル」

有紀が床に膝をついて両腕を広げた。

「今の、ママが聞いたらキュン死しちゃうよ」

静奈が言った。

ワルテルは憮然《ぶぜん》とした顔で雨音を見上げた。

*

「焼けたぞ」

道夫が脂の滴る肉を皿に載せると歓声があがった。炭で焼いた牛肉や豚肉は、視覚だけで食欲をそそる。網の上では鹿肉や田口お手製のソーセージも焼かれている。

鹿肉は道夫の知り合いの猟師が獲《と》ったものだ。その他の肉は、田口が調達してきた。

牛も豚もジューシーで柔らかく、塩と胡椒《こしょう》を振っただけで美味だった。

「美味しい」

　有紀と静奈が顔を綻ばせている。道夫と田口はビールで乾杯していた。ワルテルも半生の牛肉をもらっては一口で飲みこんで、もっとよこせとせがんでいる。

　連休も後半に入ってかなり春めいてきたとはいえ、日が落ちれば気温はぐっと下がる。外でバーベキューをするには肌寒いほどだったが、だれも気にする素振りを見せなかった。

　雨音はライトダウンを羽織っていたが、有紀たちはフリースだ。道夫と田口にいたってはシャツ一枚だった。

　雨音以外はみな、地元民なのだ。寒さに強く、暑さに弱い。

「雨音ちゃん、猪のハム、食べてみる？」

　田口がフォークに刺したハムのスライスを掲げた。

「猪のハムですか？」

「うん。去年、知り合いの猟師が獲ったやつの太股の肉を分けてもらって、ハムにしてみたんだ」

「いただきます」

　田口が相好《そうごう》を崩した。有紀は鹿や猪などのジビエ肉を嫌うのだ。だが、雨音は喜んで食べる。田口にはそれが嬉しくてたまらないらしい。

「よくそんなの食べるね」

ハムを頬張る雨音に、有紀が顔をしかめた。

「美味しいよ」

「ねえ」

静奈がうなずいた。静奈もジビエはだいじょうぶらしい。

「わたしはだめ」

「どうして？　臭くないし」

「子供の時、知り合いのおじさんが鹿を捌《さば》いてるのを見ちゃったことがあるんだ。それ以来、絶対に食べられない」

「でも、牛や豚だって、有紀が見たことないだけで、同じように捌かれてるんじゃない？」

有紀の目が丸くなった。

「やめてよ。牛肉や豚肉も食べられなくなるじゃない」

「雨音ってなんか変わってるよね」

静奈が言った。

「そうかな？」

雨音が首を傾げた次の瞬間、ワルテルが吠えた。

「なによ、びっくりするじゃない、ワルテル」

ワルテルはもう一度吠えると、デッキを飛び出た。敷地を駆けていく。ワルテルの姿はすぐに闇に溶けて見えなくなった。

「国枝さんが来たかな」

道夫が呟いた。途端に、有紀と静奈が口の中のものを飲みこみ、皿を置いた。

「なに緊張してるのよ」

雨音は言った。微かに強張っているふたりの横顔がおかしかった。

「だって、正樹さんでしょ?」

有紀の声は震えている。

ワルテルの甘えたような鼻声が聞こえ、懐中電灯の明かりが見えた。明かりはこちらに向かってくる。やがて、懐中電灯を手にした正樹の輪郭がはっきりしてきた。ワルテルが正樹にまとわりつくようにして歩いている。背後にいるのは真澄だろう。

「遅くなってごめんなさい」

真澄が艶《あで》やかな声をあげた。デッキからの明かりがふたりを照らした。真澄は微笑んでいるが、正樹は仏頂面だ。

「ちょうど肉が焼けはじめたところです。お好きなところに座って、食べてください」

「なにも持って来なくていいとおっしゃってくださいましたけど、申し訳ないのでワインを持って来ました」

正樹がデッキに上がり、道夫の前に持って来た紙袋を置いた。ワインが二、三本入っているようだった。

「国枝さんが飲むんだから、高いワインなんじゃないですか」

「わたし、よくわからないんです。ワインセラーにあるものを適当に……」

正樹はデッキの一番奥の椅子に腰をおろした。雨音たちからは一番離れた椅子だ。明らかに有紀たちの存在を煩《わずら》わしく思っている。

「あっちに座っちゃった」

静奈が言った。落胆している。

「ちょっと待ってて」

雨音はデッキを横切った。

「そんなところにひとりで座ってないで、向こうに行こうよ」

「おれはここでいいよ」

「いいから」

雨音は正樹の手を取って引っ張った。正樹は抗《あらが》うことなくついてきた。

「こんばんは……」

正樹を連れてくると、有紀と静奈が蚊の鳴くような声で挨拶をした。正樹はそれにうなずいただけで、雨音が座っていた椅子に腰をおろした。ワルテルがやって来て、正樹の脚に体を押しつけた。正樹はワルテルの胸元を撫でた。

「わたしの同級生の有紀と静奈。有紀のことは覚えてるよね」

雨音は言った。

「ああ、覚えてる」

正樹は口を開いたが、苛立ちを隠そうとはしなかった。

「なんか機嫌悪い？」

有紀が雨音の耳元で囁いた。

「いつも機嫌悪いから、これが普通」

雨音も小声で応じた。

「そうなんだ……」

「でも、機嫌が悪いからっていきなり暴れ出したりはしないから」

正樹は道夫や田口と語らう真澄を睨んでいた。家を出る前に喧嘩でもしたのかもしれない。

「ねえ、せっかくのバーベキューなんだから、そんな怖い顔してないで、食べよ」

焼き上がった肉や野菜を新しい皿に盛り、正樹の目の前に置いた。正樹は雨音を見上げ、何度かうなずいた。

「なによ、それ」

「なんでもない」

正樹は食べはじめた。タレを別の皿に垂らし、肉や野菜をつけて口に運ぶ。ワルテルにタレをつけない肉を分け与えた。

「あの、正樹さんって、誕生日はいつですか？」

静奈が訊いた。ありったけの勇気を振り絞ったのだろう。頬も耳たぶも真っ赤だった。

「十月二十五日」

正樹がぶっきらぼうに答えた。

「蠍《さそり》座なんですね」

「血液型は？」

今度は有紀が口を開いた。

「O型だけど、星座も血液型も意味ないよ。六十億だか七十億だか人間がいるのに、血液型四つや十二個の星座で分別できるわけがない」

雨音は正樹のふくらはぎを軽く蹴った。

「本当のことを言っただけだ」

正樹は薄笑いを浮かべた。本当に感じが悪い。有紀と静奈はどうしていいかわからず、途方に暮れている。

「好きな音楽は？」雨音はふたりに助け船を出した。「部屋にギターやアンプが並んでるけど、どんな曲が好きなのか、全然わからないし」

雨音の周りの空気が変わった。有紀と静奈が唇を噛んで雨音を見つめていた。

「しまった……」

雨音は空を仰いだ。口を滑らせて、正樹の部屋に出入りしていることをふたりに知られてしまったのだ。

「雨音、ちょっといい？」

有紀が言った。静奈は腕まくりをしている。雨音を徹底的に尋問するつもりなのだ。

正樹は知らん顔で肉を頬張っていた。大人たちは真澄の持ってきたワインで顔を赤めている。ワルテルは正樹の皿に載った肉を凝視している。

だれも雨音に救いの手を伸べようとはしてくれなかった。

＊

宴《うたげ》がお開きになったのは午後の九時を少し回ったところだった。

道夫が懐中電灯を片手に先導し、真澄と正樹を別荘まで送っていった。もちろん、ワルテルもついていった。

雨音は田口と一緒にデッキの後片付けに精を出した。有紀と静奈は少しだけ飲ませてもらったワインに酔って、居間で眠っている。ふたりだけじゃなく、田口も今夜は泊まっていくことになっている。田口はかなりワインを飲んでいたし、運転代行を呼ぶのが面倒なのだそうだ。

道夫とワルテルが戻ってきた。ワルテルはノーリードだ。道夫と一緒に歩く時は片時もそばを離れない。雨音と散歩に行く時は勝手気ままなくせに、癪《しやく》に障る。

「お疲れさん」

「調子に乗って飲みすぎたな」

田口の顔は真っ赤だった。

「美人がそばにいると酒が進むんだろう」

「ああ。あの人は飲ませ上手だ。銀座のホステスかと思ったよ」

「冗談でも本人の前では言うなよ」

「わかってる。それにしても……息子さんと彼女、相当こじれてそうだな。あれだけ不機嫌な若者、近頃はそうお目にかかれないぞ」

「思春期の少年と若い後妻だからな、いろいろあるんだろう」

雨音は脂やタレの飛び散ったテーブルを拭きながらふたりの会話に聞き耳を立てた。

道夫も田口も、酔っているせいか、雨音がそばにいることは頭にないようだった。

「確か、国枝さん、前の奥さんとは離婚だったよな」

「そう。彼女と再婚するために離婚したと聞いたよ」

「つまり、泥棒猫ってわけか」

「息子にしちゃ、たまったもんじゃないだろうな」

「そのくせ、ここには家族揃《そろ》って来るよな。あの年頃なら、おれは行かないって駄々をこねそうなものだけど」

「国枝さんは厳しいからな。正樹が自分の意見に逆らおうものなら……」

「そんなふうには見えないけどな」

「人は見かけによらないと言うだろう」

「おれやあんたは見かけ通りの人間だけどな」

「世間体を気にする必要がないからだろう」

ふたりは笑った。酔っぱらいの笑いだ。雨音は大人の男が酔っているのを見るのが好きだった。父もよく、酔っぱらっては他愛のないことで笑っていた。

「冗談はともかく、心配は心配だ。正樹は、毎年暗くなっていく。父親と後妻に抑圧されているんだ。爆発しなきゃいいけど」

「うちのとデートでもしてガス抜きしてくれないかな。そうすりゃあれも機嫌よくなるのに」

「高校生と中学生じゃ、実際より精神年齢が違いすぎるんだよ。おれたちも中学生の時は、高校生の綺麗なお姉さんがまぶしくてしかたなかっただろう」

「そうだな。逆に高校に行ったら、中学生がガキっぽく見えてしかたなかった」

「あの手の気難しい小僧には年上がいいんだけどな。もうちょっと飲もうか。どうせ泊まっていくんだし」

「そうしようか。でも、後片付け……」

「わたしがやっておきますから」

雨音は口を開いた。

「あれ、雨音ちゃん、いたんだ？」

「さっきからずっとここにいますよ」

「じゃあ、雨音、悪いけど、頼んでいいか？」

道夫がすまなそうに目を細めた。

「たまにはゆっくり飲んでください」

雨音はトレイに食器を載せてキッチンへ運んだ。ワルテルが後をついて来る。

「おまえはわたしと逆なんだよね」

雨音は言った。ワルテルは酔っぱらいが嫌いなのだ。相手が道夫でも、アルコールの匂いがするとあまり近寄ろうとしなくなる。

有紀はソファで、静奈は床に敷いたラグの上で寝ていた。声をかけたが起きる気配はなかった。

「しょうがないな、もう」

雨音はふたりに毛布をかけてやり、後片付けが済むと自室に向かった。ワルテルも一緒にやって来て、雨音がドアを閉めるのと同時に床に伏せた。すぐに目を閉じる。

さすがに気疲れしたのだろう。

「ワルテル、カム」

雨音はベッドに腰掛け、ワルテルに声をかけた。ワルテルはすぐに目を開け、ベッドに飛び乗ってきた。ワルテルの背中に頭を乗せて横たわる。ワルテルは嫌がる素振りを見せなかった。柔らかい毛とほんのり温かい体が心地いい。

「あの男も親と問題抱えてるんだね」

雨音は独りごちた。道夫と田口の会話が頭の奥でこだましている。

「自分勝手な親って、ほんとめんどくさいな」

ワルテルが寝息を立てはじめた。最初の頃は雨音のベッドに上がってきてもなかなか寝ようとはしなかった。雨音の動きをじっと見つめているだけで、雨音が寝るまではずっと起きていた。そして、朝、雨音が目覚めると、ワルテルはとうに起きていて、早く散歩に行こうと雨音を促すのだ。

それが今は、雨音が背中に頭を乗せていても、くつろいだ表情で眠っている。

「やっと心を開いてくれたのかな？」

ワルテルを起こさぬよう、そっと頭をどけた。ワルテルの目が開いた。だが、それも一瞬のことで開いた目はすぐに閉じられ、また寝息が聞こえてきた。

「自分勝手な親は困るけど、家族はいいよね」

子供の頃は、両親と同じ布団で寝ていた。小学生になると自分の部屋を与えられ、そこで寝るようになった。けれど、慣れないうちは寂しくて不安で寝つけなかった。そんな時は、父が一緒の布団にくるまって、雨音が眠るまでそばにいてくれたことを覚えている。

ときおり、父の温《ぬく》もりを思い出して胸が締めつけられることがあった。

この家に来てからはその回数が減ったような気がする。二日に一度、ワルテルが一緒に寝てくれるからかもしれない。

「ありがとう、ワルテル」

雨音は呟き、布団に潜りこんだ。入浴も歯磨きもまだだが、今夜ぐらいはいいだろう。なにより、ワルテルを起こしたくなかった。

8

階下から伝わってくる慌ただしい気配に目が覚めた。ワルテルはすでにドアの前にいて、早く起きろというように振り返った。

枕元に置いたスマホで時間を確認した。午前六時。

そういえば、店の仕込みがあるから、朝早くに帰ると田口は言っていた。

ジーンズとカットソーに着替え、部屋を出る。ワルテルが軽快な足取りで階段を駆け下りていった。

「おはようございます」

有紀と静奈が起き抜けの不機嫌な顔を向けてきた。ふたりとも顔がむくんでいる。あまりお酒は強くないのだ。

トイレで水を流す音が聞こえてきた。ワルテルは道夫の部屋の前に陣取っている。ということは、道夫はまだ寝ているのだ。

「おはよ」

静奈が言った。声がひび割れている。

「朝ご飯、どうする？」

「親父がすぐに帰るって」

有紀が答えた。

「でも、田口さん、凄いたくさんパン持ってきてくれたから……家《うち》だけじゃ食べきれないよ」

「冷凍すればだいじょうぶだから」

田口の声がした。トイレから出てきたのだ。

「あ、おはようございます」

「ごめんね、雨音ちゃん。起こしちゃったね」

田口の顔は青白い。昨夜、道夫とともに相当飲んだのだろう。

「だいじょうぶですか？」

「うん。静奈ちゃん送って、店に戻って、仕込みしなきゃ。ゴールデンウィークに店閉めるわけにはいかないからね。さ、有紀、行くぞ。ぐずぐずするな」

「ちょっと待って。鞄取ってくるから。雨音、部屋に行ってもいい？」

「もちろん」

有紀と静奈は重たい腰を上げ、二階に上がっていった。

「昨日は何時ぐらいまで飲んでたんですか？」

雨音は田口に訊いた。

「二時ぐらいまでかなあ。調子に乗って飲みすぎたよ」

「二時……」

「途中でワインがなくなったから、家の中に入ってふたりでキッチンでウイスキーを飲んだんだ。それが十二時ぐらいだったから、やっぱり二時かな。道夫ちゃん、しばらく起きてこないと思うよ」

つまり、雨音がワルテルを散歩に連れていくということだ。

有紀たちが降りてきた。

「じゃあ、行くか。雨音ちゃん、ありがとうね。道夫ちゃんにもご馳走様と伝えておいて」

「はい」

「なんでこんなに早く起こされなきゃならないのよ。正樹さんともあまり話できなかったし、踏んだり蹴ったりだな」

有紀が愚痴を言いながら田口の後に続いた。

「雨音、ご馳走様。また遊びに来るね」

静奈が手を振ってきた。

「うん。今度はゆっくりね」

三人が帰ると、家の中は急に静かになった。雨音は入浴と歯磨きを済ませ、ワルテルのご飯の支度をした。ワルテルがキッチンにやって来て、雨音を見上げて尻尾を振った。

「すぐ支度できるから待ってて。散歩から戻ったらご飯だよ」

ワルテルが一声、吠えた。

「なに？」

いつもと様子が違う。早く行こうと催促している声ではなかった。耳も持ち上がっている。人間には聞こえない音を聞いて警戒しているようだった。

「どうしたの、ワルテル？」

ワルテルはもう一度吠えて、玄関に向かって駆けていった。

「ちょっと待ってよ」

雨音は上着を羽織った。玄関先で、ワルテルが外に向かって吠えている。なにかを心配しているような声だ。雨音の胸の奥で不安がさざ波のように広がっていった。

「外に出たいの？」

吠え続けるワルテルに声をかけ、リードをつけた。

「絶対にいきなり走り出しちゃだめだよ。いい？」

ワルテルの正面に回って目を見据えた。ワルテルが吠えるのをやめた。

「じゃあ、行こう」

ドアを開けて外に出る。ワルテルが走り出そうとした。

「ノー！」

鋭く声をかける。ワルテルはたたらを踏むように、走るのをやめた。

「ゆっくり。ゆっくりだよ」

ワルテルは先を急ぎたい気持ちを抑えるかのように、何度も雨音を振り返りながら歩きはじめた。敷地を出ると迷う素振りも見せず、国枝家の別荘の方角へ足を向ける。マーキングも排便もしない。

突然、怒声が響いた。毒を含んだ怒鳴り声に、雨音は思わず身をすくめた。

ワルテルが吠える。リードがぴんと張った。雨音はリードを両手で握り、腕に力をこめた。

「ワルテル、ノー」

ワルテルは吠えながら前進しようとしていた。雨音はずるずると引きずられた。体重は雨音の方があるのに、力はワルテルの方が遥《はる》かに強いのだ。

「おれに触るなって言ってんだろう！」

また怒鳴り声が響いた。今度ははっきりと聞こえた。正樹の声だ。それに続いて、なにかが砕ける音がした。

ワルテルがさらに大きな声で吠え、前に進む。

「待って、ワルテル。お願い」

リードが掌に食い込んでいる。痛みは耐えがたいものになりつつあった。こうなったら、ワルテルに抗うより、一緒に走った方が楽だ。国枝家の門までは十メートルほどだ。それぐらいの距離なら、なんとかなる。

雨音は覚悟を決めた。思い切って地面を蹴る。リードが緩み、痛みが薄れた。ワルテルを追うように全力で駆けた。

雨音たちが門に辿り着く直前、自転車に跨《また》った正樹が敷地から飛び出てきた。

「正樹さん」

思わず声が出た。正樹が雨音を見た。端整な顔が怒りに歪《ゆが》んでいた。

正樹は唇を嚙むと、雨音から顔を背け、自転車のペダルを猛然と漕いだ。坂を下る自転車はあっという間に遠ざかり、視界から消えていく。

雨音は立ちすくんだ。ワルテルが吠え続けている。

「ワルテル、ノー。近所に迷惑でしょ」

我に返ると、ワルテルを落ち着かせた。ワルテルは憤然とした表情で、正樹が走り去っていった方角を見つめていた。

「なにがあったんだろう……」

国枝家の別荘の様子を門の外からうかがった。電動式の門扉が静かに閉じていく。別荘の敷地からは、これといった気配はうかがえなかった。

「行こうか、ワルテル……」

促すと、ワルテルは素直に歩きはじめた。数回のマーキングと排便を済ませると、雨音は来た道を戻りはじめた。散歩をする気分ではなかったし、それはワルテルも同じのようだった。

家に戻ったが、道夫はまだ寝ていた。ワルテルにご飯を与え、自分は田口が置いていったパンをオレンジジュースで胃に流し込んだ。味気ない朝食だった。

——おれに触るなって言ってんだろう！

正樹の声が耳から離れない。

「なにがあったんだろう……」

雨音は首を傾げ、パンの最後の一切れを口に押し込んだ。

＊

足もとで寝ていたワルテルが顔を上げた。耳が持ち上がっている。すっくと立ち上がると、ドアの前で仁王立ちした。尻尾を激しく振っている。

階下で道夫が動き回る気配が漂ってきた。時刻は午後一時を過ぎていた。

雨音は英語の問題集を閉じ、腰を上げた。ドアを開け、ワルテルと一緒に階段を下った。道夫が冷蔵庫から出したオレンジジュースをがぶ飲みしていた。髪の毛が乱れ、顔色も悪い。

「おはようございます。二日酔いですか?」

「ああ。ちょっと飲みすぎた。みんなは帰ったのか?」

「朝早くに。田口さんも辛そうでしたけど」

「もうちょっと寝る。昼飯はまだカレーが残ってるから、それを食べてくれ」

「はい。あの……」

雨音は開きかけた口を閉じた。

「なんだ?」

「なんでもないです。ゆっくり寝てください。ワルテルのお散歩も行っておきますから」

国枝家のことを詳しく聞きたかったのだが、なにを知ったところで自分にできることはないし、そもそも関係がないのだ。

ドアを開け放った道夫の部屋からスマホの着信音が聞こえてきた。

「電話か……」

道夫は髪の毛を掻きむしり、部屋に向かった。ワルテルが後を追っていく。

「もしもし。乾ですが……国枝さん、昨日はどうも……どうしました？」

雨音はそっと道夫の部屋に近づいた。

「正樹君が？　朝出ていったまま戻って来ない……」

道夫が雨音に顔を向けた。雨音はうなずいた。

「わかりました。ぼくも心当たりを捜してみます。なにかわかったら電話しますんで。それじゃ、失礼します」

道夫が電話を切った。

「なにか知ってるのか？」

「今朝、正樹さんが真澄さんに大声で怒鳴ってて、その後自転車でどこかへ行っちゃったんです」

「親子喧嘩《げんか》か……しかし、あいつも十七歳だろう。夜遅くなったわけでもないし、狼狽《うろた》えるほどのことじゃないと思うんだがな」

「真澄さん、心配してるんですか？」

「ほとんど泣き声だったな。しょうがない、捜しに行くか」

「わたしも行きます」

雨音は言った。

「いいのか？」

「なんだか普通じゃなかったんです、今朝の正樹さん。ちょっと心配で」

「じゃあ、行くか」

道夫はパジャマ代わりにしているスエットの上下の上に薄手のフリースを羽織った。

「その格好で行くんですか？」

「だれかに見られるわけじゃないし、見られたってかまわない。行くぞ」

道夫は雨音の脇を通って玄関に向かった。ワルテルも、自分がついていくのは当然という態度で道夫の後を追っていった。

*

車で町まで降り、国道を行き来してみたが、正樹も正樹の自転車も見つからなかった。

「真澄さんも自分で一通り捜してみたとは言ってたからな……」

道夫が生欠伸を噛み殺しながら言った。

立科町は面積こそ広いが、その大半は森や山で、人が住んだり行き来したりするエリアは狭い。ましてや自転車となると、行きそうな場所は限定される。

「あいつはザックを背負ったりしてなかったか？」

雨音は首を振った。

「手ぶらだったと思います。もしかしたら、首からカメラぶら下げてたかも」

「となると、遠出は考えにくいよな……」

連休も残りわずかで、女神湖周辺や国道はそれなりに混んでいた。正樹が人の多いところに行きたがるとは思えない。

「もしかしたら……」

雨音は呟いた。

「心当たりがあるのか？」

「この前行った森とか。あそこなら人も来ないだろうし」

「そうだな。行ってみるか」

道夫はウィンカーレバーを倒し、ステアリングを操作した。ちょっとした渋滞のようになっている車の間をすり抜けて方向転換する。

「ちょっと揺れるが、裏道使うぞ」

脇道に入ってしばらく進むと、未舗装の砂利道に車を入れた。雨でできたでこぼこがあちこちにあり、車は上下に激しく揺れた。荷室のワルテルがじたばたするように動いていた。

十分ほど砂利道を走ると、女神湖方面へと向かう県道にぶつかった。県道も混んでいる。女神湖は観光地としてはマイナーだが、さらに県道を先に進むと白樺湖がある。そのせいで、ゴールデンウィークやお盆休みの期間は混雑するのだ。

空は青かったが、八ヶ岳の上空に積乱雲が湧いていた。夕方前に雷雨がやって来そうな雲行きだった。

道夫は苛立ちをあらわにして、ステアリングを何度も握り直していた。左手に蓼科牧場が見えてきたところで道夫は車を左折させた。未舗装の林道だ。

でこぼこの道に揺られながら三十分ほど進むと、あの森が見えてきた。林道脇の開けたところに、正樹の自転車が停まっている。

「やっぱりここだったか」

道夫は自転車の横に車を停めた。

「ちょっと冷えてきてるな。一雨あるかもしれない」

道夫は空を見上げながら後ろに回り、ワルテルを車から降ろした。

確かに空気が冷えている。雨音は上着のボタンを留めた。

「ワルテル、この森の中に正樹がいるんだ。捜せるか？」

道夫はしゃがみ、ワルテルの目を覗きこんだ。ワルテルが一声、吠えた。

「よし。じゃあ、捜してくれ」

道夫がリードを外すと、ワルテルは森の中に駆けていった。

「おれたちも行こう」

「はい」

雨音は道夫の後について森に分け入った。視界が暗くなる。五月の突き刺すような陽光も鬱蒼と茂った森の中には届かない。

風にそよぐ葉ずれの音がした。ワルテルが下草を掻き分けて走る音が聞こえた。森の中は音さえも違って聞こえる。物語で読んだり、アニメで観たりした異界が目の前に広がっているのだ。

ワルテルがひときわ高く吠えた。この前、写真を撮った岩の周りで飛び跳ねている。

雨音は目を凝らした。岩の上に、正樹が横たわっている。思わず口を押さえた。正樹が死んでいるように思えたのだ。

「ワルテル、うるせえぞ」

正樹の声が聞こえて、体から力が抜けた。脚が震えてうまく歩けない。雨音は道夫の左腕に縋りついた。

「どうした？」

道夫が振り返った。

「ちょっと、うまく歩けなくて」

「正樹が死んでると思ったか。おれも一瞬、どきりとしたよ」

道夫は朗らかに笑い、雨音を支えながら岩に向かった。

「こんなところでなにをしてるんだ」

しばらく進むと、道夫が声を発した。

「ちょっと考え事」

正樹が答えた。

「いい若い者が、こんなところでひとりで考え事か。綺麗な女の子とデートしてた方が似合うのに」

「こんな田舎に、綺麗な女子なんていないよ」

正樹は岩の上で仰向《あおむ》けになったままだった。

「真澄さんが心配してる」

道夫が立ち止まった。ワルテルが岩の周りをぐるぐる回っている。ときおり立ち止まっては岩の上に飛び乗ろうと試み、失敗してまた岩の周りをぐるぐる駆ける。

「心配？　ガキじゃあるまいし」

「怒鳴ってたそうじゃないか」

「チクったな」

正樹が上半身を起こした。刺のある目で雨音を見た。

「だって……」

雨音は口を尖らせた。

「冗談だよ。怒るなって」

正樹が笑った。だが、その笑いはどこか空々しかった。

道夫が岩によじ登った。正樹と肩を並べて岩の上に座った。

「なにがあったかは訊かないし、知りたいとも思わん」

正樹がうなずいた。

「ただし、せっかく知り合ったんだし、家も隣同士なんだ。心がささくれ立ったら、家《うち》に来ればいい。雨音もいるし、ワルテルもいる。ワルテルはおまえのことを苛々させたりはしないだろう」

「そうだね」

「迷惑だなんて思う必要はない」

「そんなふうに思ったことはないよ。ただ、今朝は、あの家から離れたかったんだ。それだけ」

「そうか」

「うん」

ふたりは口を閉じた。そのまま黙って座っている。雨音は後ずさった。道夫と正樹の間に漂う気配に、雨音の割り込む余地はなさそうだった。

ワルテルが鼻を鳴らしながら近づいてきた。仲間はずれにされたのが恨めしいようだった。

森の中がどんどん暗くなっていく。発達した積乱雲が太陽を飲みこんだのかもしれない。

「もうどこの大学に行くかは決まってるんだっけ？」

道夫が口を開いた。

「大学には行かない。親父に話したら勘当されるかもしれないけど、どうでもいい」

「大学に行かないで、どうするつもりなんだ？」

「旅に出る。知らないところに行って、知らない人たちや知らない景色の写真を撮りたいんだ」

「そりゃいいな」

「でしょ」

「旅から戻ったら、家《うち》に来ないか。写真のこと、もっと教えてやれるし、おまえがその気なら、山のことも教えてやる」

「登山はちょっとなあ……」

正樹が笑った。刺々しさが消えた柔らかな笑顔だった。

「山の上は別世界だぞ。今度、試しに蓼科山に登ってみるか？」

「そうだね。試しに登ってみるのはありだ。やってみもしないで毛嫌いするのはいいことじゃない。そうでしょ」

「そうだ。じゃあ、夏休みに登りに行こう」

「わかった」正樹が背筋を伸ばした。「なんか、かなり暗くなってきたし、帰りましょうかね」

「そうしよう。気温もだいぶ下がってきた。これは一雨来るぞ」

道夫の言葉が終わる前に、遠くで雷が鳴った。ワルテルが雨音の脚に体を押しつけてきた。いつもはピンと立っている尻尾が垂れ、後ろ脚の間で丸まっている。

「まだだいぶ遠いぞ、ワルテル」

道夫が岩から飛び降りて、ワルテルにリードをつけた。

「ワルテル、雷が怖いんですか？」

雨音は訊いた。

「雷と花火がだめだ。ほら、もう涎が止まらなくなってる」

口から突きでた舌の先から、透明な涎がだらだらと流れていた。

「都会と違って、この辺りの雷は凄まじいからな。おれだってどきっとするぐらい近くに落ちたりもする。犬には恐ろしいさ」

「ワルテルのためにも急いで帰ろう」

正樹も岩から飛び降りた。

「おれたちがついてるから安心しろ、ワルテル」

そう声をかけ、ワルテルの背中を優しく撫でてやる。

突然、森全体がばらばらと音を立てて揺れた。まるで、そこら中でマシンガンの一斉射撃がはじまったかのような音だった。

豪雨が枝や葉を打つ音だった。

「あ、降ってきちゃった」

正樹が宙を見上げた。凄まじい雨音《あまおと》なのに、森の中に落ちてくるのはわずかな水滴だけだった。

「急ごう」

正樹の言葉に、道夫が首を振った。

「ちょっと待てよ。目を閉じて、森の匂いを嗅いでみるといい」

「目を閉じるんですか？」

雨音は道夫を見上げた。

「そう。そして、匂いを嗅ぐ」

正樹はすでに目を閉じていた。雨音もそれに倣《なら》った。口を閉じ、鼻で息を吸った。

空気は湿り気を帯びていた。木々や花などの植物、虫、小動物——森の中で暮らす生ってゆく。

命の匂いが混じっているような気がした。時間が経つに連れてそれらの匂いは濃密にな

「雨が降ると森がざわめく」

道夫が言った。雨音は目を閉じ続け、匂いを嗅ぎ続けた。

「雨は水だ。水は命の原点だ。だから、植物や虫や動物たちが喜ぶ。無数の命の歓喜が森をざわめかせるんだ」

新緑と生き物たちの匂いは濃密で生々しかった。匂いを嗅ぎ続けていると、自分が森と同化していくような錯覚に覆われる。

「おまえの母さんはな」

道夫の声に、雨音は目を開いた。

「おまえを身ごもっている時もわざわざ雨が降る日を選んでここへ来たんだ」

「知りませんでした」

雨音は言った。あれほど濃密だった森の匂いが消えてしまっていた。

「知らないことがたくさんあるな。これから時間をかけて学んでいかないとな」

道夫が言った。雨脚がさらに激しくなり、葉の抵抗を突き抜けた雨粒が森の中にも降り注ぎはじめた。雷鳴が少しずつ近づいてきている。ワルテルは恐怖のためか、震えていた。

「いくらこの森でもそろそろ限界だな。自転車は雨が上がった後に取りに来ることにして、とりあえず、車で帰るぞ」

道夫と正樹が歩き出した。リードをつけられたワルテルもおそるおそるといった足取りでふたりについていく。

雨音は森の中を見回した。

雨降る森の中に母が立っている姿はどうしても想像できなかった。

＊

雨は一時間ほどで上がった。だが、雷はその後しばらく続き、ワルテルは食事も摂《と》らずに家の中をうろつき回っていた。一箇所にとどまっていると落ち着かないらしい。涎を垂れ流しにしていて、家中の床が濡れていた。拭いても拭いても追いつかない。

掃除は雷が終わってからにした方がいいぞ——道夫の言葉が正しいと認めないわけにはいかなかった。

雨音は拭き掃除を諦め、自分の部屋に向かった。ワルテルがついてきた。本当は道夫と一緒にいたいのだろう。だが、道夫はドアを閉めきって寝てしまった。落ち着きのないワルテルがそばにいると眠れないのだ。

「可哀想《かわいそう》にね」

雨音は床に腰をおろした。ワルテルが来て、雨音に体を押しつけるようにして伏せた。顎を雨音の太股に乗せてくる。涎のせいで顎の下や胸の毛が濡れている。気持ちがいいものではないが、雨音は気持ちを抑えてワルテルの頭を撫でた。

「この子分は少しは役に立ってますか、ボス？」

ワルテルは目を閉じた。呼吸が忙《せわ》しなく、相変わらず震えている。いつもの雨音を見下したような態度は微塵《みじん》もうかがえず、ただひたすらに恐怖に耐えている。その姿はいじらしかった。

だいじょうぶだよ——心の中でそう唱えながら、雨音はワルテルを撫で続けた。

やがて雷鳴が聞こえなくなり、ワルテルの震えも止まった。ワルテルはそのまま眠ってしまったようだった。

腰やお尻が痛んだ。だが、ワルテルを起こすのは忍びない。両手を後ろについて体を支えると、少しはましだった。

スマホの着信音が鳴った。ワルテルの瞼がかすかに動いた。だが、目が開くことはなかった。

上着のポケットからスマホを引っ張り出した。母からの電話だった。雨音は電話には出なかった。ニューヨークは明け方のはずだ。きっと、母は酔っている。

また着信音が鳴った。

「しつこいなあ、もう」

スマホの電源を落とそうとして、電話の相手が正樹であることに気づいた。

「もしもし？」

「あのさ、今夜、そっちで晩飯食わせてもらえないかな」

正樹は挨拶もなしに話し出した。

「今夜？」

「道夫さんに誘われたってあいつに言っちまったんだよ。もうすぐ東京に帰るし、どうせならバーベキューじゃなくてちゃんとした手料理食ってけって言われたって」

「道夫さん、二日酔いで寝てるんだけど」

ワルテルが起きて、雨音の太股の上から顎をどけた。電話の相手が正樹だと心得ているような顔つきだった。

「実際に飯作ってくれって頼んでるわけじゃない」

森の中での道夫と正樹の会話を思い出した。

「ああ、そういうことなら全然問題ないと思うけど」

「じゃあ、後で行く」

電話が切れた。雨音は溜息を呑みこみ、腰を上げた。

「ワルテル、雷、もうだいじょうぶ？　お腹減ったでしょ？」

声をかけると、ワルテルが尻尾を振った。

「じゃ、ご飯にしよう」

雨音は微笑んだ。

9

冷凍庫に入っていた猪の肉をレンジで解凍し、包丁で叩いた。みじん切りにしたキャベツとすり下ろしたニンニクを合わせ、塩胡椒を振って練っていく。

道夫は起きてくる気配がない。正樹はああ言っていたが、だからといって、客をもてなさなくてもいいということにはならない。

猪肉の餃子《ギョーザ》は一月《ひとつき》ほど前に道夫が作ってくれた。その作業の様子を観察していたのだ。自分にも作れるはずだった。

初めて食べた猪肉の餃子は、脂が甘く、芳醇《ほうじゅん》で感動するほど美味しかった。道夫のようにはうまく作れないだろうが、正樹にも味わって欲しかったのだ。

「あ、炊飯器、炊飯器」

餃子の餡《あん》を作り終えると、研いだお米をセットしておいた炊飯器のスイッチを押した。餃子の他には道夫の手作りの中華ドレッシングを使ったサラダと、ネギと椎茸《しいたけ》のスープを用意した。少し寂しい気がしないでもないが、これが精一杯だった。

練った餡を、市販の餃子の皮で包んでいく。昔、父と一緒に餃子を作ったことを思い出し、雨音は笑みを浮かべた。

道夫が部屋から出てきた。キッチンの床に寝そべっていたワルテルが尻尾を振った。まだ半分眠っている感じだ。雷の恐怖から解放されて、神経が一気に緩んだのかもしれない。

「餃子作ってるのか？」

「はい。正樹さんが晩ご飯食べに来るって言うんで」

「あいつが？　だったらおれを起こせばよかったのに」

「何度も声をかけたんですけど、鼾《いびき》しか聞こえませんでした」

「そりゃ、すまなかったな。なにか手伝おうか？」

「シャワー浴びてすっきりしてきてください。まだ少しお酒臭いです」

「わかった、わかった」

道夫は苦笑し、バスルームへ消えていった。

作った餃子をバットに並べていき、最後の皮で餡を包むとラップをかけた。餃子は全部で四十個。道夫と正樹がどれだけ食べるかわからないが、おそらく足りるだろう。洗い物を済ませ、食器の用意をしていると正樹がやって来た。ワルテルと一緒に出迎え、とりあえず、居間に案内した。

「道夫さんがシャワー浴び終えたらはじめるから」

「なんだよ、雨音が料理したの？　腹壊したりしないかな」

「しないわよ」

正樹の憎まれ口に応じながらキッチンへ戻った。ちょうど、ご飯が炊きあがったところで、炊飯器がそれを知らせるメロディを奏でていた。

しゃもじでご飯を混ぜていると道夫がバスルームから出てきた。ぼさぼさだった髪の毛は落ち着き、無精髭も綺麗に剃り上げている。

「正樹さん、もう来てます」

「そうか。正樹、おまえもビール飲むか？」

冷蔵庫を開けながら、道夫は居間に声をかけた。

「いいの？」

「ゴールデンウィークだぞ。缶ビール一本ぐらいならいいだろう」

「じゃあ、いただきます」

道夫は缶ビールを二本手にして居間へ移動した。

「乾杯」

ふたりがビールを飲む気配を感じながら、フライパンに油を引いた。餃子を薔薇《ばら》の花びらのように並べ、火をつける。

一分ほど強火で餃子を焼き、中火にして水を注いで蓋をする。

スマホの着信音が鳴った。また、母からだった。雨音は電話を無視した。

スープの入った鍋を火にかけた。サラダを器に盛り、ドレッシングをかけてテーブルに並べた。

醤油《しょうゆ》とお酢、ラー油の入った容器もテーブルに置く。ラー油も道夫の手作りだった。

LINEのメッセージが届いた。母からだった。

〈電話に出て〉

雨音は首を振り、スマホの電源を落とした。

茶碗にご飯を盛り、スープ皿にスープを注ぐ。準備が整うと、餃子もいい具合に焼けていた。火を止め、蓋を外し、大振りの皿を逆さまにしてフライパンの上に置く。皿を左手でしっかり押さえつけたままフライパンを持ち上げ、ひっくり返した。

皿の真ん中に餃子が綺麗に並んだ。

「ご飯の支度できました」

居間に声をかける。エプロンを外していると、ふたりが食卓についた。ふたりとも缶ビールを手にしている。

「旨そうじゃないか」

道夫が言った。

「味見してないし、見よう見まねですけど」

「焼き方がちゃんとしてればだいじょうぶ。餃子はまずく作る方が難しいんだ」

「一言多いと思います」

「とにかく、食べてみようよ。いただきます」

正樹が言って、スープを口に運んだ。

「まあまあ」

「それも別に言わなくていいと思うし」

道夫が餃子に箸をつけた。調味料は一切つけずに口に運ぶ。

「旨い。もうちょっと塩振った方がいいと思うけど、旨い」

「ほんとですか？」

「疑うんなら食べてみろよ」

雨音は小皿に醤油とお酢、ラー油を垂らし、餃子をつけて口に運んだ。皮を噛むと甘い脂が口中に広がった。雨の森と似た香りが鼻から抜けていく。

「美味しい」

「どれどれ」

正樹も餃子を食べた。

「旨い。猪の肉で餃子作ったら、だれでも美味しくできるんだな」

「また一言多いし」

「でも、旨いよ。わざわざ作ってくれたんだもんな。ありがとう」

予期せぬ素直な言葉に戸惑い、雨音は頰が熱くなるのを感じた。

道夫のスマホに着信が入った。

「ちょっと失礼」

道夫は正樹に断りを入れて電話に出た。

「もしもし」

道夫が雨音を見た。それで電話の相手がわかった。母だ。

「妙子、こんな時間にどうした？　そっちは早朝だろう」

道夫は腰を上げ、食卓から離れていった。

「妙子ってだれ？　道夫さんの彼女かなんか？」

正樹が声をひそめて訊いてきた。

「わたしのお母さん」

雨音は答えた。せっかくの餃子の味が口から消えていく。箸で摘《つま》んだ餃子を口に押し込んだが、一口目の感動は再現されなかった。

正樹がじっと雨音を見つめていた。

「なによ？」

「お母さんのこと嫌いなのか？」

正樹はこういうことには敏感だ。それが今は煩わしかった。

「顔つきでわかるよ」

「正樹さんには関係ないでしょ」

「確かにそうだけど……」

正樹は餃子を口に運んだ。美味しいからというよりは、間を持たせるために食べている。

道夫と母の電話での会話はまだ続いていた。雨音はご飯を口に運んだ。

なんの味もしなかった。

＊

電話を終えた道夫は席に戻るとそれまでと変わらぬ態度で餃子を頬張り、ビールを飲んだ。

「明日帰るんだよな」

「うん」

道夫の問いかけに、正樹が答えた。

「次に来るのはまた夏休みか」

「そうなるかな」

「大学へは本当に行かないのか？」

「まだ決めてない」

「遅すぎないか？」

「本気で写真、やってみたいんだ」

「大学に行きながらでも写真はできるぞ」

「そういうことじゃなくて――」

「わかってる。でも、大学に行かないなんて、親父さんがゆるしてくれないだろう」

「あんなやつ……」

正樹は乱暴な手つきでビールを呷《あお》った。

「もう少しの辛抱だ。自立して生活できるようになれば、自由になれる」

「だから、大学には行きたくないんだよ」

道夫がうなずいた。

「まあ、おまえの人生だ。決めるのはおまえ自身なんだからな」

「またそれだ」

「それってなんだよ?」

「結局は他人事《ひとごと》じゃんか、いつも」

「おまえはおれじゃないからな」

正樹が破顔した。

「それ、道夫さんらしいっちゃ道夫さんらしい言い方だけど」

「人はひとりだ」

道夫が言った。それまでとは違って重々しい口調だった。

「家族や友人が支えにはなってくれるが、最後はひとりだ。どの道を進むのかを決めるのはその人間自身なんだ」

「それはらしくない」

正樹は笑ったが、すぐに口を閉じ、ビールを飲んだ。

「さて、ごちそうさん。もう、入らん。腹ごなしに散歩に行ってくる」

散歩という言葉に、ワルテルの耳が持ち上がった。すぐに立ち上がり、息を荒らげて玄関の方に駆けていく。

「まったく牡犬っていうのは気が早いな」

道夫は苦笑しながら登山用のヘッドランプを頭に装着した。

「ゆっくりしていけよ、正樹。とっておきのワインがあるんだ。後で飲もう」

「うん。わかった」

道夫が出ていくと、正樹は天井を見つめた。

「人はひとり、か……」

「他になにか食べる？　チャーハンぐらいだったら作れるけど」

雨音は口を開いた。

「後でワイン飲ませられるみたいだからもういいよ。どうせ道夫さんがハムとかチーズを出してくる」

「そうなんだ」

「一緒に飲んだことないのかよ？」

「わたし、まだ中学生ですから」

雨音は席を立った。道夫の使った食器やグラスをキッチンへ運んだ。

「いつもああなのか？」

席に戻ると正樹が言った。

「ああって？」

「道夫さんがだれかと話してると、いつも黙ってるのか？」

「うん」

「なんで？　一言も口利かないなんて、退屈なのかって思われるぞ」

「別に退屈なわけじゃないけど……」

昔は大人たちの会話が退屈だと、絵を描いて紛らわしたものだ。

「お母さんからの電話の内容も訊かなかったよな」

「わたしが知らなければならないことだったら、道夫さんが話すと思うし。わたしから訊きたいことはないし」

正樹がうなずいた。

「親と話すのなんて、うざいだけだし」

「高校卒業したら、ひとりでこっちに住めばいいのに」

自分の口から出た言葉に自分で驚いた。そんなこと、今の今まで考えたこともない。

正樹が不思議そうに雨音を見つめてきた。雨音は慌てて首を振った。頬が熱い。

「写真なら、道夫さんに教えてもらえるし」

「あの別荘も親父の持ち物だから……ひとり暮らしするにしても、自分で稼いだ金で家賃払わないと。道夫さんも言ってただろう。自立できれば自由になれる」

「そうかも……」

「そうだ。雨音にプレゼントがあるんだ」

正樹は空いている椅子の上に置いていたリュックサックを引き寄せた。中からクリアファイルに挟まれた写真を出した。

「本当は、東京に戻ったらプロ用のラボに出してプリントしてもらおうと思ったんだけど……これは、うちのプリンターで出力したやつだから、細かい部分で気に食わないところがあるんだ。それでももらって欲しい」

雨音はクリアファイルを受け取った。挟まれているのは、あの森で撮られた写真だった。サイズはB４ぐらいだろうか。

森の上から降り注いでくる光の筋。岩の上に立った雨音がその光の筋に手を差し伸べ、岩の下でワルテルが見上げている。背景の森は黒に近いほど暗いが、完全な黒ではなく、階調がわずかに残されている。暗い森に降り注ぐ光は黄金色《こがねいろ》で、雨音とワルテルを取り巻く空間はことさらに明るい。

光の筋と雨音が立体的に迫ってくる。闇に近い森と光のコントラストは幻想的だった。

「素敵……」

雨音は呟いた。

「気に入ってくれたならよかった。力入れて現像した甲斐《かい》があるってもんだ」

「写ってるのがわたしじゃなかったら、もっと素敵なのに」

「馬鹿言え。あの時あそこにいたのは雨音で、だからこの写真が撮れたんだ。写真は一期一会。道夫さんのパクりだけど、そういうもんだ」

「写真は一期一会……」

「ま、そういうこと。この写真、道夫さんには見せるなよ」

「どうして？」

「道夫さんも同じような写真撮ってる。きっと、おれのよりいい写真だ。比べられると、気恥ずかしい」

「こんなにいい写真なのに」

「道夫さんのはもっといい。さあ、早く部屋に持っていってしまってこいよ」

正樹に促され、雨音は部屋に向かった。写真をクリアファイルに戻し、スケッチブックの隙間に押し込んだ。何気なく窓の外に目をやると、ヘッドランプの明かりが庭を横切ろうとしていた。道夫とワルテルが戻ってきたのだ。

雨音は慌てて階下におりた。

「なんで慌ててるのよ。馬鹿みたい」

階段を駆け下りながら、自分を罵った。

＊

正樹は深夜近くになって、帰っていった。少しふらつきながら出ていく正樹を、ワルテルが心配そうに見守っていた。

「じゃあ、わたしも寝ます。おやすみなさい」

二階へ行こうと道夫に声をかけた。道夫はテレビのデータ放送で明日の天気予報をチェックしていた。

「今月末にまた、山に行ってくる。一週間ぐらいかな。留守を頼む」

「わかりました」

「それから、妙子が夏にこっちに来るそうだ」

「なんで？」

反射的に言葉が口から迸《ほとばし》った。

「おまえとちゃんと話し合いたいんだとさ」

「わたしは話すことなんかない」

「まあ、そう言うな。いろいろ問題はあるだろうが、おまえの母親だ」

「どうせ、一緒に向こうで暮らそうって言うだけ。子供のこと、自分の所有物だとしか思ってないんだから」

道夫が笑っていた。

「なにがおかしいの？」

「敬語じゃなくなってる」

指摘されて初めて気づいた。思いがけない報《しら》せに我を忘れてしまったのだ。

「すみません……」

「いいんだよ。敬語を使って欲しいわけじゃないし。しかし、そんなに取り乱すほど妙子が嫌いか……」

雨音はうつむいた。妙子は雨音の母であると同時に道夫の妹なのだ。

「嫌なことから逃げるのは簡単だよな」

道夫が言った。

「だが、逃げ回っててもいずれは追いつかれるぞ。向き合って闘わなきゃ、なにも解決しない」

「どうしろって言うんですか？」

「アメリカになんか絶対に行かない、わたしが大切なら、お母さんが戻ってくればいい。妙子に面と向かってそう言ってやれ」

「言っても無駄です」

「本気で言えば伝わるさ」

雨音は唇を噛んだ。なにを言っても道夫には通じないのだ。

「いずれにせよ、妙子は来る。雨音がどう思おうと絶対に来る。そういう女だ。そうだろう？」

道夫の言葉は正しかった。

「逃げてもまた来る。自分の意思が通るまで同じことを繰り返す。そうだろう？」

雨音はうなずいた。

「だったら、やっぱり闘うしかないんじゃないか。そういうことだ。逃げるのか闘うのか、決めるのは雨音だけどな。ま、そういうことで、おやすみ」

道夫はテレビを消すと、バスルームに入っていった。歯を磨く音が聞こえてくる。

雨音は溜息を漏らすと、階段に足を向けた。ワルテルがついてくる。

「今日も一緒に寝るの？　道夫さんの部屋で寝る番でしょ？」

自分のことは自分で決める――ワルテルはそう言いたげな顔で雨音を見上げると、雨音を追い抜いて階段を駆け上がっていった。

*

朝、ワルテルと散歩に出た。いつもと違い、国枝家の別荘に向かおうとはしない。

「どうしたの、ワルテル？　正樹さんに挨拶に行かなくていいの？」

ワルテルのリードを引いて、国枝家へ向かった。敷地にポルシェはなく、窓のシャッターが下りていた。

正樹と真澄は朝早くに発《た》ってしまったのだ。

「こんなに早く出ていくって知ってたら、昨日、さよなら言っておいたのにな」

人の気配の感じられない別荘を見ながら、雨音はぼそりと呟いた。

10

「いつになったらやむのかな？」

雨音は窓際に立って空を見上げた。梅雨入りが宣言されてから一週間。雨は毎日のように降り続けている。

道夫は留守だった。仕事の打ち合わせで東京へ行っている。上田《うえだ》まで車で出て、新幹線で東京に向かったのだ。今日中に戻る予定だが、帰りは遅くなると言っていた。

つまり、この雨の中、ワルテルを散歩に連れていくのは雨音の役目だということだ。

「ワルテル、たまには散歩に行かなくてもいいんじゃない？」

雨音はワルテルに目を向けた。ワルテルは一心不乱に鹿の角を噛んでいる。道夫が山で見つけてきたものだ。ニホンジカの牡の角は毎年春に抜けて生えかわるのだという。道夫は山に落ちている角を拾い集めてきては煮沸消毒し、ワルテルに歯磨き兼オモチャとして与えている。

骨と変わらぬほど硬い角を、ワルテルは一月《ひとつき》ほどで消費するのだ。

「よくそんな硬い物を噛めるよね」

角の根元を両前脚で器用に押さえこみ、先端からガリガリと噛んでいく。角の表面の複雑な模様が削られ、白くなり、角全体が少しずつ短くなっていく。

ときおり、ワルテルが齧《かじ》るのをやめて角の先っぽを舐める。中から出てきた髄液を舐め取っているらしい。

鹿の角を齧っている時のワルテルは、恍惚《こうこつ》の表情を浮かべている。

「猫にマタタビ、犬に鹿の角か……」

雨はやむ気配がなかった。強くなったり弱くなったり、やむのは明け方のほんのわずかな時間。そんな日が続いていた。

「もうちょっと雨が弱まるのを待とうね」

雨音はスマホに手を伸ばし、正樹にＬＩＮＥを送った。

〈そっちも雨？〉

しばらく待ったが、返事は来なかった。それどころか読んだ形跡もない。

「またスルーかよ」

雨音は溜息を押し殺した。ゴールデンウィークが終わってしばらくは、正樹と頻繁にＬＩＮＥでやりとりをした。それが、梅雨入りと同時に正樹からの返信が極端に減ったのだ。

「なにかあったのかな？　だいじょうぶかな」

だれにともなく呟くと、ワルテルが顔を上げた。

「まだ角鬣っていいよ」

そう声をかけたが、ワルテルは立ち上がった。もう、鹿の角には飽きたらしい。仁王立ちして雨音の目をじっと見つめている。

「まだ雨脚が強いよ」

雨音が口を開くとワルテルの尻尾が揺れた。散歩の時間だということはわかっているのだ。犬の体内時計の正確さにはおそれいるしかない。

「わかったよ。支度するからちょっと待ってて」

レインウエアとパンツを身に着け、ワルテルにもレインコートを着させた。道夫がワルテルにレインコートを着させることはない。ずぶ濡れになったワルテルをタオルでおざなりに拭いただけで家に上げるのだ。雨の日の散歩の後は、家中が水滴だらけになる。

それがどうにも我慢できなくて、雨音は道夫に抗議した。その結果道夫がどこかで手に入れてきたのが大型犬用のレインコートだ。

初めのうち、ワルテルはコートを着せられるのを嫌がった。

「これを着ないと、わたしはワルテルと散歩に行かないんだからね」

雨音は雨の度に辛抱強くワルテルに言い聞かせた。今では渋々という感じで着せられるのを待ってくれる。

「行こうか。庭を歩くだけだよ」

リードを手にしたまま、雨音は玄関のドアを開けた。もう、ワルテルが勝手に飛び出ていくことはない。相変わらず雨音を見下したような態度を取るが、雨音に気を遣ってくれるようになっていた。

一緒に外に出た。ワルテルは地面の匂いを嗅ぎながらゆっくり歩く。必ずおしっこをかける木が数本あって、時間をかけてその木々の間を歩くのだ。すべての木々にマーキングし終えると、次はうんちタイム。うんちを雨音が拾い終えると、ワルテルは決まって走り出す。駆けては振り返り、振り返っては駆ける。

雨音に追いかけて来いよと促しているのだ。

「ほんとに子供なんだから……雨が降ってるんだから、走らないよ」

雨音《あまおと》は雨音に負けじと声のボリュームを上げた。ワルテルが雨音の方に体を向けて立ち止まった。口の端がかすかに吊《つ》り上がっている。

きっと、嗤っている。雨音が自分の思うとおりの行動をしないと、苛立ちをあらわにするように嗤るのだ。

「知らない」

雨音は踵《きびす》を返した。

「もうおしっこもうんちも済んだんだから、家に戻るよ」

玄関に向かう。雨は冷たく、レインウエアの上からでも容赦なく体温を奪っていく。剝き出しの手はかじかんで、指先がうまく動かせないぐらいだった。それに、レインコートを着せているとはいえ、ワルテルの足先は濡れるし、泥まみれになる。後始末に時間がかかるのだ。さっさと家に戻ってしまいたい。

雨の音の間隙《かんげき》を縫って、ワルテルの足音が聞こえた。

近い。

慌てて身を屈めたが遅かった。ワルテルに体当たりされて、雨音は前のめりに倒れた。泥が跳ね上がった。

「なにするのよ！」

素早く立ち上がった。手もウエアも泥だらけだ。顔に違和感を覚えるのは、泥がついているからだろう。

「ワルテル！」

ワルテルを睨んだ。ワルテルは笑っている。憎たらしい。

「なんでこんなことするの？」

詰め寄ろうとすると、ワルテルは雨音に背を向けて走り出した。

「待ちなさいよ」

雨音はワルテルを追った。雨の中を走りたくはなかったが、腹立ちがそれを上回った。

「ワルテル！」

ワルテルが振り返った。子犬のような笑みを浮かべている。追いかけっこが楽しくてしょうがないのだ。追いかけっこをしたくてわざと雨音を挑発したのだ。

「もう……」

ワルテルの笑顔を見た瞬間、腹立ちは消えた。手も顔もウエアも洗えばいい。だが、ワルテルがあれほど嬉しそうな顔を雨音に見せてくれるのは滅多にない。ならば、ワルテルに付き合ってやればいい。

「待ちなさい、ワルテル」

雨音はワルテルを追い続けた。走る速度では絶対に犬にはかなわない。それなのに、ワルテルとの距離が開くことはなかった。ワルテルが雨音に合わせてくれているのだ。

「待てってば」

自分の顔にも笑みが浮かんでいるのがわかった。さっきまでは鬱陶しいだけだった雨だが、今はなんだか気持ちがいい。レインウエアを脱いで、全身を雨で打たれてもかまわない。

そんな気分だった。

＊

市販のソースを和《あ》えただけのパスタを食べ、後片付けを終えると、雨音はスマホの電源を落とした。

このところ、母からしつこいぐらいに連絡が入るのだ。電話を無視していると、LINEが入り、LINEをスルーするとまた電話がかかってくる。

うんざりだった。母と話すことはなにもない。放っておいてもらいたかった。

そのくせ、スマホの電源を落とすと、ちょっとした寂しさを覚えるのも事実だった。

人間は面倒くさい。

「もし生まれ変わりがあるなら、次は犬がいいな」

雨音は呟いた。ソファで寝ていたワルテルが顔を上げた。ソファから降りると、近寄ってきて雨音の太股に鼻先を押しつけてくる。

早く部屋に行くぞと促しているのだ。

「はいはい、わかりました」

部屋に入ると、ワルテルは当然という態度で雨音のベッドを占領した。

「勉強が終わるまではどうぞ」

雨音は机に向かい、英語の問題集を開いた。期末試験まで一ヶ月もない。気持ちは焦っているのに、なかなか英文が頭に入ってこない。

先日、道夫にかかってきた電話のことが頭に浮かんだ。道夫も普段はスマホで済ませることが多いが、東京の出版社とファックスのやりとりをすることもあるため、固定電話の回線を引き、ファックス機能のついた電話と繋げていた。その電話の主は英語を話したのだ。電話に出た雨音はちょっとしたパニックに陥って、受話器を道夫に押しつけた。

電話に出た道夫は流暢《りゅうちょう》とは言いがたいものの、相手の英語にしっかりと受け答えし、時にはジョークらしきものを交えて笑っていた。

「英語、できるんですか？」

電話が終わった後、雨音は訊いた。

「若い頃、北米大陸を二年ぐらい放浪していたことがあるんだ。皿洗いなんかのバイトして金貯めちゃ、あちこちの山に登りに行った。英語が喋れないと話にならないからな。その時覚えた。かなりブロークンだけど」

「北米大陸を放浪ですか……」

「昔は無茶ばかりしてたからなあ。雨音のお祖母《ばあ》ちゃんには、わたしが早死にしたら、それはおまえのせいだってしょっちゅう言われてた」

祖母は、母には口うるさかったが、雨音にはただただ優しかった。

お母さんのことが嫌いになったら、お祖母ちゃんのところに来るといいよ——何度もそう言われたことを覚えている。

祖母が生きていれば、立科ではなく、祖母の住んでいた国立で今も暮らしていただろう。

「若いうちに海外に行くのは悪いことじゃないぞ」

道夫がぽつりと言った。

「行くとしてもアメリカは嫌です」

雨音の答えに、道夫は苦笑して手にしていた缶ビールを飲んだ。

「だめだ、だめだ」

雨音は頭を叩いた。思いがあちこちに飛んで、勉強に集中できない。問題集を閉じ、スケッチブックに手を伸ばした。勉強には集中できなくても絵は別だ。絵を描きはじめればすぐに没入する。気分転換に絵を描き、気持ちが引き締まったところで勉強すればいい。

椅子を回転させて太股の上にスケッチブックを置いた。ワルテルは熟睡している。その寝顔を描きはじめた。

いつもは偉そうなワルテルも、寝顔は無防備であどけない。

夢中で鉛筆を動かしていると、ワルテルの右の瞼が痙攣《けいれん》しはじめた。雨音は手を止めた。

ワルテルは夢を見ているのだ。この後は、四肢を動かしたり牙を剥いたり唸ったりする。

どんな夢を見ているのだろう？

ワルテルが牙を剝き、唸った。目は閉じたままだが、瞼の痙攣は続いている。やがて、四肢もがくがくと動き出す。

森の中を駆けているのだろうか。別の犬と取っ組み合って遊んでいるのだろうか。それとも、気に入った牝犬を追いかけているのだろうか。

マリアがこんな状態になったのを初めて見た時は、悪霊かなにかがマリアに取《と》り憑《つ》いたのだと思い、恐怖に震えた。

悪霊がマリアを殺したら、次は自分に取り憑こうとするのではないか——そう考えたら怖くてたまらなくなって、声を張り上げて泣いた。

道夫がやって来ると「マリアに悪霊が取り憑いたの」と叫んで抱きついた。道夫は笑いながらマリアに触れ、体を揺すった。

すると、マリアは目を開けて伸びをして、なにごともなかったかのように道夫に甘えたのだ。

犬も夢を見るんだ——道夫の言葉は長い間雨音の耳にこびりついていた。

犬も夢を見る。それはどんな夢なんだろう？　わたしが見る夢と似ているのだろうか？　それとも全然違うんだろうか？　犬になりたい。犬になって夢を見たい。

幼かった頃、痛切にそう願ったことを覚えている。

ワルテルの四肢の動きが止まった。牙を剝くのも、唸るのも、瞼の痙攣も徐々におさまっていく。やがて、穏やかな寝息になって、ワルテルはあどけない寝顔に戻っていく。

「いつか、どんな夢を見てるのか教えてね」

雨音は呟き、また鉛筆をスケッチブックの上に走らせた。

ふいにワルテルの耳が持ち上がった。目を開け、体を起こす。

階下で電話が鳴っていた。固定電話の着信音だ。

ワルテルと一緒に階段を駆け下り、受話器を手に取った。

「もしもし？　乾ですが」

「雨音か……」

受話器から流れてきたのは正樹の声だった。

「どうしたの？」

「道夫さんもおまえもスマホが繋がらないからこの番号にかけたんだよ。道夫さんは？」

「今日は仕事で東京。今日中に帰ってくるけど……今は新幹線かな？　だから電波繋がらないのかも。北陸新幹線、トンネル多いし」

「そっか。道夫さん、いないのか」

正樹の声は暗く、重かった。それは限りなく黒に近いグレイを思い起こさせる。

「なにかあったの？」

雨音は訊いた。返事はなかった。待ちきれずに口を開こうとした瞬間、正樹の声が耳に流れてきた。

「別に」

嘘だ——直感的にわかった。正樹は嘘をついている。なにか辛いことがあって、道夫に慰めてもらおうと電話をかけてきたのだ。

「十時には帰ってくると思うけど……」

「いいんだ。たいした用じゃないし。ワルテルはどうしてる？」

「今、足もとで聞き耳立ててる」

ワルテルは耳を持ち上げて、雨音を見上げていた。受話器から漏れてくる正樹の声がわかるのだ。

「おれの声がわかるのかな？　可愛いやつだな」

正樹の声が少しだけ柔らかくなった。

「相変わらず威張りんぼだけど」

「偉そうな態度を取るのは雨音にだけだろう？　道夫さんが言ってたぞ、雨音はワルテルとちゃんと接することができないから、群れの中での地位がワルテルより下だと思われてるんだって。もっと毅然とした態度で接しないと」

「正樹さんも犬を飼えばいいのに」

雨音は言った。犬がそばにいれば、正樹の苦しみを和らげてくれる。威張りんぼで偉そうなワルテルでも、その体に触れ、体温を感じるだけで気持ちが落ち着くのだ。

「犬か……」

「そうだよ。犬を飼えばいいと思う。こっちに来る時は連れてきて、ワルテルと遊ばせたらいいんじゃない」

「親父、犬が嫌いなんだよ」

思わず溜息を漏らした。

「なんだよ、その溜息」

「だって……」

「絵、描いてるか？」

正樹が突然、話題を変えた。

「うん。毎日描いてるよ。写真は撮ってる？」

「全然」

「ダメじゃん」

「ダメだな。うん。おれはダメだ」

また、正樹の声が暗くなっていく。

「そういうことじゃなくって――」

「わかってる。さて、と。おれも勉強しなきゃ」

とってつけたような言い方だった。

「まだ電話してても平気だよ」

雨音は言った。電話を切るのが怖かった。

「また電話するよ。道夫さんによろしく」

「あ、待って――」

電話が切れた。雨音は受話器を握りしめたまま呆然《ぼうぜん》と立ち尽くした。胸の奥がざわめいている。なぜだかわからないが、心配でならなかった。

ワルテルが脚に体を押しつけてきて、我に返った。受話器を戻し、床に座り込む。ワルテルが雨音の顔を覗きこんできた。

「正樹さん、なんか変なの」

ワルテルが目を伏せた。まるで、わかっていると言っているかのようだった。

「だいじょうぶかな？」

ワルテルが雨音の鼻を舐めた。だいじょうぶだと言われたように思えた。

「ハグしていい？」

雨音は訊いた。ワルテルはじっと雨音を見つめている。了解の印だと決めつけ、雨音はワルテルの体に腕を回した。

「ありがとう、ワルテル」

ワルテルを抱きしめ、背中の毛に顔を埋《うず》めた。温かさと柔らかい毛の感触が少しずつ不安を鎮めていってくれる。

だいじょうぶ。なにも起こらない。起こるわけがない。

道夫の言葉が頭の奥によみがえった。

動物と人間の違いがわかるか?——ある時、道夫がそう言ったのだ。

「人間は過去と未来に囚《とら》われて生きている。脳味噌が発達しすぎた結果だ。なんでも過去の経験に照らし合わせて、未来を予想しようとするんだ」

最初は道夫がなにを言おうとしているのかわからなかった。

「過去はこうこうこうだったから、未来もこうこうこうなるはずだ。そう決めつけて、今やる時にはやっても無駄だとか、あまりいい結果が得られそうもないからといって、今やるべきことをやめてしまう。あるいは、未来に起こることを恐れて後ずさりする。まだ起こってもいないことを恐れるなんて、馬鹿馬鹿しいと思わないか?」

道夫は酔っていた。酔うと口数が多くなるのだ。

「動物は違う。あいつらは、今を生きている。瞬間瞬間をただ、精一杯生きているんだ。過去に囚われることも、未来を恐れることもない。まあ、こいつらなんかはちょっとだけ賢いから、嫌な目に遭ったことなんか、けっこう覚えてるけどな」

道夫は笑って、自分の膝の上で寝ているワルテルを撫でた。

「動物が幸せなのは、今を生きているからだ。不幸な人間が多いのは、過去と未来に囚われて生きているからだ。おれは、こいつらみたいに生きたい」

「今を生きる、ですか……」

「そうだ。雨音もやってみろ。夏になったら妙子が来る。嫌だ嫌だと思って毎日過ごしてるだろう。そうじゃなくて、ワルテルみたいに今を生きるんだ。一瞬一瞬を、一生懸命生きるんだ。そうしてれば、嫌なことなんて、あっという間にやって来て、あっという間に過ぎていくぞ」

そんなことを言われても、無理だ——あの時はそう思った。けれど、ワルテルを抱きしめ、その温かさを感じていると、道夫の言いたいことがわかるような気がしてくる。

今を一生懸命生きればいいのだ。過去に囚われず、未来を恐れず。

正樹にも言ってやればよかった。今を生きればいいんだよ、そうしたら、嫌なことなんか、すぐに過ぎ去っていくよ。

正樹ならわかってくれるだろう。ワルテルが慕う人間なら、みんなわかるはずだ。

ふいに、ワルテルが動いた。カーテンの隙間に光が現れて消えた。道夫の車のヘッドライトだ。

ワルテルは雨音の腕を振りほどき、玄関に向かって駆けていった。時計は九時四十五分を指していた。

ワルテルが吠えはじめた。歓喜と興奮で声が裏返っている。

「ただいま」

道夫の声が響いた。ワルテルの吠える声がやんだ。見なくてもわかる。尻尾を盛大に振って、道夫の周囲をぐるぐると回っているに違いない。

「お帰りなさい」

雨音は玄関に向かった。

「お土産」

道夫は小さな手提げ袋を雨音に渡した。中に入っているのはチョコレートだ。東京の大丸《だいまる》デパートに入っている、パリのショコラティエのブティックで売っているものだった。

「ありがとうございます。これ、食べたいって言ってたの、覚えててくれたんですね」

テレビのバラエティ番組で紹介されたのを見て、食べてみたいと呟いたのは一週間ほど前のことだった。

「たまには伯父さんらしいことしなくちゃな。留守中、なにかあったか？」

「さっき、正樹さんから電話があって……道夫さんと話をしたかったみたいなんですけど」

「なにか心配事でもあるのか？」

「ちょっと声が暗かったんです。なにか、辛いことでもあったみたい」

「わかった」

道夫は荷物を玄関に置いたまま、真っ直《ます》ぐキッチンへ向かった。冷蔵庫から缶ビールを取りだし、缶を傾けた。

「ああ、生き返る。田舎の人間にとっちゃ、東京は地獄だな。東京駅を突っ切るだけでくたびれる」

「それはちょっと大袈裟《おおげさ》だと思います」

「おまえもここに一年住んだら、おれと同じになるぞ」

道夫はスマホを操作して耳に押し当てた。しばらくそうしていたが、やがて諦めたというようにスマホを耳から離した。

「正樹のやつ、出ない」

「そうですか……」

「後でもう一回かけてみるよ。チョコ、食べないのか？」

「明日、ゆっくり食べます。今夜は勉強しないと……」

「もう十時だぞ」

「十二時まで勉強して、寝ます」

「そうか。頑張れ」

道夫はまたビールを呷り、目を閉じた。本当に疲れているのだろう。

雨音はチョコレートを冷蔵庫に入れて、自室に戻った。ワルテルは来ない。道夫に甘えているのだろう。

一抹の寂しさを感じながら、雨音は部屋のドアを閉めた。

11

梅雨があけると、陽射しが一気に夏めいてきた。

町まで降りていくと気温も三十度近く、湿度も高くてうんざりするほど暑い。だが、道夫の家は標高千六百メートルに位置するおかげで快適に過ごすことができる。明け方などは寒いぐらいだった。

「体調おかしくならない？」

有紀がアイスコーヒーに口をつけながら言った。閑古鳥が鳴いている店内で、雨音と有紀はカウンターに肘をついていた。田口は厨房の奥でパン生地をこねている。

ワルテルは床に伏せて、田口からもらった馬のアキレス腱《けん》のジャーキーと格闘していた。骨のように硬く長く、さすがのワルテルも手こずっている。

「ここと学校じゃ、気温、十度は違うよ」

十度は言い過ぎにしても、確かに女神湖周辺の高原と学校のある町中では気温差が激しすぎた。

「でも、町だって標高七百メートルぐらいはあるよ」

雨音は言った。

「だめだめ。温暖化のせいで、標高七百メートルぐらいじゃもう涼しくない。じじばばたちは、昔はエアコンいらなかったって言うけど、今はもう、エアコンなしじゃ生きられないよ」

「それは言えてる。有紀なんか、部活大変だよね」

学校の体育館にはエアコンがついているが、よほど気温が上がらない限りはスイッチが入れられることはない。体育の授業で体を動かすだけでもきついのに、部活となればなおさらだろう。

「空気はむっとしてるし、男子は汗臭いし、もう、最低」

「それは同情するけど、有紀は受験勉強がないからいいよね」

有紀は松本《まつもと》市の高校への推薦入学がほぼ決まっていた。バレーボール選手として有望視されているのだ。

「それでも暑いものは暑い。夏休みになったら正樹さんが来る。それだけが生きる望みだよ」

雨音は苦笑した。

「ね、いつ頃来るか、聞いてる？」

「ここのところ、連絡取ってないからわかんない」

梅雨の最中にあった電話以来、正樹とは連絡がつかなくなっていた。ＬＩＮＥを送っても返事は来ず、電話をかけても繋がらないのだ。道夫も何度か電話をかけたらしいが、やはり繋がらないと言っていた。

「こっちから送るＬＩＮＥは既読になってるんだけど……」

「雨音、あんた、正樹さんを怒らせるようなことしたんじゃないの？」

有紀の目が吊り上がった。

「してないし、もししてたとしても有紀には関係ないじゃない」

「あんたのせいで正樹さんが立科に来なくなったらどうしてくれるのよ」

有紀が口を閉じた。オートバイの大きなエンジン音が近づいてくる。この辺りはバイクでツーリングに来る観光客も多い。もしかすると客かもしれないと、有紀は耳に注意を集中させたのだ。

「一台だけだね」

雨音は言った。

「うん。お客じゃなさそうだね」

エンジン音は次第に大きくなり、やがて、店を通り過ぎていく。

「あれ？」

有紀が首を傾げた。

「今のバイク、あんたん家《ち》の方に登っていったよ」

「エンジンの音聞いただけでどっちに向かったかわかるの？」

「わかるでしょ、普通。あの坂登っていっても別荘しかないよね。どこかの別荘族かな？　バイクで来る人たちなんかいたかな？」

「わたしは新参者だから、よく知らないんだよね」

雨音はアイスコーヒーを飲み干した。

「そろそろ行くね。道夫さんが帰ってくる前に、晩ご飯の支度しておかないと」

道夫は朝早い新幹線で上京した。カメラ関係の機材をあつらえるためだそうだ。午後の七時前後に帰宅する予定だった。

「うん、気をつけてね」

雨音がスツールからおりると、ワルテルがアキレス腱との格闘をやめた。あらかじめ田口に渡されていたビニール袋で食べかけのアキレス腱をくるみ、ザックに放り込む。

「田口さん、ご馳走様でした」

厨房に声をかけ、ワルテルの首輪にリードを繋いだ。ワルテルの口の周りや胸元の毛は涎でびしょびしょだった。

「帰ったら綺麗にしてあげるから我慢して」

「じゃあね、雨音」

店を出ると、思わず身をすくめた。気温がだいぶ下がっている。薄手の上着一枚では風の冷たさが身に染みた。

「行こう、ワルテル」

気を取り直して歩いた。どうせ、家まではきつい登り坂だ。すぐに体が火照《ほて》って、そのうち上着もいらなくなるだろう。

「ワルテル、引っ張らないでって言ってるでしょう」

ワルテルがリードを引っ張って雨音の前を歩く。最初の頃から比べると聞き分けはよくなってはいるのだが、これだけは直らない。

群れの上位のものは、下位のものより前を歩かなければならないのだ。

リードを強く引くと、ワルテルが振り返って唸った。

「ほんと、威張りんぼなんだから」

唸るだけで襲いかかってくるわけでも嚙みついてくるわけでもない。ただの意思表示なのだ。だから、唸られても気にする必要はない。

ワルテルに引かれるように坂道を登った。案の定、すぐに体が火照りだした。上着を脱ぎ、腰に巻きつける。道夫の家から女神湖までは歩いて三十分ほどだが、その逆は四十分以上かかる。それだけ勾配がきついのだ。

国枝家の別荘が見えてくると、ワルテルの耳が持ち上がった。鼻をうごめかせ、なにかの匂いを嗅いでいる。

「どうしたの、ワルテル?」

雨音の言葉が終わる前に、ワルテルは歩き出した。リードがぴんと張っているのに、それをものともせずに前進していく。

「国枝さんとこ、だれか来てるの? 正樹さん? でも――」

まだ夏休みははじまっていない。正樹が来るはずはないのだ。

ワルテルに引きずられるようにして、雨音は坂道を登った。国枝家の別荘に近づけば近づくほど、ワルテルの興奮の度合いが高まっていく。

「マジ?」

正樹以外にワルテルがこんな態度を示すはずがない。

雨音は走った。ワルテルも走り出す。きつい勾配を駆け上がるとすぐに息が上がったが、脚は止まらなかった。国枝家の前に来ると、両膝に手を突き、激しく喘《あえ》いだ。

呼吸を整えながら、門扉越しに敷地の中を覗いた。ポルシェは見当たらない。

「なによ、ワルテル、だれもいないじゃない」

よく見ると、車寄せの奥に、見慣れないバイクが停まっていた。バイクのことはよくわからないが、おそらく、中型の大きさだ。まだ新車同様で、あちこちがぴかぴかと輝いている。

「バイクの免許取ったのかな？」

だとすれば、真澄に車を出してもらわなくても、正樹ひとりで好きなところへ行ける。

雨音はインタホンを押した。ワルテルが吠えはじめた。

間違いない。正樹が来ているのだ。

「なんだよ？」

しばらくすると、スピーカーから正樹の声が流れてきた。

「ワルテルが凄い興奮してるから、まさかと思ったけど……来るなら来るって教えてよ」

「急に思い立ったんだ。道夫さんは？」

「出かけてる。晩ご飯までには戻ると思うけど」

「入れよ」

門扉のロックが外れる音がした。門扉が開きはじめると、ワルテルがまるで自分の家だとでもいうように敷地の中に飛び込んだ。リードが手から離れた。

「ワルテル！」

怒鳴りながらワルテルの後を追った。玄関のドアが開き、ワルテルが中に吸い込まれていく。唸り声が聞こえた。ワルテルは相手を好きであればあるほど唸るのだ。

家の中に入る頃には唸り声は消えていた。代わりに鼻にかかった甘えるような声を出していた。

「ワルテル、勝手に走っちゃだめだっていつも言ってるじゃない」

ワルテルを撫でていた正樹が笑った。

「相変わらず馬鹿にされてるんだな」

正樹の姿を見て、雨音は言葉を失った。

正樹はやつれていた。元々細身ではあったが、今は病的に細い。五月の頃より十キロは体重が落ちていそうだった。

「なに驚いてるんだよ」

正樹が言った。

「だって、凄い痩せちゃってるから」

「ダイエットだよ」

正樹が笑った。どこか空々しい笑い声だった。

「ちゃんと食べてるの？」

「食べてるよ。それより、表のバイク見たか？　免許取ったんだぜ。中型だけど」

雨音はうなずいた。

「しばらくこっちにいるの？」

「ああ。期末も終わったし、うちの高校、三年生は受験のためにけっこう自由にやらせてくれるんだ。出席日数が足りれば、勝手に休んでも文句は言われない」

「真澄さんは？」

正樹は肩をすくめた。

「フランスだかイタリアだかに行ってるよ。親父の金で買い物三昧」

「お父さんは？」

「シンガポールに行ってる。しばらく帰ってこない」

「そうなんだ……」

「そう。そういうわけで、東京にいてもしょうがないから、ワルテルと雨音の顔を見に来た」

「なに言ってんの？」

「冗談だよ、怒るなって。今度、バイクに乗っけてやるよ。どっかに遊びに行こう」

「わたしはいいけど……」

雨音と話している間も、正樹はワルテルを撫でる手を止めなかった。ワルテルは猫のような表情になっていた。

「頼みがあるんだ」

正樹の口調が変わった。

「なに？」

「おれが来てること、道夫さんには内緒にしてくれないか」

「どうして？　ワルテルの態度ですぐにわかっちゃうよ。わたしだってそうだったんだから」

「雨音にばれたのはおまえのせいか」

正樹はワルテルの頰の皮を引っ張った。ワルテルはされるがままになっている。

「ばれるまででいいからさ、とにかく黙っててくれよ。頼む」

「いいけど……東京でなにかあったの？」

この前の電話の声が気になって、訊かずにはいられなかった。

「ないよ」

正樹が言った。

「だったらいいけど……夏休みシーズンになったら、真澄さんも来るのかな？」

「さあ。知らない」

「もし、正樹さん、ずっとひとりだったら食事どうするの？」

「インスタントラーメンぐらい、自分で作れる」

「毎日インスタントじゃ体によくないよ。ただでさえガリガリに痩せてるのに」

「町まで降りていって、なにか食べるよ。バイクがあるんだ。どこにでも行ける」

「外食ばっかりっていうのもなあ……」

「雨音、二ヶ月会わないうちに言うことがおばさん臭くなったな」

「心配だから言ってるの」

思わず声を張り上げた。ワルテルが雨音を睨んで唸った。

「ほんとに男っていう生き物はめんどくさいんだから」

「そう怒るなって。自分のことは自分でするから、おまえが気にする必要はないよ」

「わかった。心配なんかしてやらないから」

なんだか腹立たしくなってきて、雨音は頬を膨らませた。正樹は自分がどんな見た目なのかわかっているのだろうか。電話から流れてくる暗い声の響きがわかっているのだろうか。

「行くよ、ワルテル」

リードを持ち直した。雨音が不機嫌になったのがわかるのか、ワルテルは素直に従った。

「またな」

正樹が言ったが、雨音はそれには返さずに外に出た。坂を駆け上がって汗を掻いた体に、冷たい風がこたえる。

敷地の外に出て、雨音は振り返った。国枝家の別荘はいつもと同じように静まりかえっている。外から見ただけでは、正樹がいるとは思えない。

「なにかあったに決まってるんだから」

雨音は呟いた。だが、正樹がなにも言ってくれないのなら、自分にできることはない。

募るもどかしさをどうしていいかわからず、雨音は地面に転がっていた小石を蹴飛ばした。

12

朝の散歩から戻って来た道夫がしきりに首を捻った。

「雨音、国枝さんの別荘、だれか来てるか?」

「知りません」

答えてから、返事が速すぎたのではないかと焦った。

正樹がひとりで別荘にやって来て、今日で三日になる。別荘の前を通る度にワルテルがそわそわするのだ。気づかれるのは時間の問題だった。

「そうか。あそこの前を通る度にワルテルが興奮するんだ。正樹が来てるのかと思ったが、まだ夏休みには早いし、家の中は静まりかえってるしなあ……なにが気になるんだ、おまえは？」

タオルで肉球を拭きながら、道夫はワルテルに声をかけた。ワルテルは素知らぬ顔をしている。散歩が終わったら、朝ご飯だ。もう、頭の中は食べ物のことで一杯だろう。

ワルテルのはもちろん、人間の朝食も用意はできていた。

キノコのスープにグリーンサラダと粉チーズ入りのスクランブルエッグ、パンはカンパーニュ。もちろん、田口の手作りパンだ。

道夫は玉子の火の通り具合にうるさい。ゆで玉子でも目玉焼きでもスクランブルエッグでも、好みの固さがあるのだ。おかげで、この家に来てから玉子料理の腕は格段に上達した。

足拭きから解放されたワルテルがキッチンに飛び込んできた。雨音はご飯の入ったステンレスの器に手を伸ばした。

「ステイ」

ワルテルに指示を出す。ワルテルは雨音の前で座った。食事の時だけは素直に言うことを聞くのだ。

器を床にそっと置く。ワルテルの目はご飯に釘付《くぎづ》けだ。だが、勝手に食べはじめることはない。涎を垂らしながら、雨音の許可が出るのを待っている。

「OK」

雨音が口を開くのとほとんど同時に、ワルテルは食べはじめた。

「ちょっと早いと思うんだけどなあ」

雨音は抗議の声をあげたが、ワルテルの食べる勢いは増す一方だった。

「まだ舐められてるな」

道夫が言った。道夫がご飯をあげる時は、ワルテルはご飯ではなく、道夫の目を見つめて許可が出るのを待つ。

「これでもかなり進歩したと思うんですけど……」

「そうだな。進歩はしてる」道夫は笑った。「さ、おれたちも食おう。腹が減った」

雨音と道夫は食卓についた。いただきますと声を出す。これも、道夫に叱られて身についた習慣だった。

「お盆に妙子が来るそうだ」

「わたしは会いたくありません」

雨音はサラダを口に入れ、乱暴に嚙んだ。

「妙子はおれの妹だし、おまえの母親だ。来るなとは言えない」

道夫はスープを啜った。

「わかってます」

雨音は言った。口の周りの筋肉が強張っていくのがわかる。

「どう転ぶにせよ、話し合わなきゃだめだ。あいつはおまえの母親なんだ。唯一の家族だぞ」

「わたしには道夫さんとワルテルがいますから」

雨音はそう言ってから、慌てて自分の口を押さえた。

「確かにおれはおまえの伯父だが……とにかく、話し合え。とことん本音をぶつけて話し合って、その結果、おまえが妙子との縁を断ち切ってもいいと腹を決めるなら、おれもその時は腹を括《くく》る」

「腹を括るって？」

「おまえの父親になる。父親代わりじゃなくて、父親になってやる」

道夫はスクランブルエッグを載せたカンパーニュのスライスを頬張った。感動的な言葉だったのに、その仕種は普通の世間話をしているのと変わらない。

もっと真剣な表情で言ってくれればいいのに——なんだか腹立たしい。

だが、それが道夫なのだ。一般常識などどこ吹く風で、雨音のことも独立した人格を持ったひとりの人間として接してくれる。

「明日は東京だ」

　道夫が言った。

「何時頃帰ってきます？」

「一泊することになる。戻るのは明後日《あさって》の夜だな。ワルテルのこと、また頼む」

「わかりました」

　雨音は頬張ったパンをスープで胃に流し込んだ。

「ご馳走様」

　食べ終えた食器をキッチンのシンクに運び、自室に戻った。道夫とワルテルが散歩に行っている間、朝食の支度をするのは雨音の役目だ。だが、後片付けは道夫がやってくれる。

　登校の準備をしながら正樹にＬＩＮＥを送った。

〈明日、道夫さん留守なんだ。晩ご飯、一緒に食べる？〉

　返事はすぐに来た。

〈食べる〉

　たったそれだけだが、正樹がひもじい思いをしているのが伝わってきた。

＊

迷った末に、和食で正樹をもてなすことに決めた。焼き鮭と野菜の煮物、納豆に漬け物、そして、豆腐とワカメの味噌汁《みそしる》。

パスタだとかハンバーグなどよりは、正樹が喜んで食べてくれるような気がしたのだ。

いつもより早めにワルテルの散歩を切り上げた。

「正樹さんが来るんだから我慢できるでしょう？」

何度もそう言い聞かせたおかげか、ワルテルが不満そうな態度を見せることもなかった。

地元の農家が作っているという干し椎茸と昆布で出汁を取り、味噌汁と煮物を作る。道夫がいつも買ってくる納豆も信州産だ。食べるものはできるだけ地産地消でというのが道夫の考えなのだ。

付属のタレをつけて出すだけでは芸がない。上田市の会社が作っているキムチを細かく刻んで納豆と混ぜ合わせた。

このキムチを初めて食べた時は、その美味しさに目が丸くなった。個人的には世界一美味しいキムチなのではないかと思う。

副菜の準備はおおかた整った。あとはご飯が炊きあがるのを待ち、鮭を焼くだけだ。

ワルテルが吠えながら玄関に向かって駆けていった。

雨音はスマホで時間を確認した。午後五時五十八分。正樹には六時に来てくれと伝えてあった。時間には正確らしい。

「いらっしゃい」

玄関のドアを開けて、雨音は息を呑んだ。この前会った時よりさらに正樹は痩せて見えた。

「ちゃんと食べてるの?」

「食べてるよ」

正樹は面倒くさそうに答えて、甘えてくるワルテルをハグした。

「エプロン姿、似合うじゃん」

正樹の言葉に頰が熱くなった。

「後二十分ぐらいで支度できるから、それまで好きにしてて」

そう告げて、逃げるように玄関を後にした。冷蔵庫で冷やしてあるミネラルウォーターのペットボトルを開け、中身を半分、一気に飲んだ。それでも火照りはおさまらない。

「変なこと言わないでよね、もう」

唇を嚙み、玄関の方を睨んだ。

炊飯器から電子音が流れてきた。ご飯が炊けたのだ。しゃもじで炊けたご飯に十字の切れ目を入れ、混ぜ返す。蓋を閉めたら、すでにグリルに用意していた鮭の切り身を焼きはじめた。

味噌汁と煮物を温め直し、その合間に大根をすり下ろす。

湯気が立ってきた味噌汁と煮物の味見をした。煮物に甘みが足りないと思い、味醂《みりん》を注いだ。

この数ヶ月、料理の腕は道夫にみっちりと鍛えられたのだ。

道夫はたとえ失敗した料理でも残さず食べる。だが、美味しい時とそうでない時は明らかに食べる速度と表情が違うのだ。

雨音の料理を道夫が初めて「美味しい」と言ってくれたのは、豚肉の生姜《しょうが》焼きだった。自分でも味付けがよくできたと思っていただけに、その言葉を耳にした時は心の底から嬉しかった。

それからは、道夫の「美味しい」という言葉が聞きたくて料理をしているようなものだ。

用意していたキムチ納豆と漬け物を食卓に運び、味噌汁と煮物を器によそった。鮭の皮が焼ける香ばしい匂いがキッチンに立ちこめていく。

味噌汁と煮物を食卓に並べ、来客用の箸を箸置きに丁寧に置いた。焼けた鮭を皿に載せ、大根おろしを添える。茶碗に炊きたてのご飯をよそって、正樹に声をかけた。

「ご飯、できました」

正樹より先に、ワルテルが姿を現した。

「あんたはもう食べ終えたでしょ」

ワルテルの頭を撫で、エプロンを脱ぐ。椅子に腰をおろすと正樹がやって来た。

「いい匂いだな」

「たいしたものじゃないけど、召し上がれ」

正樹は自分の席に着くと、箸を手にして軽く頭を下げた。

「いただきます」

多分、正樹は「いただきます」を言うだろうと思っていた。その通りに正樹がしてくれて、心が温かくなる。

正樹は味噌汁を啜り、煮物のレンコンを口に運んだ。

「旨いじゃん」

ご飯を頬張りながら、大根おろしに醤油をかけた。

「ほんと？」

「うん。旨い」

そう言うと、正樹はエンジンがかかったように食べはじめた。見る間にご飯が減ってった。

「お代わり」

正樹が空になった茶碗を突き出した。雨音は茶碗を受け取り、キッチンでご飯をよそいく。

「よっぽどお腹減ってたみたい。ほんとに食べてるの？」

「食べてるよ。コンビニのサンドイッチやおにぎり」

「そんなのばかりじゃ、体が保《も》たないよ」

茶碗を正樹に渡した。すでに鮭は骨以外、跡形もなくなっていた。

「これも食べていいよ」

雨音は自分の鮭を正樹の方に押しやった。

「いいのか？」

「食べて」

「じゃあ、もらっちゃおう」

正樹の衰えることのない食べっぷりを見ながら、雨音は煮物に箸をつけた。

「道夫さん、気づきはじめてるよ」

「もう？」

「だって、散歩に行く度に、そっちの別荘の前でワルテルが興奮するんだもん」

「やっぱりおまえのせいか」

正樹はワルテルを睨んだ。ワルテルは小首を傾げて正樹を見上げた。

「そんな顔されたら怒れないじゃないか」

「ひとりでなにやってるの？」

雨音は言った。

「なにって、写真の現像したり、ツーリングに出かけたり。昨日は諏訪湖まで行ってきたんだ。雨音、知ってる？　上諏訪《かみすわ》とかって、みそ天丼っていう地元グルメがあるんだぜ。今度、一緒に行こうぜ」

「受験生は忙しいのです」

雨音は顔をしかめた。正樹は美味しいと言ってくれたが、煮物は甘すぎた。味醂を入れすぎたのだ。

「一日ぐらい休んだってどうってことないよ。行こうぜ」

「バイクに乗るの、怖いし」

「安全運転するからだいじょうぶだよ。そうだ。諏訪湖に行く途中、木落《きおと》し坂っていうのがあってさ、気になってググってみたら、諏訪大社には七年に一度、御柱祭ってのがあって、大木をその坂から落とすんだって。どんな祭なのかな。見てみたいよな」

「なんかもう、凄いことになるって地元の子たちは言ってる」

御柱祭は、善光寺《ぜんこうじ》の御開帳と並ぶ、長野県の二大イベントだ。このふたつのイベントが近づいてくると、信州人は落ち着かなくなるらしい。

「他人事みたいな言い方だけど、雨音は見たくないのかよ？」

「見てみたい。せっかく信州にいるんだし」

そうは言ってみたものの、次の御柱祭は三年後だ。その頃には雨音はここにはいない。

「免許取ってよかった。好きな時に好きなところへ行ける」

正樹がぽつりと言った。言葉に実感がこもっている。

「ご馳走様。ああ、旨かった」

正樹が箸を置いた。鮭はもちろん、煮物も納豆も漬け物も味噌汁も綺麗に平らげていた。

「お粗末様でした」

雨音は言った。雨音の食事はまだ半分も済んでいない。

「食事作ってくれたお礼に、洗い物はおれがするよ」

正樹は立ち上がり、自分の使った食器に手を伸ばした。

「いいよ。わたしがやるから」

「雨音はけっこうがさつそうだからな。おれが洗った方が綺麗に仕上がる」

「がさつって……」

「煮物、味醂の分量間違えただろう？」

雨音は唇を噛んだ。正樹はわかっていたのだ。それでも美味しいと言ってくれた。お世辞だとしても、嬉しい。

正樹は雨音の聞いたことのないメロディをハミングしながらキッチンへ向かっていった。その後を、ワルテルがついていく。

「道夫さんに言った方がいいと思うよ」

雨音はキッチンに向かって声を張り上げた。

「道夫さんが気づいてからじゃ、言い訳に嘘言わなきゃならなくなるかも。嘘つくの、嫌いでしょ？」

「おれのことがよくわかってるな」

勢いよく水を流す音と同時に正樹の声が返ってきた。

「明日、道夫さんが戻ってきたら挨拶するよ。それより、コーヒー飲みたいな。うちの別荘、豆が切れちゃっててさ。ずっとコンビニのコーヒーばっかりだったんだ」

「後で淹れてあげる」

「スイーツは？」

まだ食べるつもりなのだ。どれほどお腹をすかせていたのだろう。

「アイスクリームならあるけど。後は、桃が冷蔵庫に入ってる」

長野市近郊で果樹園をやっている道夫の知り合いが送ってくれた、あかつきという品種の桃だ。甘くジューシーでとても美味しい。

「長野の桃、旨いんだよな。アイスと両方食いたいな」

「わかりました。用意させていただきます」

雨音は箸を置いた。やっと食べ終わったのだ。お腹は九分目というところだった。この後デザートを食べるなら、鮭を正樹にあげたのは正解だった。

食器を持ってキッチンへ移動した。正樹が手際よく洗っている。

「雨音は小食だな」

「こっちに来る前にひとり暮らししてたことがあって……ひとりだと、作るのめんどくさいから、ご飯と味噌汁と漬け物、それに納豆とか、そんな食事が多くなって。気がついたらあんまり食べなくてもお腹いっぱいになるようになってた」

「ひとり暮らしって、中坊がかよ？」

「小六からね。だから、道夫さんと一緒に住むことになったの」

「そっか……洗い物はいいから、雨音はコーヒーとスイーツの準備してくれよ」

シンクの前から追い立てられ、雨音は電動ミルでコーヒーの豆を挽《ひ》き、桃の皮を剝いた。ほどよく熟した桃は、綺麗に皮が剝けていく。

お湯が沸いたところでコーヒーを淹れ、アイスクリームにカットした桃を添えた。

すでに正樹とワルテルはキッチンから消えていた。居間に移動して戯れている。

「コーヒーとスイーツ、召し上がれ」

居間のソファに座って、ふたりでコーヒーを啜り、桃やアイスクリームを頬張った。

「この桃、めっちゃ旨いじゃん。スーパーで買ってくるのと全然違う」

「でしょ」

信州の農産物をだれかが美味しいと言うと、それだけで誇らしい気持ちになるようになったのはいつの頃からだったろう。

「うん、本当に旨い」

晩ご飯と同じように、正樹は瞬く間にデザートを平らげた。コーヒーを啜りながら、ワルテルの背中に手を這《は》わせる。

それからしばらくは、他愛のない会話を交わした。期末テストの成績のこと。夏休みの予定のこと。バイクのこと。

雨音は母の来訪の話を、正樹は東京での暮らしの話を避けた。不自然な会話になっているのはお互いにわかっていたが、どうすることもできなかった。

話したくないこと、訊いてはいけないことがわかってしまうのだ。

正樹が大きな欠伸をしたのは、壁に掛けた時計の針が十時を回った頃だった。

「今日は泊まっていこうかな」

正樹が言った。雨音は心臓が激しい鼓動を打つのを感じた。頬がどんどん熱くなっていく。

「え？」

狼狽《ろうばい》を悟られまいと、聞こえなかったふりをした。

「ワルテルと一緒に寝てみたいんだ。前からやってみたかった。いいかな？　おまえのこと、襲ったりしないって約束するから」

頬の熱が急速に引いていく。馬鹿みたい——雨音は心の奥で自分を罵った。

「いいよ」

雨音はマグカップと皿を片付けはじめた。きっと、顔が赤くなっている。正樹に見られたくなかった。

「明日の朝飯も楽しみだなあ」

正樹は言った。わざとらしい声だった。本当は、ワルテルと一緒に寝ることより、朝食が目当てなのかもしれない。

「トーストとスープとサラダだけだけど、それでよければどうぞ」

雨音は言った。

「それで充分です」

雨音はキッチンへ向かった。食器を洗う。手の動きが乱暴になっていく。

「雨音――」

正樹の声が流れてきた。

「なに？」

「ありがとう」

礼を言う正樹の声はとても柔らかかった。

＊

怖いぐらいに静かだった。昼間はやかましいほどだった蟬《せみ》の鳴き声も消えている。窓の向こうの闇はどこまでも暗く深く、気を緩めると飲みこまれてしまいそうだ。

眠れなかった。

客室で正樹が寝ている。ただそれだけのことなのに、どんどん目が冴《さ》えていく。何度も寝返りを打ち、雨音は眠るのを諦めてベッドを降りた。

スケッチブックを開き、絵を描きはじめる。考える前に手が動く。イメージはもうできあがっているのだ。

まず、ベッドの枠を描く。客室に置いてあるのはシンプルなシングルベッドがふたつ。片方のベッドで眠る正樹とワルテル。ワルテルは正樹に背中を向けて眠っているはずだ。その背中は、正樹にべったりとくっついている。

雨音と寝る時はいつもそうだった。気温が低ければ密着してきて、暑ければ体を離す。そのうち暑さに我慢できなくなったらベッドから降りて、雨音が寝返りを打つとまたベッドに飛び乗ってくる。

正樹とも同じようにして寝ているはずだ。

夢中で鉛筆を走らせた。黒の濃淡で立体感を出していく。

正樹とワルテルの寝顔は穏やかなものにする。きっと、素敵な夢を見ている。ワルテルは草原を駆け回っている夢。正樹はどんな夢を見ているだろう。

描きながら、頭の中に無数のイメージが広がっていく。

だから、絵を描くのが好きなのだ。描いているうちに、どんどん自分が解放されていくように感じることができる。一枚の絵の中にたくさんの想いを詰め込むことができる。

頭に浮かぶイメージをどんどんスケッチブックに描き込んでいくと、今度は頭の中が真っ白になっていく。

絵を八割方描き上げると、やっと眠くなってきた。それだけ集中して描いていたのだ。

「この集中力を、勉強に向けられたらいいのにな」

雨音はスケッチブックを閉じながら呟いた。欠伸を嚙み殺し、ベッドに戻る。

「おやすみなさい」

だれにともなく呟いて、明かりを消し、目を閉じた。

＊

正樹とワルテルの姿がなかった。

「散歩?」

寝惚《ねぼ》け眼《まなこ》を擦りながら外に出た。さすがに寝不足だ。今日は授業中に居眠りしないよう、気を引き締めなければならない。

正樹とワルテルは庭の林にいた。正樹は道夫の手作りのベンチに腰掛け、朝の木漏れ日を浴びている。ワルテルは林の北の隅でパトロールに勤《いそ》しんでいる。

「おはよう」

雨音は正樹に声をかけた。ワルテルが先に反応して、こちらに向かって駆けてくる。

雨音は身構えた。ワルテルは間違いなく体をぶつけてくる。それで何度も地面に転がされているのだ。

案の定、ワルテルは後ろ脚で地面を蹴って雨音に体当たりしてきた。雨音は腰を落としてワルテルを受け止めた。

思惑が外れたからか、ワルテルは雨音に抱きしめられながら唸った。

「ワルテルが雨音にじゃれついてる」正樹が言った。「好かれてるじゃないか、雨音」

「早くご飯を食べたいだけだから」

「なるほど。おれも腹減った」

「はいはい、わかりました。すぐに支度します。今日はどうするの？　お昼ご飯も食べる？」

冷凍庫に道夫が作ったカレーがあるし、昨日炊いたご飯もまだ余っている。

「今日はバイクで遠出してくる」

家に向かう雨音とワルテルを正樹が追いかけてきた。

「どこに行くの？」

「決めてないけど、上高地《かみこうち》とか行ってみようかな」

「いいね、自由で」

「だから、バイクに乗りたかったんだ」

正樹が言った。

まず、ワルテルに朝の食事を与えた。相変わらず食欲は旺盛だ。

作り置きのコーンスープをミルクパンに入れて温め、スライスしたパンをトースターに放り込む。ロメインレタスとトマトのサラダに、オリーブオイルとワインビネガー、メープルシロップで作ったドレッシングをかけた。

雨音の朝食ならこれでお釣りが来るが、正樹には物足りないだろう。

ベーコンを焼き、玉子ふたつで目玉焼きを作った。

途中、朝ご飯を食べ終えたワルテルがやって来て、しきりに匂いを嗅いだ。ベーコンが好きなのだ。円《つぶ》らな瞳で真っ直ぐに見つめられると、罪悪感に駆られる。

だが、道夫は特別な時以外、人間の食べるものをワルテルに与えたりはしない。

「ごめんね」

ワルテルにそう言って、雨音は朝食をテーブルに運んだ。

「できましたよ」

スマホを覗きこんでいた正樹が席に着いた。

「いただきます」

ふたりで言って、食べはじめる。

「なんだかさ、おれたち、兄妹《きょうだい》みたいだな」

ロメインレタスを頬張りながら正樹が言った。

「兄妹？」

「そう。身寄りのない兄貴と妹。訳あって、森の奥でふたりで暮らしてる。なんか、童話みたいじゃないか？」

雨音は肩をすくめた。

「冷たいじゃないか、妹よ。優しい兄としては、学校までバイクで送ってやろうと思うのだが、どうだ？」

芝居じみた口調に、雨音は笑った。

「正樹さんにバイクで送ってもらってるところを有紀たちに見られたらなに言われるかわからないから遠慮しておく」

「なにを言われたっていいじゃないか。支度できたら声かけて、送ってくから」

正樹はパンの最後のひとかけらをスープで胃に流し込んだ。もう食べ終えたのだ。

「五時頃、ワルテルに起こされたからさ、眠いんだ。ちょっとソファで横になってる」

「うん」

言葉どおり、正樹はソファに横たわった。ワルテルがソファのそばで伏せる。昨日の夜描いた絵の構図にそっくりだった。

ひとりと一頭の寝姿を横目で見ながら食事を終え、起こさぬよう気を配って後片付けを済ませた。

自室で着替え、階下におりると、鼾が聞こえた。

正樹は熟睡していた。

雨音は微笑んだ。

『行ってきます』

そう走り書きしたメモをテーブルに置く。

「ワルテル、行ってくるね。正樹さんのこと、よろしく」

顔を上げたワルテルに手を振って玄関に向かう。外に出ると、蝉の声が耳をつんざいた。

本当に兄妹みたいだね——そう思いながらバス停に向かって歩き出した。

*

学校から戻ると、正樹の姿はなかった。雨音が書き残したメモも消えている。

「ワルテル？」

いつもなら、玄関で雨音を待ち構えているはずのワルテルの姿も見えない。

「ワルテル！」

今度は声を張り上げた。バスルームの方からワルテルが姿を現した。背中が丸まり、尻尾が下がっている。

「雷？」

昼過ぎまでは晴れ渡っていた空だったが、午後二時を過ぎた辺りから、八ヶ岳の上空に積乱雲が出はじめた。今はそれが大きく発達し、太陽を隠してしまっている。

「おいで」

雨音はワルテルに手招きをした。ワルテルが駆け寄ってくる。目は大きく見開かれ、口から大量の涎が垂れ落ちていた。

雨音はソファに座った。ワルテルがソファに飛び乗り、体を押しつけてくる。

抱きしめてやった。

「だいじょうぶだよ。雷なんて、なにもしないでしょ？　ちょっと大きな音が響くだけ。なんにも怖くないんだから」

制服がワルテルの涎で濡れていく。ワルテルは激しく震え、忙しない呼吸を繰り返している。

突然、空が光った。間を置かずに雷鳴が轟く。

凄まじい音が耳を聾《ろう》した。

近い。

こんなに近くで雷が鳴るのは初めてだ。

ワルテルでなくても、これは怖い。理性はだいじょうぶだと言っていても、本能が大音量の雷鳴に怯むのだ。

また光った。同時に雷鳴。そして、マシンガンの銃声のような音が続いた。

雨――いや、雹《ひょう》だ。大粒の雹が降ってきて、屋根や地面を叩いている。

雹の粒は小指の先ほどの大きさだ。それでも、窓にひびが入ったり割れたりするんじゃないかと不安になる。

ワルテルの震えが大きくなった。呼吸もさらに荒く、速くなっている。

人間の不安に、犬は敏感に反応する。

道夫の言葉が頭の奥でよみがえった。雷鳴や雹の音のせいだけではなく、雨音の不安を感じ取って、ワルテルはさらに怯《おび》えている。

「だいじょうぶ――」

雨音は自分自身とワルテルに向けて言った。

「こんなの、全然だいじょうぶだから。なんにも心配いらないよ」

雹は降り続けている。その合間に雷鳴が続く。左腕でワルテルをしっかり抱きしめ、右手で背中を撫でてやる。

ゆっくり、優しく、落ち着かせるように。

「こんなの、長く続かないから。それに、夜になったら道夫さんが帰ってくるよ。道夫さんがいれば、安心でしょ」

ワルテルの震えも荒い息遣いもおさまる気配がない。それでも、雨音は撫で続け、語り続けた。

「いつも威張りんぼなのに、これぐらいで震えてちゃ情けないでしょ、ワルテル。逆にわたしを守るぐらいじゃなくっちゃ」

雷鳴は続いていたが、マシンガンの銃声のような音は弱まった。雹が雨に変わったのだ。

「ほら、雹が雨に変わったよ。音、小さくなったでしょ？　もうすぐ雷も終わるよ」

正樹はだいじょうぶかな――そんな考えが頭をよぎった。今日はバイクで出かけると言っていた。この雨の中、バイクで走るのはきついだろう。

「昨日は正樹さんと寝たよね。初めてだったんでしょ？　どんな感じだった？」

ワルテルは怯え続けていた。その姿はまるで子犬みたいだ。

雷は嫌だ。でも、ワルテルとこうしていられるのなら、それはそれで悪くないのかもしれない。

雨音はワルテルを抱きしめる腕に力をこめた。

＊

道夫が戻ってきたのは午後八時を少し回った時だった。

「ワルテル、どうした？　出迎えてくれないなんて、珍しいじゃないか」

「お帰りなさい。夕方、凄い雷だったんです。雹も降ったし。それで、ワルテル、怯えすぎて疲れちゃったみたいです」

ワルテルはソファの上で眠っていた。道夫は床に座り、ワルテルを撫でた。それでもワルテルは起きようとしなかった。

「今日は気温が高かったからな」

「気温が高いと雷が鳴るんですか?」

雨音の問いかけに、道夫は苦笑した。

「気温が高くて、平地の空気が暖まると、上昇気流が生まれるんだ」

雨音は首を傾げた。暖かい空気は上に行くと聞いたことはある。だが、それと雷の関連が理解できなかった。

「空気が暖まれば暖まるほど、上昇気流は激しくなる。それが上空の冷たい空気とぶつかって、雨雲ができる」

「ああ、そうなんですか」

なんとなく繋がってきた。

「近くに高い山があると、空気は山肌に沿って上昇していく。蓼科山や八ヶ岳の山肌から雲が生まれるの見たことあるだろう?」

雨音はうなずいた。

「あれも同じ原理だ。暖かい空気が山肌に沿って上昇して、どこかで冷たい空気とぶつかる。そこに雲が生まれる。だから、山沿いは積乱雲が急激に発達するんだ。登山をする人間は、そこらへんも勉強して見極めなきゃならん」

「でも、雷雨ってあまり長く続かないし、どこかで雨がやむまで待ってればいいんじゃないですか？」

　また道夫が笑った。

「ここらへんの雷、東京のよりずっと凄いだろう？」

「はい」

「山の上はもっと凄い。森林限界を越えた尾根にいると、自分より高いものがなくなる。雷が直《じか》に落ちてくる可能性が高くなるんだ。山の上の雷は本当に怖いぞ。ここの雷なんて、可愛いぐらいだ」

「山で雷に出くわしたこと、あるんですか？」

「しょっちゅうだ。登山者が雷に打たれて死ぬのを目撃したこともある」

　背筋を悪寒が駆け抜けた。

「あの……それは、道夫さんは雷を避けるために必要な行動をとってたのに、その人はしなかったから雷に打たれたってことですか？」

　道夫が首を振った。

「運だよ。おれは運がよくて、彼は運が悪かった」

「それでも山に登るんですね」

「そう。それでも山に登るんだ。馬鹿だな、登山者は――」

インタホンのチャイムが鳴った。

「こんな時間に、だれだろう？」

道夫が首を傾げた。

正樹だ――咄嗟《とっさ》にそう思ったが、雨音は口を閉ざした。道夫がインタホンに応じた。

「はい？」

「正樹です」

やはり、スピーカーから流れてきたのは正樹の声だった。

「正樹か。なにやってんだ、おまえ？」

「それがちょっと……」

「とにかく、中に入れ」

道夫はそう言うと、玄関に向かった。いつの間にか起き出したワルテルがその後を追っていく。

雨音はキッチンへ向かい、お茶を淹れる支度をはじめた。

「親父もあの女もいないし、学校行ってもかったるいから、こっちに来ようと思って。あ、バイクの免許とったんですよ。中型だけど。そのバイクでこっちに来たんです」

正樹の声が聞こえてきた。

「高校三年なら、授業に出るも出ないも自由ってやつか」

「うちの高校はその辺、アバウトなんで」

道夫と正樹が居間に姿を現した。ワルテルはいない。廊下のどこかでまた寝てしまったのだろう。

正樹の髪の毛は湿って乱れていた。やはり、どこかで雨に打たれたのだ。

「それで、いつからこっちにいるんだ？」

「四日ぐらい前です」

「それで、ワルテルがおまえの家の前で騒いでたのか……」

ふたりはソファに座った。

雨音は紅茶の葉を用意し、ミルクを温めた。正樹の衣服もまだ湿っているように見える。温かい飲み物が欲しいだろう。この時期、雨が降ると気温はぐっと下がる。

「雨音、おまえは知ってたのか？」

道夫の声が飛んできた。

「いえ、あの、わたしは……」

不意打ちのような質問に言葉が淀《よど》んだ。

「やっぱり知ってたんだな。親同然のおれに隠し事をするとはゆるせんな」

「おれが黙っててくれって頼んだんです」

正樹が助け船を出してくれた。

「どうして」

「ひとりでいろいろ考え事したくて。おれがひとりでいるって知ったら、道夫さん、飯食っていけだとかなんとか、いろいろかまってくるじゃないですか」

雨音は沸騰した湯を茶葉に注いだ。スマホに表示されている時間を確認した。この紅茶は五分ほど蒸らすととても美味しくなる。

「なんだよ、その言いぐさは。まるでおれが余計なお世話をしてるみたいじゃないか」

「だから、今回だけ、ちょっとひとりで考え事してみたかっただけです。機嫌直してくださいよ」

「濡れてるな。雨に打たれたのか？」

道夫が話題を変えた。

「今日は、上高地までツーリングしてきたんだけど、その帰りに、もう、酷いゲリラ豪雨で」

「飯は食ったのか？」

「まだだけど、家に戻ってなにか食うから――」

「雨音、なにか食べるもの出せるか？」

「カレーならすぐにできますけど」

道夫に訊かれる前から、冷凍庫を開けてカレーを取りだしていた。ご飯は炊飯器で保温してあるし、凍ったカレーはレンジで解凍して、温め直せばいい。十五分で支度はできる。

「じゃあ、カレー、出してやってくれ」

「はい」

「いいですってば」

「いいから食ってけ」

遠慮する正樹を制した道夫の声を聞いて、雨音はうなずいた。道夫も気づいているのだ。正樹の異常なまでの痩せ方に。それで心配している。

「で、バイクはなにを買ったんだ？」

道夫がまた話題を変え、バイク談義がはじまった。道夫も若い頃はバイクを乗り回していたらしい。

カレーを解凍している間に、紅茶をマグカップに注いだ。ミルクパンで温めたミルクを注ぐ。道夫も正樹も砂糖は入れない。

紅茶をふたりに運んだ。

「カレーできるまで、これ飲んで温まって」

カップを置くと、正樹が「ありがとう」と口を動かした。道夫は昔自分が乗り回していたバイクのことを話している。ワルテルが居間を横切ってキッチンへ入っていった。雨音はキッチンに戻った。ワルテルは床で伏せている。

「よっぽど眠いんだね、ワルテル」

腰を屈め、ワルテルの頭を撫でた。ワルテルは唸ったが、その声には力がなかった。

解凍が終わったカレーを小鍋に移した。ピクルスを小皿に盛った。これも、田口のお手製だ。スパイスが利いて、とても美味しい。

道夫たちの会話を聞きながら、小鍋を火にかけた。焦げ付かないよう、へらで時々かき回す。気がつけば、お気に入りの歌をハミングしていた。

なんだか気分がよかった。

今日は、雷のおかげでワルテルとの絆《きずな》が深まったような気がする。居間では、道夫と正樹が親子のように話し込んでいる。そして、自分は正樹のためにカレーを用意し、足もとではワルテルが安心しきって眠っている。

まるで、本当の家族みたいだ。

仲のよい父と兄がいて、自分は甲斐甲斐しくふたりの世話をしている。生意気だけれど可愛い大型犬がそばにいてくれる。

これが本当の家族ならどんなに素晴らしいだろう。

自分はひとりで平気だと、母や周り、そして自分自身にも強がりを言ってきた。実際、寂しいと思ったことはない。ひとりの方が気楽だと本気で思っていた。けれど、今、この家に満ち溢れている温もりに接すると、ここに来る前の自分は寂しくて辛くて悲しかったのだということがよくわかる。

「毎日がこうだったらいいのにな」

雨音は歌うように呟いた。

13

夏休みがはじまると同時に、有紀と静奈が遊びにやって来た。名目は勉強会だが、ふたりの下心は見え見えだった。

ふたりは雨音の部屋に入るなり、窓際に突進して国枝家の別荘を観察しはじめた。

「来てるんでしょ？」

主語が省略されても話は通じる。ふたりの頭にあるのは正樹のことだけだ。

「十日ぐらい前から来てるよ」

「ええ？」

　ふたりが同時に振り向いた。

「どういうこと？」

　静奈が雨音を睨んだ。普段はおっとりしているのに、今は目尻が吊り上がっている。

「大学受験に備えて、三年生はけっこう自由が利くんだって。それで、夏休みがはじまる前にこっちに来たんだよ。バイクの免許取って、ひとりで」

「なんで教えてくれないのよ」

　有紀が言った。腰に手を当て、雨音を見おろしている。長身の有紀にそうされると威圧感があった。

「自分が来てるって知ったら、有紀ちゃんたちの勉強がおろそかになるかもしれないから、黙ってろって」

「正樹さんがそう言ったの？」

　静奈の目尻が下がった。心なしか目が潤んでいる。

「正樹さんがわたしたちのこと気にかけてくれたの？」

　有紀の背も曲がった。

「どっちにしろ、今日はあの人、いないよ。昨日から泊まりがけでツーリングに行ってるから」

「ええ？」

再び静奈の目尻が吊り上がり、有紀は背を伸ばして雨音を見おろした。

「帰ってくるのは明後日だって」

飛騨高山《ひだたかやま》の町並みと白川郷《しらかわごう》を見てくる。正樹はそう言ってバイクに跨ったのだ。

「わたし、明後日から合宿なんだけど、どうしてくれるの、雨音？」

有紀が恨みがましく言った。

「そんなこと言われても……」

「わたしの気持ち知ってるくせに、酷い」

「口止めされてたんだからしかたないじゃない」

「せっかく来たのに、正樹さんがいないなんて……勉強する気力が湧いてこない」

静奈がベッドに倒れ込んだ。

「わたしも」

有紀は床にへたり込んだ。

「最初から勉強なんてする気なかったくせに」

雨音は笑った。

「お盆の頃に、またバーベキューやるって道夫さんが言ってるから。あの人も参加するから、楽しみにしてなさい」

「ほんと？　またバーベキューやるの？」

有紀が目を丸くした。

「田口さんから聞いてないんだね」

「あのクソ親父。大切なことに限ってわたしには言わないんだから」

「有紀のお父さん、どこか抜けてる感じだもんね」

静奈が笑った。

「そういえばさ、松田史恵《まつだふみえ》先輩のこと覚えてる、静奈？」

「松田先輩って二個上の？　今高二の綺麗な人だよね」

ふたりは地元で有名らしい高校生の名を口にした。

「その松田先輩が、正樹さんを狙ってるっていう話なのよ」

「なんであの人が？」

「たまたま見かけて一目惚れだって」

「冗談じゃないわよ、そんなの」

雨音はふたりの会話に微笑みながら部屋を後にした。

冷蔵庫に、道夫が佐久《さく》で買ってきたチョコレートケーキが入っている。コーヒーを淹れて、ふたりにケーキを振る舞ってやるつもりだった。

道夫が電話でだれかと話をしていた。ワルテルがそのそばで眠っている。

標高千六百メートル近くのこの辺りは、真夏でも気温が二十五度を超えることはあまりない。それでも、ワルテルには充分暑いらしい。

日中は寝そべっていることが多かった。

「ああ、わかった、わかった。連れていってやる」

道夫は面倒くさそうに話していた。昨夜はなにかの会合だと言って出かけ、深夜近くに泥酔して帰ってきた。二日酔いなのだ。

コーヒーを淹れる準備をしていると、電話を終えた道夫がキッチンに入ってきた。

「コーヒー淹れるのか？　おれの分も頼む」

「了解です。電話、正樹さんからですか？」

雨音は訊いた。道夫がぞんざいな口を利く相手は正樹しか思いつかない。

「ああ。北アルプスの山並みに興奮してな」

この前、上高地までツーリングした時は、雲がかかっていて北アルプスは見えなかったと正樹は言っていた。

「自分もあの山に登れるかなってうるさいんだ。ガキみたいに興奮してる」

「そうなんですか」

「いきなり北アルプスは無理だが、まだ若いんだから、鍛えればすぐに登れるようになるってつい口を滑らせたら、さらに興奮して、山を教えてくれって」

道夫は顔をしかめた。頭が痛いらしい。

「しょうがないから、今度、蓼科山に一緒に登ることにした。雨音も行くか？」

「わたしが？　遠慮しておきます」

「山は楽しいぞ」

「遠慮しておきます」

雨音は道夫に背を向けた。元々体を動かすことはそれほど好きではない。山登りなんて、冗談にもほどがある。

「そうか……山は嫌か」

道夫の声は悲しそうだったが、雨音は聞こえなかったふりをした。

コーヒーを淹れ終えると、サーバーからカップに注いでいく。チョコレートケーキはカット済みだ。

「はい、コーヒー召し上がれ」

道夫にマグカップを押しつけ、自分たちのカップとケーキをトレイに載せた。

「じゃあ、勉強してきます」

「うん」

寂しげな道夫をキッチンに残して、雨音は部屋に戻った。ふたりの会話が聞こえない。なにをしているのだろうと思いながらドアを開けた。

ふたりは雨音のスケッチブックに見入っていた。

「ちょっと、勝手になにしてるのよ？」

雨音は声を張り上げた。

「ご、ごめん。雨音がどんな絵を描くのか気になって……」

有紀がうなだれた。

「でも、凄いよ、雨音。絵を描くのが好きなのは知ってたけど、こんなに上手だなんて知らなかった。いつも見せてくれないから」

自分の描いた絵を人に見せるのはなんだか気恥ずかしかった。だから、学校でクラスメートが覗きこみに来ると、反射的にスケッチブックやノートを閉じてしまうのだ。

「あ、ありがとう」

人に見せないのだから、褒められるのにも慣れていない。雨音は口ごもった。

「もっと見ていい？」

静奈の口調は真剣だった。

「コーヒーとチョコレートケーキがあるから、食べてからでいいんじゃない？　佐久の美味しいケーキ屋さんのやつだよ」

雨音は言った。本当に美味しいチョコレートケーキなのだ。これを食べれば、有紀も静奈も雨音の絵のことなど忘れてしまうかもしれない。

「見てから食べる」

静奈が言った。

「静奈、本当に雨音の絵に感動したみたいだよ」

有紀が言った。

もう、絵を見せるしかなかった。

「お好きにどうぞ」

雨音はトレイをテーブルに置き、コーヒーを啜った。静奈はそれにかまわず、スケッチブックをめくっていく。

「あれ？　これ、ワルテルじゃないよね」

静奈がスケッチブックから顔を上げた。

「それはマリアっていって、ワルテルの前にこの家にいた犬なの。わたし、大好きだった」

未完成のマリアのポートレート。仕上げなきゃと思っているうちに、時間だけが過ぎていく。

いつもそうなのだ。頭にイメージが浮かびあがってスケッチブックに鉛筆を走らせる。でも、最後まで描きあげたものは数えるほどしかない。

「ふうん。道夫さんって、なんでバーニーズって犬種が好きなんだろう？」

静奈が言った。

「一度一緒に暮らしたらやめられなくなるんだって」

雨音は答えた。

「なんとなくわかる気がするな」有紀がケーキを頬張りながら言った。「ワルテルってさ、なんか人間っぽいところあるじゃない。この犬種はみんなそうなのかな」

「ワルテルは特別だと思うよ。マリアはもっと普通に犬だったもん。人間の言うことはちゃんと聞くし、威張らないし」

「ねえ、雨音。今度、正樹さんの絵描いてよ」

静奈が突然大きな声を出した。

「正樹さんの？」

「わたし、その絵、自分の部屋に飾りたい。格好良く描いてね」

「静奈だけずるい。わたしも描いてほしい」

「おとなしくモデルやってくれる柄じゃないよ。だから、無理」

「別にモデルしてもらわなくても描けるじゃない？　このマリアの絵だって、記憶をもとに描いたんでしょ？」

「それはそうだけど……」

「ね、お願い。描いてくれたら、雨音の頼み、なんでも聞いてあげるから」

「わたしも親父に言って、雨音の好きなものいくらでも作らせるから」

「しょうがないなあ。そのうち、時間ができたら描いてみる」

雨音は笑った。実のところ、いつかあらためて正樹を描こうとは思っていた。モチーフはもう頭の中に浮かんでいる。

あの森の、あの岩。

正樹と道夫が、光降り注ぐ岩の上にいる雨音の写真を撮ってくれた。それとは逆に、雨音はあの岩の上に佇む正樹を描いてみたかった。

絵と写真の違いはそこだ。写真は、実際にそこに被写体がなければ写せない。絵は、頭の中でいくらでも光景を構築することができるのだ。

有紀たちには悪いが、描き上げたその絵は正樹にプレゼントしたい。正樹がくれた写真へのお礼だ。

ドアの外で、ワルテルが鼻を鳴らした。

「ワルテルの声?」

静奈がドアに目を向けた。

「そう。中に入れてくれって」

「ほんと可愛い声出すよね」

静奈はテーブルを離れ、ドアを開けた。ワルテルが体をくねらせてするりと入ってくる。

「ワルテル、可愛い」

黄色い声をあげる静奈に一瞥をくれ、ワルテルはベッドの上に飛び乗った。

＊

夕飯は夏野菜のサラダとパスタだった。野菜はどれも、地元の農家が作った無農薬か減農薬。レタスなどはただ手で千切って塩を振って食べるだけでも感動的に美味しい。

サラダは雨音が用意したが、パスタは道夫が作った。

フライパンでベーコンをじっくり炒《いた》め、そこにエリンギとミニトマトを加える。野菜に火が通ったところで自家製のバジルソースと白ワインを加え、さらに、パスタの茹《ゆ》で汁も少し加えてソースを乳化させる。茹で上がったリガトーニというショートパスタをソースと和えれば完成だ。

作り慣れているのか、道夫の手際はよかった。無駄な動きが一切ない姿は美しいと言っても過言ではない。

そういえば、昔から男の人が料理をするのを見るのが好きだった。オープンキッチンのレストラン、たまに食事を作ってくれた父のエプロン姿。リズミカルにフライパンを振る腕の筋肉の動きに魅了される。

リガトーニは絶品だったが、雨音はよく味わうこともなく食べ終えた。

すぐにでも絵を描きたかったのだ。キッチンに立つ道夫の姿を描きたくてたまらない。

「ご馳走様でした」

食べ終え、自分の使った食器を洗うと、すぐに自室へ向かった。スケッチブックを開き、鉛筆を走らせる。

すぐにスケッチブックしか目に入らなくなる。鉛筆が紙の上を動く音しか聞こえなくなる。雨音は絵を描く機械だ。頭の中にある光景を紙に写し取っていく。

無我の境地というのはこれだろうか？

なんと呼ぼうとかまわない。絵に集中している時、雨音は自由だ。だれにもなににも束縛されることなく、思うように描いていく。

いつまでも描いていたい。ただひたすらに描いていたい。描いて、描いて、描いて、頭の中が空っぽになるまで描き続けたい。

スマホの着信音が鳴って、集中が途切れた。雨音は舌打ちしながらスマホに手を伸ばした。正樹からの電話だった。

「もしもし？」

不機嫌に電話に出る。

「雨音、今、なにしてる？」

正樹の声はまるで酔っぱらっているかのようにはしゃいでいた。

「絵を描いていた」

「邪魔しちゃったか。ごめん」

ちっとも済まなそうな口調ではなかった。

「どうしたの？」

「星が凄いんだよ」

「え？」

「星。よく、満天の星って言うじゃんか。今、その言葉の本当の意味がわかった。空中、星だらけ。怖いぐらいに星がいっぱいだ」

昔は立科に来ると、決まって夜空を見るために外に出た。東京では見ることのできない星空が広がっているからだ。だが、いつしか見飽きてしまい、滅多に星を仰ぐこともなくなった。

「立科だって星は凄いよ」

雨音は言った。

「そうなんだろうけどさ、おれ、夜空なんて見たことなかった。野宿すると、いやでも空が目に入るんだ。それで、星が凄いことに気づいた」

「いつも立科に来てなにしてたの。普通、すぐ気づくよ。東京とは空が違うってこと」

「いいじゃないか、そんなこと。それよりさ、雨音も星を見ろよ」

「なんで？」

「いいから」

よくわからないが、今夜の正樹はテンションが高い。雨音は渋々窓際に移動した。

新月なのか、月はなく、無数の星々が煌《きら》めいている。

「おれ、今、白馬村《はくばむら》にいるんだ。北アルプスってどこまで続いてんのかなって思って、ずっと北上してきてさ。気づいたら白馬村」

「ふうん」

「おれは白馬でおまえは立科だけど、きっと、見える星空は変わらないんだろうな」

「どうなんだろうね」

気のない返事をしても、正樹のテンションは変わらない。

「さっきさ、道夫さんにＬＩＮＥで訊いたんだ。道夫さんがこれまで見た中で一番綺麗な星空ってどこで見たやつって」

「へえ」

「国内なら、台風一過の日に、奥穂高岳《おくほたかだけ》で見た星空が最高だったたって。行ってみたくね？」

「別に」

　雨音は素っ気なく答えた。

「日本で見られる最高の星空だぞ。なんで見たくねえの？」

「だって、見るためには山に登らなきゃだめなんでしょ」

「おまえ、絵描きだろう。だめじゃん、そんなんじゃ。人生で最高かもしれないものを目に焼きつけるんだぞ。山ぐらい、登れよ」

「別に山に登らなくても、最高の星空見なくても、描きたいものはたくさんあるからいいの」

「本当の本物知らないと、なに描いても嘘くさくなるぞ」

　正樹の言葉に、いつもの刺が戻ってきた。

「それを描く、描かないじゃなくて、知ってるのか知らないのかが問題なんだ。おれは別に山岳写真家や風景写真家になりたいわけじゃない。でも、この世で一番綺麗な星空が見られるなら、なにをしたって見に行きたい。だって、それがおれっていう人間に蓄積されるんだぜ」

「言いたいことはわかるけど——」

「おまえも行こうぜ、奥穂高岳」

「北アルプスなんか無理だよ」

「そりゃいきなりは無理だよ。だから、まずは蓼科山から登ろうぜ」

雨音は唇を噛んだ。さっきから、話の流れ方が不自然だとは思っていたのだ。

「道夫さんに頼まれたの？」

雨音は言った。

「なんの話だよ？」

「わたしを説得するように頼まれたんでしょ？」

蓼科山登山は遠慮する——そう言った時の道夫の寂しそうな顔ははっきりと覚えている。

「知らないよ」

「なんなの？　わたしを説得したら、代わりになにしてもらえるの？」

「別に取り引きしたわけじゃないよ。雨音も一緒に登ったら楽しいだろうなって思ってさ。道夫さんも登りたがってるから」

「やっぱり」雨音は鼻を鳴らした。「なんか変だと思ったんだ」

「道夫さんは関係ないって。おれが雨音と一緒に登りたいんだよ」

頬が熱くなった。その熱を冷まそうとするように、雨音は首を振った。正樹は正直に自分の気持ちを話しているだけなのだ。有紀や静奈がこんなことを言われたら有頂天になるだろうが、自分は違う。

これは、兄の妹に対する言葉なのだ。

「登ったら、なにしてくれるの？」

「バイクで好きなところに連れてってやるよ」

「それ、正樹さんのしたいことじゃない。わたしは……」

雨音は口を閉じた。正樹にしてもらいたいこととはなんだろう。

「どうした？」

「もうすぐ、お母さんが来るんだ。あの人の顔見たくないから、どこかに連れてって」

「おまえ、家出の手伝いしろって言ってんのか？」

「そうなるかな？」

「道夫さん、怒るぞ」

「そうだろうけど……やっぱり無理。あの人と話すことなんてなんにもない」

雨音は言った。言葉を吐き出せば吐き出すほど、それが自分の胸の奥で眠っていた本当の気持ちなのだということがわかってくる。

「いいよ。おまえのおふくろさんが来てる間、バイクでどっか行っちゃおうぜ」

「ありがとう」

「山に登ったら、だからな」

「ありがとう」

雨音は正樹が本当の兄だったらいいのになと思いながら、感謝の言葉を繰り返した。

14

道夫の顔見知りの農家のところを回って野菜をもらい、最後にスーパーに立ち寄った。

夏休みがはじまって、女神湖周辺の別荘も賑やかになっている。ゴールデンウィークもそうだったが、道夫は大量の食材を買い込んでいた。兵糧《ひょうろう》をたっぷり蓄えて、混雑する時期を籠城《ろうじょう》してやり過ごそうというのだ。

「ちょっとお手洗い行ってきます」

雨音はそう告げて、カートに載せた買い物かごに鶏肉を放り込んでいる道夫のそばを離れた。

夏場のスーパーは冷える。特に、魚や肉売り場、冷凍食品コーナーでは上着がないと辛いほどだ。そのせいか、トイレも近くなる。

用を足して個室を出ると、だれかがドアの前に立っていた。

「お待たせしました」

思わずそう言ってから、雨音は相手の顔を見た。整った顔立ちの若い女だった。高校生だろうか。

「あんた、広末雨音って子でしょ？」

「そうですけど……わたしに、なにか？」

周囲に視線を走らせたが、トイレにいるのは雨音たちふたりだけのようだった。

「あんた、あの人とどういう関係なのよ？」

「あの人？」

「とぼけんじゃないわよ」

それでわかった。先日、有紀と静奈の話に出てきた高校生だ。松田史恵という名だった。松田史恵は正樹を狙っている──有紀はそう言っていた。店内で雨音を見かけて、ここまで追いかけてきたのだ。

「国枝さんのことですか？」

「他にだれがいるのよ」

夏休みだからだろう。松田史恵は濃い化粧を施していた。美しさが際立っていたが、アイラインの入った目つきは怖いほどに鋭い。

「ただのお隣さんですけど」

「お隣さん？」松田史恵は憎々しげに顔を歪めた。「わたしの聞いた話じゃ、あんた、あの人にいろいろちょっかい出してるらしいじゃない」

「そんなこと、してません」

こんな時、ワルテルがいてくれたらいいのに——雨音は思った。ワルテルなら、松田史恵を威嚇して追い払ってくれるだろう。

「わたしにはいろんな知り合いがいるんだよ。わたしが頼めばなんでもしてくれるの」

「そ、そうなんですか？」

「あの人にちょっかい出すのやめないと、嫌なこと頼まなきゃならなくなるかも」

「ですから、ちょっかいなんて出してません」

「ガキんちょはガキんちょらしく、同級生とでもお手々繋いでればいいんだよ——」

ふいに松田史恵が口を閉じた。慌ただしい足音が響いて、トイレのドアが開いたのだ。中年の女性が入ってきた。

「失礼します」

雨音は松田史恵が女性に気を取られた隙をついて、トイレから出た。足早に歩き、しばらくしてから振り返る。松田史恵が追いかけてくる様子はなかった。

「なんなのよ、もう」

男子を巡る女同士の揉《も》め事はこれまで何度も目にしてきたし、その度に馬鹿馬鹿しいと関わり合いになるのを避けてきた。それなのに、まさか自分が当事者にされるなんて、驚き以外のなにものでもない。

「どうした？　怖い顔して」

パスタのコーナーにいた道夫を見つけて近寄っていくと、そう言われた。

「別に、なんでもありません」

道夫は肩をすくめた。

「太いパスタが置いてないんだ。久しぶりにナポリタン食いたいと思ったのに」

「普通の太さのパスタじゃだめなんですか？」

道夫は雨音の顔をまじまじと見つめ、哀れむように首を振った。

「ナポリタンは太い麺じゃなきゃだめなんだ。そんなことも知らないのか？」

今度は雨音が肩をすくめた。ここ最近、ナポリタンがちょっとしたブームになっていることは知っているが、作り方やパスタの太さなど考えたこともない。

「太い麺をアルデンテ以上に茹でて、具はタマネギとピーマンとソーセージの薄切り。それをケチャップと……」

ナポリタンのレシピを語る道夫に適当に相槌を打ちながら、雨音は振り返った。日用雑貨売り場に立って、じっとこちらを見つめている松田史恵の姿を認めた。

「こわっ」

思わず呟き、雨音はうつむいた。

＊

結局、太いパスタが見つからなかったので、夕飯のメニューはナポリタンからカルボナーラに変更された。

道夫のカルボナーラは生クリームを使わない。厚切りのベーコンをじっくり炒め、そこに茹で上がったパスタを入れて手早く絡める。そして、フライパンを火から外して、卵黄を投入して固まらないよう気をつけながら和えていくのだ。最後にたっぷりの粗挽き黒胡椒とパルメザンチーズを振りかける。

カルボナーラというのは炭焼き職人風という意味だそうだ。一説ではその昔、ローマ近郊の炭焼き職人は、炭を焼くために山にこもる時、保存食としてのベーコンと乾麺のパスタ、そして雌鳥《めんどり》を連れていったのだという。

「だから、カルボナーラは基本、ベーコンと玉子しか使わないんだ。冷蔵庫もない時代に生クリームなんか使うか？」

カルボナーラの味が決まったせいか、道夫は上機嫌だった。確かに卵黄は固まらずに滑らかで、ベーコンとチーズ、黒胡椒の風味が絶妙だった。

その上機嫌は食後も続き、コーヒーとアイスクリームのデザートを食べ終えると、道夫は再びキッチンで作業をはじめた。

「なにしてるんですか？」

「明日の弁当の準備」

道夫の答えに、雨音は溜息を漏らした。明日は、蓼科山に登りに行くのだ。

「山小屋が二軒あって、そこでも飯食えるんだけど、どうせなら、山頂で弁当食った方が旨いんだ」

「そうなんですか……」

「相変わらずやる気のない声だな。嫌なら雨音は行かなくてもいいんだぞ」

「行きます」

正樹と約束したのだ。気は乗らなくても行くしかない。

「初心者といっても、おまえたちは若いから、往復三時間ぐらいだ。明日は本州は移動性高気圧に覆われるから、景色もいい。山頂は三百六十度のパノラマだぞ」

八ヶ岳、南アルプスに中央アルプス、そして北アルプス、さらには浅間山《あさまやま》まで三百六十度あらゆる方角に山並みが見える。もう、毎晩のように道夫に聞かされていた。

ソファの上でだらしなく寝そべっているワルテルが尻尾を振った。

明日はワルテルも一緒に登るのだ。標高二千三百メートル辺りに建つ山小屋までは、犬連れでも問題はないのだそうだ。山小屋から上は岩場になっていて、そこから先はワルテルは登れない。

　だが、道夫は山小屋のスタッフと顔見知りで、ワルテルを預かってもらうことができる。なんでも、その山小屋では看板犬として甲斐犬とフラット・コーテッド・リトリーバーを飼っているから、スタッフのだれもが犬の扱いに慣れているらしい。

「わたしが疲れたら、背負ってくれる？」

　雨音はワルテルに言った。ワルテルは目を開け、がるると唸った。

「はいはい、わかりました。自分の足で歩きます」

　道夫は野菜の煮物を作り、鶏肉を揚げている。どちらも今日、スーパーで買い求めた食材だ。

　昼間の買い物に思いが飛んだ次の瞬間、松田史恵のきつい目が脳裏によみがえった。

「めんどくさいなあ、もう」

　雨音は呟き、ソファに移動した。ワルテルのお腹を枕にして自分も寝そべる。

　犬は不思議だ。こうやって触れるだけで、嫌なことが吹き飛んで幸せな気持ちになれる。

「ありがとね、ワルテル」

　こんな言葉も素直に口から出てくるのだ。

　ワルテルはまた尻尾を振った。これぐらい、かまわないぜと言っているのだ。

雨音はワルテルの胸を優しく撫でた。

15

道夫が言っていたとおり、雲ひとつない青空が広がっていた。九時に出発の予定なのに、正樹は八時にやって来た。高揚した顔つきは遠足を心待ちにしている子供と同じだった。

正樹はワルテルを庭に連れ出して遊びはじめた。

「はしゃいじゃって、馬鹿みたい」

居間から庭を眺めながら、雨音は言った。

「あんな正樹を見るのは初めてだ」キッチンにいた道夫が言った。「ひとりだと、自然体でいられるのかな。家族のだれかがそばにいると、いつも神経を張りつめてるんだ」

道夫の表情は曇っている。道夫は良くも悪くも群れのボスだ。可哀想な存在を見つけると手を差し伸べずにいられなくなる。

雨音と暮らすことにしたのも、雨音が姪であるからというだけではなく、可哀想に思ったからに違いない。

　正樹も同じだ。

「荷物はちゃんとパッキングしたか？」

「はい」

　道夫の問いかけに、雨音はうなずいた。現時点での外気温は二十二度。半袖のシャツ一枚では、風が吹けば肌寒く感じるほどだ。だが、山に登りはじめれば暑くなってたっぷりと汗を掻く。そのために、水筒やペットボトルで水を二リットル用意した。山小屋でミネラルウォーターを買うこともできるが、五百ミリリットルのボトルが三百円もするらしい。

　汗を掻くが、休憩すれば体は冷えていく。とくに山頂では風も強く吹く。汗で濡れた体を寒さから守るための薄手の防寒具も必要だと教えられた。

　それにレインウエア。どんなに天気がよくても山ではなにが起こるかわからない。急激な天候の変化は山にはつきものなのだ。

　水と薄手のフリースにレインウエアの上下、念のための着替え一式。それだけで、日帰り登山用の小さなザックはぱんぱんになった。弁当や途中で食べるおやつなどは道夫が自分のザックに入れて持っていってくれることになっている。

　道夫のザックは雨音や正樹のものに比べると三倍は容量がありそうな大きなものだっ

た。いざという時のためのロープの束やカラビナ、救急セットなどが入っているらしい。

「さあ、支度もできたし、予定より早いけど、出発するか」

「はい」

雨音は自分のザックを背負い、日除《ひよ》けの帽子を目深《まぶか》にかぶった。外に出て、正樹に声をかける。

「もう出発だって」

正樹より先にワルテルが反応した。吠えながら雨音に向かって突進してくる。思わず身構えそうになったが、なんとか堪《こら》えた。ワルテルはよけてくれる。

案の定、ワルテルは直前でスピードを緩めた。

「いい子だね、ワルテル」

ワルテルの頭を撫で、リードをつける。ワルテルの尻尾は揺れっぱなしだった。

「いよいよか。なんか、テンション上がるな？」

正樹は相変わらず上機嫌だ。

「別にそうでもないけど」

「山頂に立てば、きっと雨音の気持ちも変わるって。さ、行こうぜ」

正樹のザックはとっくに道夫の車に積んであった。外に出てきた道夫が車の後ろのドアを開け、荷室に自分のザックを置いた。雨音に手招きする。雨音はザックを道夫に預けた。その間に、正樹とワルテルが後部座席に陣取った。

雨音は助手席だ。シートベルトをつけていると、道夫がエンジンをかけ、車が動き出した。

車は別荘地から一旦、女神湖まで降り、白樺高原国際スキー場の脇の峠道を登った。御泉水《ごせんすい》自然園を通り抜け、しばらく進むと狭い駐車場が見えてきた。

駐車場の斜向《はすむ》かいに鳥居が立っていた。蓼科山七合目登山道入口だ。標高は千九百メートル。ここから、二千五百三十一メートルの山頂まで登っていくことになる。

蓼科山に登る登山道は他にもいくつかあるのだが、ここからの登山が一番楽なのだと道夫が言っていた。

駐車場はほぼ満車だったが、幸運なことに一台分のスペースが空いていた。

「けっこう登りに来てるんだな」

正樹が言った。

「ハイシーズンだしな……」車を空いたスペースに入れながら道夫が答えた。「初心者でも登れて、眺望が抜群だから、人気があるんだよ、蓼科山は」

道夫が車を停めてエンジンを切った。ワルテルの息遣いが荒くなる。早く車から出たくてうずうずしているのだ。

「ワルテル、おれが先だぞ」

正樹がそう言って、ドアを開けた。ワルテルはじっと堪えている。正樹が降りるのを待って、車から飛び降りた。

「登る前に、軽く準備運動しよう」

道夫に促され、膝や足首の屈伸運動をし、アキレス腱を充分に伸ばす。それだけでうっすらと汗を掻いた。

「登る前に基本的なことだけ言っておく。山を登る時は、太股をあまり上げないように」

道夫がアスファルトの上をすり足で歩いてみせた。

「こんなふうに、なるべく足を上げないで歩くんだ。普段通りに歩くと、すぐにばてる」

正樹が真剣な顔つきでうなずいた。

「それから、段差を登る時は、できるだけ高低差が小さくなるよう、岩とか木の根っことか、そういうのをうまく利用するといい。登りできついのは心肺だ。逆に下りは筋肉を酷使する。登りではなるべく筋力を温存するのがセオリーだ」

「了解」

「山頂近くになると、岩場をよじ登っていくような感じになる。そこでの注意点は、後で教えてやる。さあ、行こうか」

ザックを背負った道夫がワルテルのリードを握った。

「おれの後ろに雨音、正樹はしんがりだ」

道路を渡り、道夫に倣って、鳥居の前で礼をした。鳥居をくぐれば、そこはもう登山道だ。鬱蒼とした森の奥に細い道が続いている。道の両脇は熊笹の藪《やぶ》だった。

いたるところに大小の岩が転がっていて歩きにくかったが、道夫とワルテルは岩などないかのように進んでいく。

「歩きにくいな」

背後で正樹が呟いた。

「うん。でも、この先はもっと岩が多くなるんだって。岩だらけの登山道だって道夫さんが言ってた」

「最後は岩場をよじ登るって言ってたもんなあ」

正樹は嬉しそうだったが、雨音の気分は落ちていく一方だった。熊笹は伸び放題で登山道の両脇を半ば覆っている。気をつけなければ葉が剝き出しの腕に当たって痛い。足もとも、ちょっと気を抜くと爪先《つまさき》で岩を蹴ってしまう。トレッキングシューズを履いているからいいようなものの、普通の靴だったら指の爪が剝がれてしまいそうだ。

それに、虫。

蚊だかアブだかよくわからないが、無数の虫が飛び交っている。家を出る前に虫除けを兼ねた日焼け止めを顔や手に塗ってきたが、効果がまったく感じられなかった。

「虫が凄いんですけど」

まとわりついてくる虫に耐えかねて、雨音は道夫に訴えた。

「歩き続けてれば滅多に食われることはない」

道夫は振り返りもせずに言った。

「だけど……」

「そのうち慣れるさ」

憤懣《ふんまん》を押し殺し、道夫に遅れないようについていく。道夫としてはかなりゆっくり歩いているつもりなのだろうが、それでも雨音には速いペースだった。

「馬返し《うまがえ》」と書かれた標識を過ぎ、五分ぐらい経った頃から勾配が大きくなった。登山道も石や岩だらけになっていく。息が荒くなり、汗が流れてくる。

振り返ると、正樹の顔も汗でぐっしょりと濡れていた。

「すげえ湿度だな。まるでサウナの中にいるみたいだ」

正樹が言った。

「うん。蒸し暑い」

雨音は答えた。汗だくのふたりとは裏腹に、道夫は涼しげに登っていた。さすがに、ワルテルは息遣いも荒く、舌がだらりと伸びている。それでも、リズミカルに揺れる尻尾は嬉しそうだった。

前方に標識のようなものが見えてきた。

「天狗《てんぐ》の露地《ろじ》だ」

標識の手前で道夫が足を止めた。

「ここでちょっと休憩しようか。ついてきて」

道夫は登山道を離れ、右手に延びた岩場を進んでいく。少し進むと、視界の開けた場所に出た。

「わあ」

雨音は思わず声をあげた。

濃い緑に覆われてなだらかに下っていく山腹の向こうに女神湖が見える。女神湖の湖面は恐ろしいほどに青かった。

「すげえじゃん」

正樹が雨音を押しのけるようにして前に出た。すでに、カメラを構えている。

腹立たしさは感じなかった。正樹の素直な感嘆の気持ちが伝わってきたからだ。

正樹はファインダーを覗き、立て続けにシャッターを切った。

「早朝はもっと綺麗だぞ。朝日に湖面が輝いてな。霧が出てると最高だ」

道夫が言った。

「早朝？　ここで朝日を見るってことは、まだ暗いうちに登りはじめるの？　危なくね？」

「ヘッドランプを点《つ》けて登れば平気だ。だいたい、登山道入口からここまでは、登山のうちに入らないしな」

「ってことはさ、慣れてくれれば、夜のうちに山頂まで登って、そこで日の出を見ることもできる？」

「できる。そこまでしなくても、山頂には山小屋もあるから、そこに泊まってもいい」

「なるほどね」

「写真を撮り終えたら、水を飲め。だいぶ汗を掻いているから、水分補給はこまめにした方がいい。腹が減ってるなら、ビスケットやチョコレートもあるぞ」

「腹はだいじょうぶ」

正樹はザックのサイドポケットからペットボトルを抜き出した。

「わたしもだいじょうぶです」

雨音も水を飲んだ。汗だくの体がスポンジのように水を吸収する感覚があった。

道夫がワルテルに水を与えた。

「ここから先が本格的な登山だ」

道夫が言った。雨音たちとは違い、うっすらと汗を掻いている程度だ。

「勾配ももっときつくなるし、足場も悪くなる。気を抜くな」

「気なんかとてもじゃないけど抜けません」

　雨音は言った。

　登山道に戻り、登りはじめる。すぐに息が上がり、汗がまた噴き出てきた。

また、視界が開けた。登山道の幅が広くなったのだ。その登山道を見上げて、雨音は溜息を漏らした。まるで大小の岩を敷き詰めたような道だ。道のあちこちに丸太が横たわっている。見るからに歩きにくそうで、おまけに、勾配がきつい。

「これ、登るんですか?」

　雨音は道夫に訊いた。

「そうだ。ここはざんげ坂と言われる急登《きゅうとう》だ」

「無理かもです」

「見た目ほどきつくはないからだいじょうぶだよ」

「今までだってかなりきつかったんですけど……」

「道夫さんがだいじょうぶだって言ってるんだから、だいじょうぶだって」

　背後から声が飛んできた。正樹も息が上がっているが、声は上機嫌なままだ。

「歩けなくなったらおれがおぶってやるから、行けるところまで行こうぜ、な?」

　正樹の朗らかな声を聞くと、なぜだか嫌だと言えなくなってしまう。

「岩の上に足を降ろさなきゃならない時は、乗せる面に垂直に足を降ろせ」

道夫が言った。

「垂直に？」

「そう垂直にだ。そうすりゃ、靴のソールがきっちりグリップしてくれるから、滑らずに済む」

「こんな岩だらけのところ、ワルテルはだいじょうぶなんですか？」

雨音は食い下がった。なんとか登らずに済む方法はないものか——頭の片隅にそんな思いが陣取っている。

「こいつはバーニーズにしちゃ、運動能力が高いからな、全然平気なんだよ」

道夫が話している間も、ワルテルは道夫を見上げ、その顔を見つめている。その視線に宿っているのは信頼だ。道夫が行くなら、自分も行ける。自分の行けないところに、道夫は行ったりはしない。ワルテルはそう信じているのだ。

「これを登りきった先は将軍平《しょうぐんだいら》って呼ばれているところで、そこに山小屋がある。その山小屋で少し休憩しよう。コーヒーもアイスクリームもあるぞ」

道夫も正樹もやる気満々なら、自分も登るしかないのだ。何度も出てくる溜息を押し殺して、雨音はザックを背負い直した。岩だらけの登山道を一歩一歩、登っていく。

呼吸がさらに荒くなり、肺が焼けるような感覚に襲われた。汗は次から次へと流れ落ちてきて、シャツもパンツもずぶ濡れだった。

考えると嫌になる。だから、考えるのはやめよう。足もとを見つめて、とにかく前に進むのだ。

「雨音、止まって」

道夫の声に我に返った。

「端に寄って」

登山道を見上げると、下ってくるグループが目に入った。六十代ぐらいの男女の五人組だ。

「お先にどうぞ」

先頭を歩いていた男性が言った。

「この子たち、初めての登山でへばってるんで、休み休み登ってるんです。遠慮なさらず、どうぞ、おりてください」

道夫が答えた。

「それじゃ、遠慮なく」

男性は慣れた足取りで下ってきた。他の四人も同様だ。自分の祖父母といってもいいぐらいの年齢なのに、よっぽど体力がある。

「こんにちは。初めてなんだって？　いいなあ。これから、いくらでも山に登れる」

すれ違いざま、男性が微笑みながら声をかけてきた。

「こ、こんにちは」

雨音は挨拶を返した。正樹からはさっきまでの上機嫌さが消えて、黙りこくっている。

「こんにちは」

続いておりてきた女性も挨拶してきた。

「こんにちは」

「今日は絶好の登山日和よ。山頂からの眺めは最高だから、頑張ってね」

「ありがとうございます。頑張ります」

「ワンちゃん連れの登山なんて、素敵ね」

その後に続く三人も、にこやかな笑顔で挨拶の言葉を投げかけてきた。雨音はすべてに挨拶を返し、不思議な心持ちで、下っていく彼らの後ろ姿を見送った。

見ず知らずの人間と挨拶を交わす。普通ならあり得ない。

だが、きつく苦しい登山の最中にかけられた言葉はなんとも心地がよかった。

「登山する人って、みんなあんなふうなんですか?」

雨音は道夫に訊いた。

「そうだ。すれ違う登山者と挨拶を交わすのはマナーなんだ。こんにちは。ありがとうございます。どういたしまして。本当だったら、山じゃなくてもやるべきことなんだけどな。ま、登山ブームで登山者が増えて、挨拶もろくにできないやつが増えてるのも事実だ」

「そうなんですね」

「気持ちいいだろう？　見ず知らずの人がにこやかに挨拶してくれて、なおかつ、こっちの体調まで気遣ってくれる」

「はい」

雨音は素直にうなずいた。

「じゃ、行くぞ」

道夫が再び歩き出す。少し距離が開くのを待って、雨音も足を前に進めた。

「どうしてあの人たちに返事しなかったの？　めっちゃ感じ悪かった」

振り返り、声をひそめて正樹を咎《とが》めた。

「柄じゃないんだ」

「でも、登山のマナーだって」

「知らなかったんだよ」

「次からはちゃんと挨拶してよ。一緒にいるわたしが恥ずかしいから」

「中坊のくせに、生意気だぞ」

「高校生のくせに子供みたい」

話しているうちに、正樹の表情が和らいでいくのがわかった。雨音は前を向いた。足もとに気をつけながら道夫とワルテルの後を追う。

進めば進むほど勾配がきつくなっていく。息が上がり、立ち止まった。どう頑張っても、足が前に出ない。

「道夫さん、ちょっと休憩。雨音がへばってる」

雨音の代わりに正樹が道夫に声をかけてくれた。道夫が振り返った。

「よし、休憩しよう」

呼吸を整え、水を飲んだ。冷たい水が胃袋に流れ落ちた瞬間、空腹なのに気づいた。つい先ほどまではまだお腹がいっぱいという感じだったのに、間違いなく空腹感がある。

「なにか食べるものもらえますか？」

雨音は道夫に言った。

「ビスケットかチョコレート、あと、ドライフルーツもあるぞ」

「ビスケットをお願いします」

道夫は雨音のところまで戻ってきて、ザックからジップロックを取りだした。中にはビスケットのパッケージが入っていた。

もらったビスケットを食べた。口の中の水分がビスケットに吸収されてうまく飲みこめない。何度もペットボトルを傾けては、ビスケットを無理矢理飲みこんだ。

立て続けに三枚食べると、やっと空腹感がおさまった。

「お待たせしました」

ビスケットの入ったジップロックを道夫に返し、ペットボトルをサイドポケットに入れて、ザックを背負い直す。

「それ、寄こせよ」

正樹が言った。

「へ？」

「おまえの荷物、おれが持ってやるから。少しでも軽い方が楽だろう」

「だけど、これ、わたしの荷物だし」

「嫌がるおまえを無理矢理連れてきたのはおれだからな。責任はとってやる。貸せ」

正樹の有無を言わせぬ口調に、雨音はザックを渡した。正樹はそのザックを自分のザックに押し込んだ。

「やっぱりな。ちょうど入るだろうと思ったんだ」

膨れあがったザックを担いで、正樹は満足そうに微笑んだ。

「さ、行こうぜ」

正樹に促され、登山を再開する。相変わらず呼吸が苦しく、足も重い。だが、ザックを担いでいた時よりは楽になった気がした。

「ありがとう」

雨音は正樹には聞こえないような小声で呟き、微笑んだ。昨夜、ワルテルにありがとうと言った時と同じ気持ちであることに気づいたからだ。

「あんたは犬か」

「なんか言ったか？」

「なにも言ってないよ」

雨音は舌を出した。

＊

きつい勾配を登りきると、そこは将軍平と呼ばれる平坦な地で、山小屋が建っていた。

雨音はよろめくように歩き、小屋の近くにあった岩に腰をおろした。

小屋の周りには思い思いに休息を取っている登山者たちの声が溢れていた。

道夫がワルテルのリードを正樹に託し、小屋の中に入っていく。

「大きな犬だねえ」

登山者のひとりがワルテルに気づき、近づいてきた。ワルテルは素知らぬ顔で、小屋の中に消えた道夫の様子をうかがっている。

「すみません、こいつ、ちょっと神経質なところがあるんで、触るのは遠慮してください」

無造作に近づいてくる登山者を正樹が牽制《けんせい》している。別に、その必要はないのだ。ワルテルは知らない人間が触ろうとしても、するりと身を躱《かわ》す。あからさまな警戒感や忌避感を示さないので、それで人間を嫌な気持ちにさせることもない。

「そうなのかい」

「ええ、すみません」

「なんていう犬種なの？」

近くにいた女性登山客が訊いてきた。

「バーニーズ・マウンテン・ドッグっていうスイスの犬です」

雨音は正樹の代わりに答えた。こういうのは、正樹は苦手なはずだ。自分だって得意とは言えないが、正樹よりは上手に自分の感情を隠すことができる。

「マウンテン・ドッグって言うからには、山の犬か」最初に声をかけてきた登山者が目を丸くした。「だから登山も得意なんだな」

「そういうわけじゃないんですけど……」

雨音が言葉を濁した次の瞬間、山小屋の中から犬の鳴き声が響いてきた。ワルテルの耳が持ち上がり、目つきが鋭くなる。

「この山小屋にも犬がいるんだよ。仲良くやれるといいな」

「リード、ちゃんと握っててね」

雨音は登山客の言葉にうなずきながら正樹に声をかけた。

「わかってる」

正樹がうなずいた。リードを持っているのが道夫なら、なんの心配もない。だが、雨音や正樹が相手だと、ワルテルがどんなリアクションを示すか予想がつかなかった。

道夫が小屋から出てきた。道夫と同年配のひげ面の男の人も一緒だった。テレビで見たことのあるヒマラヤのシェルパのような格好をしている。きっと、この山小屋の関係者だ。

「おお、ワルテル。顔つきが男らしくなったなあ。おれのこと、覚えてるか？」

シェルパのような男の人はワルテルの前でしゃがんだ。ワルテルは男の人の匂いを嗅いだ。そして、触れることをゆるした。

「こちらは浅田洋行《あさだひろゆき》さんだ」

ワルテルを撫でる浅田を見やりながら道夫が言った。

「これは姪の雨音。それから、お隣さんの国枝正樹君」

「こんにちは、はじめまして」

浅田は朗らかな笑みを浮かべて立ち上がり、右手を差し出してきた。雨音はおそるおそるその手を握った。

「はじめまして。広末雨音です」

「国枝です」

正樹は握手を求められる前に挨拶をし、浅田から距離を取った。

「初めての登山なんだって？　ざんげ坂はきつかっただろう？」

「はい。もう、心臓が止まっちゃうんじゃないかと思いました」

「じゃあ、ここまで頑張ったご褒美に、アイス、食べる？　奢《おご》るよ。下の長門《ながと》牧場のミルクで作ったアイスなんだ」

長門牧場は女神湖の北にある広大な牧場だ。

「いいんですか？」

雨音は恐縮した。

「初めての登山で山が嫌になっちゃうと困るからさ、アイスでご機嫌取りするのさ」

浅田は笑いながら山小屋の中に戻っていった。

「ここで三十分ばかり休憩しよう」

「ここから山頂まではどれぐらい？」

正樹が訊いた。道夫が値踏みするような視線を雨音に向けてきた。

「そうだな……三十分もあれば登れるだろう」

まだ三十分も登り続けなければならないのか——雨音は落胆した。

登山道は山小屋の奥に向かって延びている。その先は森のようになっているが、仰ぎ見れば、お椀《わん》を逆さにしたような蓼科山の山容がわかる。山頂まで、三十分で登れるとは思えない高さだった。

「見た目よりは近いんだ」

雨音の気持ちを見透かしたように道夫が言った。

「ここまで来たんだから、もう一踏ん張りしようぜ。な？」

正樹に肩を叩かれた。男がふたりがかりで雨音の退路を断とうとしている。

仮病を使おうか。お腹が痛いとかなんとか……そう思った時、浅田がトレイを持って山小屋から出てきた。アイスのカップとプラスチックのスプーンが三つずつ並んでいる。

「召し上がれ」

「ありがとうございます。いただきます」

途中で食べたビスケットの効果はとっくに消えていた。体全体が糖分を欲しているのがわかる。

「美味しい」

一口食べて、雨音は微笑んだ。くたびれ果てていた細胞という細胞に糖分が浸透していく様子が実感できる。アイスの冷たさも、疲れた体にはありがたい。

隣を見ると、正樹も夢中でアイスクリームを食べていた。雨音より体力があると言っても、ふたり分の荷物を背負っているのだ。疲れているに決まっていた。

「マジ旨いな、このアイス」

雨音の視線に気づいた正樹が言った。

「うん、ほんとに美味しい」

雨音はまたアイスを口に運んだ。さっきまでの落ち込んだ気分が消えている。アイスひとつでげんきんなものだ。

道夫は浅田と話し込んでいた。赤岳《あかだけ》がどうの、横岳《よこだけ》がこうのという言葉がときおり聞こえる。

「赤岳も横岳も、八ヶ岳の山の名前だ」

正樹が言った。

「詳しいね」

「調べたんだよ。そのうち登る山なんだから、下調べぐらいしておかないと」

「ひとりで登ってね」

雨音は釘を刺した。登山はもう充分だ。きっと蓼科山が、自分が登る最初で最後の山になるだろう。

「ご馳走様でした」

最後の一口を食べ終えると、雨音は浅田に頭を下げた。

「最高に美味しかったです」

「それはよかった」

浅田は道夫との会話を切り上げ、山小屋に顔を向けた。

「ソフィたち、外に連れて来てくれる？」

スタッフだろうか、中のだれかに声をかけた。道夫の足もとで伏せていたワルテルが立ち上がった。耳が持ち上がり、鼻をうごめかせている。しばらくすると、女性に連れられた犬が二頭、山小屋から出てきた。

話に聞いていたフラット・コーテッド・リトリーバーと甲斐犬だ。

ワルテルの尻尾が激しく揺れた。フラットが鼻を鳴らした。甲斐犬はじっとワルテルを見つめている。

「うちの看板犬のソフィと楓《かえで》」

浅田が言った。おそらく、フラットがソフィで甲斐犬が楓なのだろう。どちらも中型犬だが、ソフィの方がひとまわりほど大きい。細長い体を覆う黒い体毛は柔らかそうだった。

雨音はソフィの脚の細さに目を瞠《みは》った。ワルテルやマリアの半分の太さもない。あんなに細い脚で岩だらけの道を登って平気なのだろうか。

対する楓の方は和犬らしいがっちりとした体型だった。元々は猟犬なのだ。岩だらけだろうがなんだろうが、山の中を駆け回るのは得意中の得意といった風情だった。

「遊びたいだろうが、ここはスペースがないからな。みんな、我慢してくれよ」

浅田が犬たちに語りかけた。

ワルテルはもちろん、ソフィも楓も興奮しすぎて吠えたりするということはない。躾が行き届いているのだ。

「それじゃあ、ワルテルをよろしく頼むな」

道夫が浅田に言った。体育会系の先輩が後輩に対する時の口調だ。

「任せてください」

「山頂で弁当食ってくるから、下りてくるまで、一時間半ってところかな」

「了解です」

浅田は道夫から受け取ったワルテルのリードを太い指でしっかりと握った。

＊

「あんなところまで登るの？」

思わず口走った。山小屋から延びる登山道の先に、蓼科山がはっきりと姿を現している。それは高く聳え、とても短時間で登りきれるとは思えなかった。

「見た目よりは全然楽なんだ」

道夫が言った。

「ただ、ちょっとここから先は登山の趣が変わってくる」

「どういうふうに？」

正樹が訊いた。目が輝いている。登る気満々なのだ。

「この先は岩登りになる。岩をよじ登るんだ」

道夫は三点確保という登山の技術を話しはじめた。

岩をよじ登る時は必ず、両手、両足のうち三つの部分で姿勢を確保する。残るひとつで、上へ登るための手がかり、足がかりを確保しなければならない。

両足で岩を踏みしめ、右手で上の岩のとっかかりをしっかり摑《つか》み、左手をさらに上に伸ばす。

あるいは、両手で岩をしっかりと摑み、左足をぐらつかない岩の上に乗せてから、右足を上げる。

どんな時でも三点を確保して姿勢を保持する。

話を聞くだけではよく理解できなかったが、実際に岩をよじ登りはじめると、道夫が言わんとしていたことがわかってきた。

命綱なしで岩場をよじ登るのだ。もし滑落すれば大事故に繋がる。だが、正しく登りさえすれば、その危険は限りなくゼロに近づいていく。

登山道の途中から山頂までは、雨音よりも大きな岩が積み重なっていた。

岩にしがみつくようにしてよじ登っていかなければならない。

最初は無理だと思った。こんなところ、登れるわけがない。岩場の左側は切れ落ちた崖で、滑落したら間違いなく死ぬだろうと思われた。

足がすくみ、息が苦しくなる。

だが、正樹に促され、おそるおそる登りはじめた。

手本は道夫だ。道夫の登るように登っていく。

下は見ない。上だけを見つめ、三点確保を徹底して登っていく。

登り続けているうちに、少しずつコツが摑めてきた。

しっかりした岩の上に両足を乗せ、胸の辺りの岩の窪《くぼ》みにしっかりと左手の指をかける。右腕を伸ばし、別の窪みを摑んだら、今度は右足を上げる。足場を見つけたら、そこにきちんと足を乗せ、体を引き上げる。次は左足。左足でしっかり体重を支えたら、次は左手を伸ばす。

そうやって、少しずつ高度を上げていくのだ。

夢中で登っているうちに恐怖が消えた。

積み重なった岩の上に広がっているのは青空だ。山ではなく、空に向かって登り続けている。そんな錯覚さえ覚えた。この岩場を一心に登り続けていけば、いつか、空に触れることができる。

「お疲れ」

道夫に声をかけられて我に返った。

「え？」

雨音は瞬《まばた》きを繰り返した。岩場が終わっていた。視線の先に、山小屋が見える。

「登りきったんだよ」

道夫が笑っている。

「ほんとに？」

「この先が山頂だが、もう、登りはない。ずっと平坦。ここはそういう山なんだ」

雨音は道夫と肩を並べた。

これでもかというぐらい無数の岩が転がった大地が目の前に広がっていた。

「すげえ」

岩場を登りきった正樹が声をあげた。そのまま道夫と雨音を追い越して進んでいく。

「とりあえず、山頂まで行こう。すぐそこだから」

道夫に促され、雨音は正樹の後を追った。

不思議な場所だった。下から仰ぎ見る蓼科山は、確かにお椀をひっくり返したような形をしている。それでも、山頂部は丸みを帯びて見える。なのに、いざその山頂に自分の足で立ってみると、そこは平らな大地なのだ。ごつごつした岩が転がる代わりに芝生でもあったら、天空の平原だ。

正樹が一本の柱が立っている場所で立ち止まった。

「ここが山頂?」

道夫に訊いた。

「そうだ」

「やったぞ、雨音。山頂だ」

正樹は子供のように顔を綻ばせた。

「凄い」

雨音は呟いた。八ヶ岳が見える。浅間山が見える。遠くに連なる山々は北アルプスだろうか。三百六十度のパノラマが広がっていた。

「来てよかっただろう?」

道夫が言った。雨音はうなずいた。今、目にしている光景を描き写したい。スケッチブックは置いてきたから、目に焼きつけるのだ。

「あれ見ろよ、雨音」

正樹が西の方角を指差した。

「槍ヶ岳《やりがたけ》。わかるか。ひとつだけ、槍の穂先みたいに尖ってる山」

北アルプスの峰々の中に、見つけた。確かに、槍のように尖っている。

「あれに登ってみたいんだ」

正樹の声が昂《たか》ぶっている。

「雨音も一緒に行こうぜ。ここよりもっと凄い世界が広がってるはずだ」

正樹は確信に満ちた目で槍ヶ岳を見つめていた。

「昼飯、食うか？」

道夫が言った。

「ちょっと待っててください」

正樹はザックからカメラを取りだし、無我夢中で写真を撮りはじめた。

「はまったな」

道夫は微笑みながら、カメラを構える正樹を見つめていた。

「はまったって、なにに？」

「山だよ。正樹はもう山から離れられない。虜《とりこ》になったんだ」

「そうみたいですね」

雨音はうなずいた。

「おまえはどうだ？　また登りたいと思うか？」

「わかりません」

今、目にしている景色は素晴らしいと思う。自分の足で苦労して登ってきた者にだけ与えられるご褒美だ。

だが、あのしんどい思いを何度もすると思うと腰が引ける。

「雨音は本当に素直だな」

「道夫さん、ここから、槍ヶ岳をアップで撮る時は、何ミリぐらいの望遠レンズ使います？」

正樹が戻ってきた。

「400ミリにエクステンダーだな」

「400ミリのレンズって高いんですよね」

ふたりは雨音には意味のわからない会話をはじめた。

「貸してやるよ、おれのレンズ。100から400ミリのズームレンズだけどな」

「いいんですか？」

「どうせ、近々また登りに来るつもりだろう」

道夫の言葉に、正樹が破顔した。

「今度は、ここに泊まって——」正樹は山小屋に顔を向けた。「ご来光見たいと思って」

「三脚はあるか？　望遠はしっかりした三脚がないと難しいぞ」

「確か、道夫さんとこに、古いのありましたよね、三脚」

「ちゃんと見てやがる。古いのは重いから、今使ってるのを貸してやるよ」

「ありがとうございます」

「さ、飯を食おう。腹が減った」

適当な岩の上に腰をおろし、弁当を広げた。

「めちゃくちゃうめえっ」

ご飯を頰張った正樹が、空に向かって吠えるように言った。

16

蓼科山山頂からの眺望をスケッチブックに描き込んでいると、足もとで寝ていたワルテルが顔を上げた。

国枝家でバイクのエンジン音がし、それがこっちに近づいてくる。

ワルテルが尻尾を振り、立ち上がった。ドアの前で振り返る。早く開けろと催促しているのだ。

「すぐに正樹さんだってわかるんだね、ワルテル」

鉛筆を置き、腰を上げた。太股と臑《すね》の筋肉がかすかな悲鳴を上げた。筋肉痛はだいぶおさまってきているが、強い負荷がかかるとまだ痛む。太股はわかるが、臑が筋肉痛になるなんて初めてのことだった。

山を下る時に余計な力を入れたからそうなるんだ——道夫はそう言って笑っていた。

おそるおそる階段を降りると、玄関が開いた。正樹が中に入ってくる。最近ではインタホンを鳴らすことも声をかけてくることもない。我が家のように勝手にドアを開けて入ってくるのだ。道夫は長時間留守にする時以外は滅多に施錠はしない。こんな田舎には泥棒なんかいないし、もしいたとしてもこの家には金目のものはないというのが道夫の言い分だった。

ワルテルが正樹に体を押しつけた。

「その顔、まだ筋肉痛治ってないのか？」

正樹がワルテルを撫でながら言った。

「そっちは？」

「おれはもうだいじょうぶ。っていうか、昨日、また登ってきたから」

雨音はぽかんと口を開けた。三人で蓼科山に登ったのは一昨日のことだ。

「もう？」

「天気がいいうちに早く登っておきたかったんだ。台風が日本に近づいてきてるからさ、そのうち天気も崩れてくる。上がるぞ」

正樹は雨音の返答も待たず、勝手にスリッパを出して靴と履き替えた。

「なにか飲む？」

我が家にいるような態度で居間に向かっていく正樹の背中に声をかけた。

「いらない。雨音も早く来いよ」

「なによ、偉そうに」

雨音は口を尖らせた。おそらく、正樹は山頂の山小屋で一泊してきたのだ。山頂でご来光を見て、写真におさめてきた。その写真を見せたくてうずうずしている。

「本当に、男ってみんな子供なんだから」

雨音は呟きながら居間に向かった。

正樹はソファに座り、テーブルの上にタブレット端末を置いていた。

「今朝の写真。凄いご来光だったんだぞ。雨音も来ればよかったのに」

正樹は言いながら、タブレットを操作した。中に、今日撮った写真のファイルが入っているのだ。

雨音は正樹の隣に座った。すると、ワルテルがソファに飛び乗り、雨音と正樹の間に割り込んできた。

「ちょっと、なにするの？　狭いよ、ワルテル」

ワルテルは雨音の文句を聞き流して欠伸をした。

「今朝は南の空に雲海が広がってたんだ。八ヶ岳が雲海の上に山頂だけ顔出しててさ。もう、感動。雨音も来ればよかったのに」

「さっきも同じ台詞言ってたよ」

雨音はタブレットを手に取った。

夜明け前の空と雲海が写っている。手前の雲は濃紺に染まり、地平線に向かうにつれて色が薄まり、やがて、赤へと転じていく。空も地平線に近い部分は赤く、高くなるにつれて濃紺へと変わっていく。なんとも言えないグラデーションだ。

「日の出の三十分前。けっこう風が強くて、ライトダウン羽織ってるだけじゃ寒いぐらいだったんだけど、雲海の様子が刻一刻と変わっていくから目が離せなくてさ」

正樹は軽くうなずいて、次の写真を見ろと促してきた。

人差し指をタブレットのモニタの上に置き、左から右へ軽くスライドさせると次の写真が現れた。

さっきの写真とほとんど同じ。ただ、雲海がうごめいている様子が伝わってくる。写真を次から次へと表示させていく。その度に雲海の姿が変わり、雲と空のグラデーションにも変化が現れる。濃紺は少しずつ薄くなり、その分、赤が強まって広がっていく。

やがて、雲の向こうに橙色《だいだいいろ》に輝く太陽の上部が現れた。

「凄い……」

太陽が昇るにつれて、雲を染める濃紺から赤へのグラデーションが、一気に黄金色へと変わった。

うごめく雲海に反射して、まるで光が爆発しているかのようだ。

「だろ？　おれ、お日様と黄金色に輝く雲海見て、涙ぐんじゃったよ」

太陽が完全に雲海の上に顔を出した。朝の光を浴びて、雲海を形成する粒子の一粒一粒が歓喜しているかのようだ。

「蓼科山でこれなんだぜ。八ヶ岳や北アルプスのてっぺんに行ったら、どんな景色が見られると思う？」

雨音は答えなかった。正樹の撮った写真で見た日の出に、心が震えている。

これを自分の目で見た正樹が羨ましかった。

蓼科山の山頂で、また登りたいかと道夫に訊かれた時、雨音は曖昧な返事しかできなかった。確かに、山頂から見るパノラマの光景は美しかったが、辛い思いをして山を登るのに値するかというと、微妙だ。別に山頂まで行かなくても、八ヶ岳も北アルプスも見ることはできる。

でも、日の出と雲海は別だ。ある瞬間に、その場所にいなければ絶対に見ることはできない。自分の足で登り続けた者だけが見ることのできる光景なのだ。

「雨音も行きたくなっただろう？」

正樹の言葉に、雨音は素直にうなずいた。

「わたしも、見てみたい」

正樹の顔が綻んだ。笑うと本当にハンサムだと思う。

「そう言うと思った。一緒に行こうぜ。八ヶ岳に北アルプス。富士山も。おれは写真を撮って、雨音は絵を描く。いつか、ふたりで合同展覧会できたらいいな」

「合同展覧会……そんなのできるかな？」

「その気になれば、できるさ。ラッキーなことに、おれたちにはきちんと登山を教えてくれる先生が身近にいるんだし……あれ、道夫さんは？」

「知り合いの農家さんのキャベツの収穫を手伝いに行ってる。キャベツ、どっさりもらって帰ってくるよ。正樹さん、いらない？」

「おれひとりでキャベツそんなに食べられないよ。でも、道夫さん、いないのか……」

正樹は頭を掻いた。

「どうしたの？」

「雨音誘って、軽井沢のアウトレットモールに行こうかなって思ってたんだけど、ワルテルを留守番させることになっちゃうよな」

「ひとりで行ってくればいいのに」

「せっかく誘ってやってるのに、なんだよ、それ」

雨音は笑った。

以前に比べて、正樹のことがだいぶわかってきた。基本はひとりでいるのが好きなのだ。だが、なにかの拍子に寂しがり屋の顔が表面に出てくる。

やはりO型だ。

「アウトレットでなに買うの？」

「登山用具。決まってるだろ。本格的にやるつもりなら、道具もちゃんとしたの揃えなきゃ」

「ちょっと待ってて」

雨音は道夫に電話をかけた。

「道夫さん？　帰り、何時頃になりますか？」

「あと、一時間ぐらいかな。どうした？」

「正樹さんが来てて、一緒に軽井沢のアウトレットに行かないかって誘われてるんですけど……」

「行ってこいよ。ワルテルならだいじょうぶだから。正樹、もしかすると、登山用具買うつもりか？」

「そう言ってます。昨日、ひとりで蓼科山登って、山小屋に泊まってご来光見てきたんですよ。本気で登山はじめるみたいです……わたしも、その気になってます」

「本当か？」

道夫の声のトーンが上がった。

「はい。わたしも、ご来光見てみたくて」

「そうか。おれがちゃんと教えてやるから。雨音と正樹の年で本格的に山はじめたら、いい山屋《やまや》になれるぞ。エベレストにだって登れるようになる」

「エベレストですか……」

話が大きすぎて実感が湧かなかった。

「ちょっと正樹に替わってくれるか」

「待ってください」

雨音は正樹にスマホを渡した。

「もしもし？　正樹です。すいません、急に……」

話しているうちに正樹の目つきが変わってきた。どんなものを用意すべきなのか、道夫がアドバイスしているのだろう。

雨音は傍らのワルテルの背中を撫でた。

「ワルテル、ごめんね。ちょっと出かけてくるけど、道夫さんがすぐに帰ってくるから」

ワルテルが雨音を見つめた。

「ほんとにハンサムだね、ワルテルは」

雨音はワルテルをそっとハグした。

「ありがとうございます。それじゃ——」

正樹が電話を切り、雨音はスマホを受け取った。

「必要最低限のものは、道夫さんが登山用具のメーカーにかけ合って用意してくれるってさ。でも、シューズだけは、機能やデザインより、足に合うかどうかが重要らしいんだ。だから、実際に試し履きして選んだ方がいいって」

「じゃあ、今日はシューズを買うだけ？」

正樹がうなずいた。

「行こうか」

「ちょっと待ってて。支度してくる」

雨音は腰を上げた。ワルテルもソファから飛び降りた。自分も一緒に行く気で満々なのだ。

「ワルテル、おまえは留守番だぞ」

正樹が言った。ワルテルは小首を傾げて正樹を見上げた。

＊

御代田町《みよたまち》までの道中は快適だった。東御市《とうみ》を横切って、浅間《あさま》サンラインと呼ばれる広域農道に入った。信号があまりないので、小諸市《こもろ》から軽井沢の地元の人たちは国道よりこの道をよく使う。

さすがに八月ということもあって普段より交通量は多いが、それでもストレスを感じることなく進むことができた。

だが、浅間サンラインを抜けて軽井沢に入った途端、車列が動かなくなった。バイクだからなんとか進むことができたが、車なら、アウトレットモールまで二時間はかかったのではないだろうか。シーズンオフなら、十分の距離なのに。

「さすが、夏の軽井沢だな」

赤信号で停止すると、正樹が言った。

「越してきてから、道夫さんと何度か軽井沢に来たことあるけど、こんなの初めて」

「お盆休みに入ったらどうなるんだろうな。マジ、びびる」

「うん。マジ、びびる」

「この様子だと、アウトレットも激混みかな。とっとと買って、とっとと帰ろう」

「うん」

信号が青に変わったが、車列は動かない。バイクで車を追い越す度に、申し訳ない気持ちになってしまう。

結局、アウトレットモールまで渋滞が途切れることはなかったし、モールの駐車場もほぼ満車だった。バイクでなければ駐車スペースを探すのにも一苦労したところだ。アウトドアの専門ショップが並ぶエリアで登山用のシューズを見て回った。試し履きさせてもらうのに店員に声をかけるにも待たねばならない。接客でだれもが大わらわなのだ。

とっとと買って、とっとと帰るはずが、結局、靴二足を買うのに二時間近くかかってしまった。

「さて、帰るか。どっかで飯かお茶でもって思ってたけど、軽井沢じゃ無理だな」

「うん。こんな人出の中歩くの久しぶりだから、なんか、気持ち悪くなってきた」

登山靴の入った手提げ袋を持って店を出る。駐車場に向かって歩き出そうとした途端、名前を呼ばれた。

「広末さんじゃない？」

名字に「さん」を付けて呼びかけてくるのは、立科に越してくる前に通っていた中学の同級生しかあり得ない。雨音はおそるおそる声のした方に顔を向けた。

「やっぱり、広末さんだ」

池田理恵《いけだりえ》が微笑んでいた。一緒にいるのは両親だろう。裕福な家で、軽井沢に別荘を持っていると聞いたことがある。

「池田さん……」

雨音はうつむき加減になって言った。理恵はクラスのいじめっ子グループのボス的な存在だった。彼女の鶴の一声で、平穏だった学校生活が地獄へと変わった生徒を、雨音は何人も知っていた。

「広末さんも軽井沢に遊びに来てるの？」

「ちょっと買い物に来ただけ。近くに住んでるから」

雨音は答えながら、怪訝そうな顔をしている理恵の両親に頭を下げた。

「そうだ。長野に引っ越したんだったよね。お母さんが男追いかけてアメリカに行っちゃったんだっけ？」

理恵の顔には意地悪な笑みが浮かんでいた。

「理恵ちゃん、失礼でしょ」

母親がたしなめた。

「だって、本当のことだもん」

それでも、理恵の顔に浮かんだ笑みは消えなかった。あのまま東京に残っていたら、理恵の標的は雨音になっていたのだろう。

「行くぞ、雨音」

正樹が言った。正樹を見て、理恵の顔色が変わった。意地悪な笑みの代わりに媚《こび》を含んだそれが浮かんでいる。

「だれ？」

理恵が訊いてきた。

「ご近所さん」

雨音は答えた。

「紹介して」

雨音が口を開く前に、正樹が声を出した。

「おまえみたいなブス、知り合いになんかなりたくないから消えろ」

理恵の顔色が一瞬で変わった。

「な――」

「ちょっと、うちの娘になんて口の利き方ですか」

母親が食ってかかってきた。父親はそっぽを向いている。

「てめえらもてめえらだ。娘なら、ちゃんと躾しろ。行くぞ、雨音」

正樹が雨音の左手を握った。そのまま、雨音を引きずるようにして歩き出した。

「ちょっと、痛いよ」

「なんだ、あのくそブスは？」

正樹の横顔が歪んでいた。本気で怒っている。

「東京の中学の同級生」

「ムカつく。おまえもあんなくそブスに好き勝手言わせておくなよ」

「言い返そうとしたら、正樹さんが口を挟んできたんじゃない。ね、手が痛いから放して」

手が離れたと思ったら、今度は正樹の腕が肩に回ってきた。

「なにしてんの？」

「おれの腰に腕回せよ。あのくそブスに見せつけてやるんだ。広末雨音は信州で素敵な彼氏ができて幸せにやってますって」

「素敵な彼氏って、自分で言う？」

正樹の横顔が綻んだ。雨音は正樹の腰に腕を回した。バイクに乗っていた時も感じたが、正樹の体は見た目よりがっしりしていた。

「本当のことじゃないか」

「ばっかみたい」

正樹が笑った。雨音もつられて笑った。

振り返る——理恵が呆然とした顔で突っ立っていた。

17

「さむっ」

雨音は英語の参考書から顔を上げ、肩をさすった。お盆が近づくに連れて天候が崩れ、気温の上がらない日が続いていた。雨が降れば日中でも二十度に達しないことがあり、上着が必要になる。

それでも湿度は高いので、窓を開けて風を呼び込む。長い時間そうしていると、寒さに耐えられなくなってくるのだ。

窓を閉めようと腰を上げると、有紀が自転車を漕いで坂道を登ってくるのが見えた。

今日、遊びに来るとは聞いていない。

「どうしたんだろう？」

雨音は呟き、階下に降りた。道夫とワルテルは出かけていた。今日も夕方から強い雨が降るという天気予報が出ており、長く続く雨でストレスが溜《た》まっているワルテルのため、雨が降る前に遊んでこようと車で出かけていったのだ。

そっと階段を降りたが、筋肉痛に襲われることはなかった。

今週だけでも二度、蓼科山に登った。生憎、天気が悪くて眺望は得られなかったが、登る度に筋肉がついていくのが実感できる。今はそれで充分だった。本番は八ヶ岳や北アルプスだ。お盆の混雑が一段落したら、八ヶ岳の最高峰である赤岳に登ろうという話が出ている。それまでにできるだけ山歩きに慣れておきたかった。

気温は低くても、湿度は高く、坂の勾配はきつい。やって来た有紀は汗まみれだった。

「どうしたの？　急に来たりして」

「雨音に確かめたいことがあってさ」

有紀の目尻がかすかに吊り上がっている。機嫌の悪い証拠だ。

「それだったらＬＩＮＥか電話にすればいいのに。汗だらけだよ」

「面と向かって訊きたいの」

雨音は肩をすくめた。おそらく、正樹のことだ。

「上がって。麦茶、飲む？」

有紀がうなずいた。

居間に有紀を案内し、麦茶を用意した。

「それで、なにを訊きたいの？」

有紀は麦茶を一気に飲み干し、すぐに喋り出した。

「バレー部の後輩が、こないだ、軽井沢のアウトレットモールで雨音と正樹さんを見たって。ふたりで抱き合うようにして歩いて、まるで付き合ってるみたいだったって」

雨音は顔をしかめた。まさか、あれを有紀の後輩に見られていたなんて考えたこともなかった。

有紀の目は潤んでいた。本気で正樹を想っているのだ。

「あれにはわけがあるの」

「わけ？」

雨音は池田理恵との顚末《てんまつ》を話して聞かせた。

「だから、芝居なんだよ」

雨音が話し終えると、有紀は唇を嚙んでうつむいた。

「有紀、芝居なんだってば」

「肩を抱いたり、腰に腕を回したりは芝居だとしても、後輩が言ってたんだよ。凄く楽しそうで、幸せそうだったたって。ねえ、雨音、正樹さんと付き合ってるなら正直に言って。怒ったりしないよ。わたし、ちゃんと諦めるから。雨音が相手ならゆるせるから」

「付き合ってなんかないよ」

雨音はできるだけ優しい声を出した。

「ほんと？」

「正樹さんのことは好き。でも、それはきっと、お兄ちゃんに対する愛情みたいな感じなの」

「お兄ちゃん？」

雨音は自分の言葉に自分でうなずいた。

そうだ。道夫が父親で、正樹が兄だ。ワルテルが生意気な弟だ。

東京で失った家族を、立科で再び手に入れたのだ。

「うん。ちょっとうざいけど、頼りになるお兄ちゃん。わたし、ひとりっ子だから、昔からお兄ちゃん、欲しかったんだ」

「わたしもひとりっ子だけど、そんなこと思ったこともない」

「有紀は幸せだからじゃない？　わたしの家は、いろいろあったから……お父さんが亡くなった時とか、兄弟がいたら、ひとりで泣かなくてもいいのにと思ったりとか」

「嫌なこと思い出させちゃって、ごめんね」

有紀が申し訳なさそうに言った。

「だいじょうぶだよ。ずっと前のことだから」

「なんだかわたし、馬鹿みたい。恥ずかしい。後輩の話聞いたら、居ても立ってもいられなくて……雨音の言うとおり、LINEでも電話でも済むことなのに」

「いいよ。有紀の顔見れて嬉しい。ね、部活終わってからすぐに来たんでしょ？　お腹減ってない？　簡単なものでいいなら、なにか作るよ」

「甘いものが食べたい」

「プリンがあるよ。道夫さん、手作りの」

「食べる」

有紀の声が一気に華やいだ。ビーカーのような形のガラスのコップに入ったプリンをふたりで頬張った。甘さは控えめだが、濃厚で美味しかった。

「道夫さんってさ、痩せてる割に甘いもの好きだよね」

「登山でくったくたに疲れると無性に甘いものが欲しくなるんだって。それでスイーツ好きになったみたい。わたしも、こないだ蓼科山に登った時に食べたアイス、ほんとに美味しかった」

「蓼科山に登ったの？」

「うん。道夫さんと正樹さんと三人で。きつかったけど、あのアイスは人生で食べた中でベストスリーに入る」

目を閉じれば、あの時食べたアイスのまろやかな甘みが舌によみがえる。それほど美味しかったのだ。

「雨音が登山なんて、嘘みたい」

「自分でもちょっとびっくりしてるんだ。山の上から見える景色を絵に描いてみたくなったの」

「いいんじゃない。雨音、絵はすっごく上手でなんでも描けちゃうじゃない。だけど、なんていうのかな、なにがなんでもこれを描きたいっていうのがなかったと思うんだよね」

有紀はプリンの最後のひとかけらを口に放り込んだ。

「やりたいこと、見つかったんじゃない？」

「そうかも。あ、ちょっと待ってて」

雨音は自室に上がり、スケッチブックを手にして戻ってきた。

「これ、初めて蓼科山に登った時に見た景色を描いたやつなんだ。いつもはスケッチだけで終わりだけど、夏休みの間に、ちゃんと色つけてみようかと思って」

有紀に描きかけの絵を見せた。蓼科山頂から見た八ヶ岳を描いたものだ。

「ああ、これ。わたしたち、小学校の時に課外授業で蓼科山に登らされるんだよ。その時見たのと同じ八ヶ岳だ」

「へえ、そうなんだ」

「信州の子供たちはよく山に登らされるよ。うちらは蓼科山だったけど、小諸の方に行くと浅間山だったり、茅野《ちの》市だったら八ヶ岳。山だらけだからね、信州は」

「その信州にせっかく住んでるんだから、できるだけ登ってみよっかなと思って。夏休み終わる前に、八ヶ岳に登ろうっていう話もあるんだ」

「本格的だね。ま、道夫さんっていう師匠がいるんだから、それも当然か」

「正樹さんも同じこと言ってたよ。わたしよりずっと山にはまってるんだ」

「そうなの？」

有紀の目の色が変わった。

「そうだけど？」

「だったら、高校卒業したら、ずっとこっちにいるとかってあるかな？　多いんだよ。山にはまって、信州に移住してくる人。八ヶ岳でも南アルプスでも北アルプスでも近いでしょ？　登りたい時にすぐに登りに行けるんだって」

「そこまでは聞いてないけど、可能性はあるかも。東京、あんまり好きじゃないみたいだし」

有紀がガッツポーズを作った。

「脈ありだね。正樹さん、大学に進学したらもうこっちに来なくなるんじゃないかって焦ってたんだ。わたし、まだ中坊で、正樹さんから見たら子供みたいなもんかもしれないじゃん。でも、高校生になったら大人の女として見てもらえるかも……なんて。ひとりでいろいろ妄想してるの」

「可愛いね、有紀」

雨音は微笑んだ。道夫がいて、ワルテルがいて、正樹がいて、有紀や静奈という友達がいて、立科に来て本当によかった。

「これ、絶対完成させてよ。見たいから」

有紀がスケッチブックを返して寄こした。

「うん」

「それから、あの子の絵も」

「あの子？」

雨音は首を傾げた。

「ワルテルじゃなくて……マリアだ。マリアの絵」

「そうだね。あれも絶対に完成させる」

「ワルテルの絵も描きなよ」

「うん」

それからふたりで黙り込んだ。こういう沈黙も悪くない。

「そういえばさ――」

五分ほど経ったところで有紀が口を開いた。

「雨音のお母さんが来るって話、どうなったの？」

「それが音沙汰なしなんだ」

雨音は答えた。夏休みに入った辺りから、妙子からの連絡が途絶えたのだ。電話もLINEもない。

きっと、また気が変わったんだろう。

雨音はそう思い、気にも留めなかった。そういうことは今までにもたびたびあったし、これからも続くのだ。

「あんまり気にしてないみたいだね」

「そういう人だから」

雨音は言った。子供の頃は、妙子のそういうところが嫌で嫌でたまらなかったし、何度も傷ついた。

今は平気だ。母はいなくても、自分には別の家族がいる。雨音を愛し、慈しんでくれる人たちがいる。

妙子は母であることより女であることを選んだのだ。妙子に自分が必要ないように、自分にも妙子は必要ない。

会って、自分勝手な理屈を聞かされるのはうんざりだった。

＊

有紀が帰るのと入れ替わるように、道夫とワルテルが戻ってきた。

駆けよってくるワルテルを抱きしめると、植物の匂いがした。夜露や雨に濡れた緑の匂いだ。

「あの森に行ってきたんですか？」

「ああ。あそこは観光客どころか、地元の人間も滅多に行かないからな。ワルテルを思う存分遊ばせるには最高の場所だ」

雨音にひとしきり撫でてもらうと、ワルテルはご飯の催促もせずにソファの上で眠りはじめた。森の中を飽きもせず駆け回り、パトロールに勤しんできたのだろう。その寝顔はこれまでになく満足げだった。

「おれはちょっと風呂に入る。まだ腹は減ってないだろう？　どうせ、有紀ちゃんとプリンを食べたんだろうし」

道夫にはなんでもお見通しだった。

「有紀、凄く美味しいって感激してました」

「今度はチーズケーキでも焼いておいてやろう」

「わたしも道夫さんのチーズケーキ、大好きです」

雨音は声を張り上げた。ワルテルが目を開け、小さく唸った。

静かにしろよ、眠れないだろう――そう言われた気がして、雨音は頰を膨らませた。

「ほんと、可愛くない時は可愛くないんだから」

道夫が笑いながらバスルームへ消えていった。

「わたしももう少し勉強しておかなくちゃ。ワルテルも来る？」

声をかけたが、ワルテルは眠ったままだった。肩をすくめ、自室へ戻った。参考書を手に取り、有紀が来るまで読んでいたページを開く。

スマホにＬＩＮＥのメッセージが入った。有紀からだと思い、メッセージを開く。

〈今、成田に着きました〉

雨音の目はメッセージに釘付けになった。妙子からだ。

〈東京で用事を済ませてからそっちに向かうから。明後日になるかな〉

いつもこうだ。なんの前触れもなしに、突然、行動を起こす。それに振り回される人間にはこれっぽっちも思いが及ばないのだ。

〈雨音に会えるのが楽しみだよ〉

文末にハートマークまでついていて、雨音は思わず溜息を漏らした。

雨音はスマホの電源を落とした。これ以上、妙子のメッセージに目を通したら、スマホを叩き壊してしまいたくなりそうだ。

部屋を出て、居間に戻った。ワルテルは相変わらずソファで眠っている。バスルームから道夫の鼻歌が聞こえてくる。

この家は完璧だ。ここに、妙子の居場所はない。

ワルテルを起こさないよう、そっとソファに腰掛けた。失敗だった。ワルテルが目を開けた。いつもそうなのだ。

「ごめんね、起こしちゃった」

唸られるのを覚悟したが、ワルテルはそうする代わりに、雨音の太股に前脚を置いた。そばにいていいという合図だ。

「わたしの気持ち、わかるんだ」

雨音は言って、ワルテルのマズルを撫でた。ワルテルがその手を舐めた。とても優しい感触だった。

「ありがとう」

ふいに、涙がこみ上げてきた。雨音はワルテルの背中に顔を埋め、泣いた。ワルテルは身じろぎもしなかった。雨音の気持ちを受け止めてくれているのだ。ワルテルのその態度が心に染みた。また、涙が溢れた。

「大好きだよ、ワルテル。マリアと同じぐらい好き」

ワルテルの体からは、まだ濡れた緑の匂いがした。その匂いを嗅いでいるうちに、涙がおさまってきた。

＊

夕食はカツ丼だった。付け合わせはレタスとアスパラとミニトマトのサラダ。それに、数種類のキノコの味噌汁。野菜は、先日、道夫が収穫の手伝いのお礼にともらってきたものがまだたくさん残っている。サラダにしたり、炒め物にしたり、スープの具にしたり。ここのところ、毎日のように食べているが、一向に減る気配がない。

「妙子から電話があったぞ」

カツ丼を口に運んでいると道夫が言った。

「今日、帰国したそうだ」

「知ってます」

「明後日、こっちに来ると言っていた」

「それも知ってます」

雨音は丼を置いた。一気に食欲が失《う》せていく。

「前にも言ったと思うが、どんな結論を出すにせよ、話し合わなきゃだめだぞ」

「ここにいちゃだめですか？」雨音は言った。「わたし、ここがいいんです。道夫さんとワルテルがわたしの家族です」

「もちろん、ここにいたいならいてかまわない。おれにとっても、雨音は大事な家族だ。だが、妙子はおまえの母親だ。自分勝手な女だが、それでも、おまえの母親なんだ。ちゃんと話し合って、自分の気持ちを伝えろ。一生逃げ回るわけにはいかないんだぞ」

「わかりました」

雨音は席を立った。

「もう食べないのか？」

「お母さんのこと考えると食欲がなくなるんです。後で食べますから。ごめんなさい」

雨音はまくし立てるように言って、ダイニングテーブルに背を向けた。自分の部屋に入ると、ベッドに倒れ込んだ。

食事を残すのも、途中で席を離れるのも、この家では初めてだった。道夫は腹を立てているだろうか。

溜息が漏れる。妙子からメッセージが来るまでは、今日は素晴らしい日だったのだ。それが一気に暗転した。妙子が恨めしくてならない。

〈なにしてる？〉

スマホの電源を入れ、正樹にＬＩＮＥを送った。

〈写真の現像〉

間を置かずに返信が来た。

〈ご来光の？〉

〈そう。仕上がったら見せてやるよ〉

〈うわあ、楽しみ〉

〈で、用件は？〉

雨音はメッセージを書く手を止めた。正樹とLINEで雑談することなど滅多にない。正樹はなにごとかと訝《いぶか》っているだろう。

〈明後日から二、三日、バイクでどこかに連れてって〉

〈なんで？〉

〈家にいたくない〉

〈だから、なんで？〉

正樹にはごまかしは利かない。本音でぶつからなければ応えてはくれないのだ。

〈明後日、お母さんが来るの。会いたくない〉

〈道夫さんはなんて？〉

〈ちゃんと話をしろって。でも、嫌。話どころか、顔も見たくない〉

返信が来るまでに間があった。なぜだか口の中に唾が溜まってきた。雨音はその唾を飲みこんだ。
〈じゃあ、ツーリングにでも行くか？　テントと寝袋背負って〉
〈うん。行く〉
ほっとして、溜息が漏れた。
〈返事、速っ〉
〈だって……〉
顔をつきあわせているわけでもないのに、照れ笑いが浮かんでくる。
〈道夫さんには内緒で出かけなきゃならないんだよな……道夫さん、何時頃起きる？〉
〈五時には起きてる〉
〈じゃあ、暗いうちに出発しなきゃだな。午前三時に家に来られるか？〉
〈だいじょうぶだよ〉
そこから、道夫に内緒で出かけるための打ち合わせがはじまった。
心が躍っている。
雨音は正樹とのやりとりに没頭した。

18

スマホにセットしたアラームで目が覚めた。午前二時ジャスト。カーテンを開けて外の様子を確かめた。

空に、月と星が輝いている。ぐずついていた天気もやっと明けたのだ。

勉強机の上に用意しておいたヘッドランプを装着し、明かりをつけた。家の中は静まりかえっている。ワルテルの気配もない。今夜は道夫と一緒に寝ているのだ。

手早く着替えを済ませると、ベッドの下に押し込んでいたザックを引っ張り出した。もう一度、中身を確認する。

着替えと洗顔セット、歯ブラシに歯磨き粉、レインウエアにフリースにライトダウン、小さめのスケッチブック、鉛筆と鉛筆削り、ゴミ袋代わりのコンビニのレジ袋が数枚、スマホの充電用ケーブル、それに水筒。テントと寝袋は正樹が用意することになっている。

スケッチブックのページを一枚破り、道夫への伝言をしたためた。

『道夫さん、ごめんなさい。やっぱり、お母さんと会うのは無理です。正樹さんに無理言って、ツーリングに行ってきます。プチ家出です。何日かしたら、必ず帰ってきます。お母さんには、早くアメリカに帰ってって伝えてください』

我ながら自分勝手で酷い文章だと思った。だが、自分の本当の気持ちであることに変わりはない。

ザックを背負い、部屋を出た。足音と気配を殺して階段を降りる。

スニーカーを履いていると、音もなくワルテルが姿を現した。尻尾をゆらゆらと振りながら雨音の様子をうかがっている。その目は、勝手になにをしているんだと、雨音を咎めているかのようだった。

「ワルテル、わたし、正樹さんとちょっと出かけてくるから。ごめんね。しばらく、一緒に散歩に行けないし、ご飯の用意もしてあげられないの」

ワルテルが低く唸った。雨音は慌てて唇に人差し指を当てた。

「お願い、静かにして。道夫さんが起きちゃう」

ワルテルを見て初めて、自分がいかに身勝手なことをしようとしているかがわかった。道夫はいい。人間で、大人だ。雨音がいようがいまいが困ることなどなにもない。

けれど、ワルテルは違う。毎日のワルテルのご飯を用意するのは、今では雨音の役目だ。道夫が留守の時、世話を焼いたり、散歩に連れ出したりするのも雨音の役目だ。もし、道夫がどうしても出かけなければならなくなったら、その間、ワルテルはひとりで留守番をしなければならない。

雨音が来る前はワルテルはそうしていたのだというのは言い訳にはならなかった。今は、雨音もワルテルの群れの一員だ。群れのメンバーである義務と責任について、なにひとつ考えが及ばなかった。

妙子に会いたくない——頭の中にあったのはそれだけで、ワルテルのことなどこれっぽっちも考えなかった。

「ごめんね、ワルテル。戻ってきたら、償いするから、ゆるして」

後ろ髪を引かれる思いでワルテルに背を向けた。ワルテルは唸るのをやめていた。ただ黙って立っている。

「ごめんね」

もう一度言って、雨音は外に出た。

念のためにフリースを羽織って来たのだが、冷気に思わず身震いした。放射冷却で気温が下がっているのだ。

辺りは真っ暗だった。飲みこまれたら二度と出てこられないような気がする深い闇が蓼科山の麓《ふもと》を覆っている。

両手をさすりながらヘッドランプの明かりを頼りに、国枝家へ急いだ。国枝家もまた、暗闇の底に沈んでいる。どこにも明かりは点いていない。

「まだ寝てるのかな。マジ？」

門扉の前に辿り着くと、雨音はインタホンのボタンを押した。返事はなかった。何度押しても梨の礫《つぶて》だ。

「ふざけないでよ」

雨音はスマホを手に取って、正樹に電話をかけた。

呼び出し音が数回鳴った後、正樹が電話に出た。完全に寝起きの声だ。

「もしもし？」

「もうすぐ三時だよ。門の鍵開けて」

「おかしいな、目覚ましかけたのに……ちょっと待ってろ」

電話が切れた。しばらくすると、門が解錠される音がした。

「もう信じられない。あんなに念入りに打ち合わせしたのに」

頬を膨らませながら敷地を横切った。玄関の前に、正樹のバイクが停められていた。

雨音が玄関に辿り着く前に、ドアが開いた。

「ごめんごめん、目覚まし鳴ったあと、目閉じたらまた寝ちゃったみたいだ」

「ちゃんとしてよ、もう。道夫さんが起きたらどうするの？」

「だから、ごめんって謝ってるだろう」

正樹に手招きされて中に入った。正樹の父が使うゴルフバッグの横に、大型の登山用ザックが立てかけてある。

「あのザックの中に、おまえのザック突っ込んで」

「わたしのを？」

「うん。それで、あのザックをおまえが背負う。しっかり荷造りしないと、コーナーで振られて危ないからな」

「あれを背負って、わたしがバイクの後ろに乗るの？」

「他にどうしろって言うんだよ」

正樹は面倒くさそうに答え、家の奥に消えていった。

確かに正樹の言うとおりだが、なんだか納得がいかない。それでも、雨音は言われたとおり、自分のザックを大型のザックに詰めた。

蓋を閉じ、持ち上げてみる。

「重い……」

間違いなくザックは十キロ以上の重さがあった。ザックの底の方を確かめたわけではないが、カメラの機材が入っているに違いない。

溜息を押し殺しながらザックを背負った。気をつけなければ真後ろに倒れ込んでしまいそうだ。

正樹が出て来た。両手にヘルメットを持っている。

「ほい」

左手に持っていたヘルメットを雨音の頭に被《かぶ》せ、正樹はもうひとつのヘルメットを自分の頭に載せた。

「エンジンかけたら、ワルテルが吠えるかもしれないから、坂の下の方まで歩くぞ」

雨音はうなずいて、バイクを押して歩く正樹に従った。ハーネスが肩に食い込んで、足を一歩踏み出すにも歯を食いしばる必要があった。

辛いが、文句は言えない。正樹は雨音の家出に付き合ってくれているのだ。

坂を下るだけなのに、息が上がり、額に汗が滲んだ。

道夫が山にこもる時は、この何倍も重いザックを担いでいく。一週間分の食料にテント、マット、寝袋、そして、カメラ機材。そうしたものを大容量のザックに詰め込み、苦もなく背負って山を登るのだ。

自分はなんと弱いのだろう。こんなに力のない体で、本当に北アルプスなどに登れるのだろうか。

正樹がバイクに跨った。雨音にも乗れと合図する。苦労してバイクに跨り、正樹の腰にしがみついた。それだけで体にかかる負荷がかなり軽減された。

バイクのエンジンが目覚めた。

「行くぞ」

正樹の言葉と共に、バイクが坂を下りはじめる。正樹は不必要にアクセルを開いたりはしなかった。重力に任せてバイクを走らせる。

ワルテルや道夫に気づかれないためというよりは、近隣の別荘の人たちに気を遣っているように思えた。

どこがどうとは言えないが、正樹は変わったような気がする。関心のない人間にぶっきらぼうなのは相変わらずだが、一歩一歩確実に大人へと変貌しつつある。すぐ目の前にある背中が遠くに感じる。

雨音はまだ子供のままだ。正樹に置いていかれている。

バイクのスピードが上がった。別荘地を抜けて、ビーナスラインと呼ばれる県道へ出たのだ。ここから先はつづら折りの坂道を下り、白樺湖へと向かうことになる。

正樹の腰にしがみついたまま振り返った。家の玄関で、所在なげに立ち尽くしているワルテルの姿が脳裏をよぎった。

＊

岡谷《おかや》から高速に乗った。長野自動車道を北上し、松本で一般道に降りた。松本の市街地を通り抜けると、再び峠道がはじまる。今度は登りだ。

正樹は左右にバイクを傾け、一度の休憩も取らずに走り続けている。

肩と背中が痛い。体も冷えてきている。雨音は正樹のお腹の辺りで組んでいた手を離し、正樹に合図を送った。

休憩したい——雨音の気持ちはすぐに伝わったようだった。バイクのスピードが徐々に落ちていく。

「もう少し行くと道の駅があるから」

正樹がエンジン音に負けじと叫んだ。

「わかった」

雨音も叫び返した。

空が白みはじめ、行き交う車の数も増えている。夏休みはみな、早くから動きはじめるのだろう。

しばらくすると、道の駅があるという標識が見えた。風穴《ふうけつ》の里という道の駅らしい。

バイクの速度がさらに落ち、正樹がウィンカーを点滅させた。道の駅の駐車場に乗り入れ、エンジンを切った。

雨音はバイクを降りると、ザックをアスファルトの上に置いた。

ほっとする。体がとても軽くなったような気がした。

小さな道の駅だった。売店も食堂もまだしまっている。

看板があって、そこに風穴の説明があった。

北アルプスの地下水が空気を冷やし、それが冷風となって噴き出てくるところに室《むろ》を作ったのが風穴らしい。室の中は気温が低く、昔は野菜などの貯蔵庫として使った他、明治時代からは蚕の卵の貯蔵庫として使われるようになったと記されていた。

「知らないことばっかりだな……」

雨音は呟き、トイレに向かった。正樹はザックの中に手を入れてなにかを取りだそうとしている。

トイレから出てくると、正樹は道の駅の施設内にあるベンチに腰掛けていた。膝の上にプラスチックの保存容器を置いている。

「ちょっと早いけど、朝飯にしようか」

容器の中にはサンドイッチが入っていた。

「正樹さんが作ったの？」

「まさか。昨日、田口さんにお願いして作ってもらったんだ。ハムサンドとツナサンドにタマゴサンド」

　雨音は驚いて正樹の顔を見た。

「なんだよ?」

「田口さんにサンドイッチ作ってくださいってお願いしてる姿が想像できない」

「最初は忙しいからって断られたんだけど、有紀が取りなしてくれた」

「有紀が?」

　正樹がうなずいた。まさか、雨音の家出のためのサンドイッチだとは夢にも思っていないだろう。正樹の力になれるのが嬉しくて仕方なかったのだ。

　正樹とふたりで家出して、その時にこのサンドイッチを食べたのだと知ったら、有紀は怒り狂うに違いない。

「食べないのかよ」

　溜息をついていると、正樹が言った。ツナサンドを頬張っている。

「食べる」

　先のことをくよくよ考えていても仕方がない。ワルテルのように、一瞬一瞬を生きるのだ。タマゴサンドに手を伸ばし、かぶりついた。

「美味しい」

玉子が濃厚で、味つけもちょうどいい。田口の作る天然酵母のパンは歯ごたえがしっかりしている分、噛めば噛むほど小麦の味が口の中に広がっていく。

「今日はさ、上高地に行こうと思ってるんだ。梓川《あずさがわ》沿いに北上してって、横尾《よこお》ってとこまで歩いていく。横尾には山小屋があって、テント泊できる場所があるらしいから、そこで泊まろう。自炊もできるって」

「どれぐらい歩くの？」

「三時間。標高差ほとんどないから、ハイキングみたいなもんだよ。蓼科山登った足なら、全然だいじょうぶ」

三時間歩くと聞いて一瞬顔を引き攣《ひっ》らせたのを見逃さなかったのだろう。正樹は雨音の太股を音を立てて叩いた。

「痛い」

「沢渡《さわんど》温泉ってとこでバイク、駐車場に停めて、そこから上高地まではバスかタクシーで行くことになるんだ。だから、ザックもおれが担ぐから、雨音は自分の軽いザックで歩ける。微糖？　無糖？　砂糖たっぷり？」

急に話が変わって、雨音は首を傾げた。

「あそこの自販機で缶コーヒー買ってくる」

「微糖」

　正樹は容器を雨音の太股の上に置いて、自販機へ向かっていった。雨音はハムサンドに手を伸ばした。道夫と田口の知り合いの養豚家が作っている自家製のハムが挟んである。ハムの形や色を見ただけでそれとわかるようになっていた。

　正樹が買ってくれた缶コーヒーを開け、飲んだ。自分で思っていた以上に喉が渇いていたらしい。雨音はごくごくと喉を鳴らしてコーヒーを飲み干した。

「もう、飲んだのかよ」

　正樹が自分のコーヒーを手渡してくれた。

「正樹さんの分は？」

　訊《たず》ねると、正樹はウエアのポケットから別の缶コーヒーを取りだした。

「サイズが小さい缶コーヒーだと飲み足りないから、余分に一本買っておいた」

　正樹はベンチに腰をおろして、音を立てて缶コーヒーを開けた。

「明後日は飛驒高山まで足を延ばしてみようかと思ってる。白川郷、おまえも見に行きたいって言ってただろ？」

　合掌造りの家で有名な集落だ。確か、世界遺産にも登録されている。

「見てみたいけど、夏休みだから人が多いんじゃない？」

「そう言うと思ってさ、他に合掌造りの集落ないか調べておいた」

　正樹は得意げに微笑んだ。

「富山に五箇山《ごかやま》ってところがあるんだ。そこも世界遺産だけど、白川郷よりは人が少ない。そっちも行ってみようぜ」

「富山まで行くの？」

雨音は目を丸くした。東京で暮らしている時は、北陸なんて、遠い遠い地の果てぐらいにしか思っていなかった。

「飛驒高山からなら、高速に乗ればそんなに遠くない。富山から新潟回って群馬経由で長野に戻ってくる。その頃には、雨音の母さんも諦めて帰ってるんじゃないか」

「気が短い人だから、三日ぐらいで業を煮やして帰っちゃうと思う」

「よし。それじゃ、この旅程で行ってみようぜ」

正樹はそう言うと、サンドイッチを立て続けに食べ、コーヒーを飲み干した。

「雨音はゆっくり食べてろ。おれはトイレ行ってくる」

慌ただしくトイレへ向かっていく背中を見ながら雨音は微笑んだ。

雨音のために、ネットでいろいろ調べてくれたのだ。本当の兄のように頼もしい。

唐突に、初めて会った時のことを思い出した。不機嫌でぶっきらぼうでとりつく島がなくて、できることなら二度と会いたくないと思った。

それがこんなふうになるなんて、だれが想像できただろう。

垣根が取れるきっかけとなったのは、あの森だ。岩の上で光を浴びる雨音と岩の下のワルテルを道夫と正樹がカメラで写して、その写真を見せてもらって――あの写真を見て、正樹が本当は美しい心の持ち主だということに気づいたのだ。

絵も写真も同じだ。描いたものに、写し取ったものに、描き手や写し手の心が反映される。どんなにデッサンが上手でも、色使いのセンスに満ち溢れていても、心がない人の描いたものは見る人を感動させることができない。

「お嬢ちゃん、ひとりツーリング？　バイク乗ってる割にはえらく若く見えるね」

名古屋ナンバーのセダンから降りてきた中年の男性が、肩をすぼめながら近づいてきた。

「兄と一緒なんです」

「ああ、やっぱりそうか。どう考えても中学生ぐらいだよなと思ってさ。しかし、八月だっていうのに、この辺りは冷えるね。涼しいを通り越してるよ」

「蓼科高原はもっと気温低かったですよ」

「ほんと？　これから諏訪湖経由で立科まで行こうと思ってるんだけど、途中で暖かい服買った方がいいかな？」

男性は半袖のポロシャツに短パン姿だった。

「日中は気温上がるからだいじょうぶだと思います」

「そうか。ありがとう。道中、気をつけてね」

「ありがとうございます」

雨音は男性に頭を下げた。つい最近までは、見知らぬ人間に声をかけられたら身構えていた。今は普通に受け答えができる。

蓼科山に登った時の経験が生きているのだと思った。山ではすれ違う人に声をかけるのがマナーだ。

おはようございます。

こんにちは。

中には機械的に声を出すだけの登山者もいるが、見知らぬ者同士がお互いを気遣う姿勢はとても気分がよかった。

山で気分がいいなら、他の場所でも気分がいいに違いない。そう思い、できるだけ人に声をかけようと自分に言い聞かせていた。

身構えることなく受け答えをするだけで、相手の親切心をちゃんと感じ取ることができた。それだけで、今日一日が素晴らしい日になるという予感が芽生えてくる。

正樹が戻ってきた。

「なにひとりで笑ってんの？」

「なんでもない」

「なんだよ。気持ち悪いな。サンドイッチもまだ残ってるじゃんか」

「後で食べる」

あの男性のおかげで心が満ち足りている。空腹も消し飛んでしまった。

「じゃあ、行くか？」

「うん」

雨音は微笑み、勢いよく腰を上げた。

19

上高地は不思議なところだった。

普段着で梓川沿いを散策している観光客もいれば、日焼けした肌に大きなザックを背負って北アルプスを目指す、あるいは下山してくる登山者もいる。

明らかに様子の違う人たちが入り交じって、自分がどこにいるのかわけがわからなくなってくる。

「雨音、あれが奥穂高岳だぞ」

河童橋《かっぱばし》という橋のたもとで、正樹が足を止めた。川の向こうに雄大な山並みが見える。

「日本で三番目、北アルプスで一番高い山だ」

そう言われても、実感が湧かない。遠すぎるのだ。

「槍ヶ岳の次はあの山に登ってみたいんだ」

「槍ヶ岳は見えないの？」

「ここからは無理だな。奥穂高のもっと奥に聳えてるんだ」

雨音はうなずいた。八ヶ岳とは山の高さはもちろん、山塊のスケールが違う。それだけはよくわかった。

「ここから横尾までの間の、明神《みょうじん》と徳沢《とくさわ》って場所に飯食って泊まれるところがある。まずは、明神まで歩いて休憩だ。腹は減ってないか？」

「だいじょうぶ」

明神を目指して歩き出す。相変わらず観光客と登山者が入り乱れている。

「観光客っぽい人たちって、どこまで行くつもりなのかな？」

「徳沢までは革靴でも行けるってネットに書いてあった」

「へえ」

北アルプス登山の玄関口と聞いていたから、もっと険しい大自然を思い描いていた。

だが、実際の上高地は風光明媚《ふうこうめいび》な美しい渓谷だった。

「わたし、観光客に見える？　それとも登山者？」

「微妙だな。登山者にしてはザックが小さいし、肌もなまっちろい。あんなところで暮らしてて、なんで日焼けしないんだ？」

「昼間はあんまり外に出ないもん」

「まさか、ワルテルと散歩に行く時、日焼け止めなんか塗ってるんじゃないだろうな？」

「塗ってますけど、それがなにか？」

「マジかよ」

正樹が風穴の里で言っていたように、気分はハイキングだった。急な勾配も岩だらけの道もない。梓川のせせらぎに耳を傾けながら、森の中を通る、よく整備された道を歩くだけなのだ。

空は夏晴れで、森の緑とのコントラストが美しい。湿度が高く、歩きはじめてしばらくすると汗が滲んできたが、それも気にはならなかった。

正樹と喋りながら歩いていると、前方に建造物が見えてきた。建物の周りに人が集まっている。

「あそこが明神だな」地図を覗きながら正樹が言った。「休憩するほど歩いてないけど、お約束だから休憩しよう」

「うん」

　建物から少し離れた道端にザックを降ろし、周りの景色を眺めた。上高地から歩いてきた道は真っ直ぐ先まで続いているが、建物の手前で左に折れる道がある。

「この道はなに？」

「ずっと行くと明神池があるんだ。それから、梓川の反対側にも遊歩道があって、そっちに出られる。帰りはあっちを歩こう」

「あの山は？」

　雨音は道の先に聳える山を見上げた。

「明神岳かな」

「北アルプスって、どれぐらい山があるの？」

「たくさん」

「答えになってないよ」

　正樹は左右に視線を走らせた。

「夏休みだからマジ、人が多いな。もう行こうぜ。徳沢まで行ったら、観光客は減るはずだから」

「うん。そうしよう」

　端っこに立っていても、道から溢れんばかりに歩いてくる人たちの邪魔になる。まだ時間も早いというのに、午後になったら人出はどうなるのだろう。

ヒールを履いている女性観光客がいた。よく整備されているとはいえ、未舗装の道をヒールで歩くのはいくらなんでも非常識だ。

けれど、それがわかっていても歩きたくなる気持ちは理解できた。上高地の美しい景色に魅入られるのだ。ここでこんなに綺麗なら、この先にはどれだけの美しい景色が待ち構えているのだろう。

ヒールの女性は歩く度に顔をしかめていた。

絶景の誘惑に負けてここまで歩いてきた自分を呪っているのかもしれない。

ザックを担いで再び歩き出す。

徳沢までの道は、観光客の姿も次第に減って、登山者がメインになっていた。

北アルプスに向かう登山者たちの顔は期待に輝いている。下山してくる登山者たちの顔は、端々に疲労の色があるものの、充足している。

いつか、自分もあんな顔をして山から下りてくるようになるのだろうか。

雨音は傍らを歩く正樹の顔を見上げた。正樹の顔も、これから山に向かう登山者たちと同じように輝いていた。

＊

横尾山荘はこれから登る者、下りてきた者でごった返していた。ハイキングはここで終わり。ここから先は涸沢《からさわ》カールや槍ヶ岳へと続く本格的な登山道になるらしい。

「ここは風呂があるから人気なんだってさ。普通、山小屋って風呂はないんだ。シャワーも。縦走なんかすると、何日も風呂に入れない日が続くだろう？　それで、風呂に入るためにわざわざ横尾山荘で泊まっていくらしいぜ。沢渡温泉まで行けば日帰り温泉はたくさんあるけど、そこまで待ちきれないんだろうな」

正樹はテントを設営していた。山荘の近くにはテント場と呼ばれる開けたスペースがあり、山荘に場所代を払って、各自、テントを設営するのだ。まだ時間が早いせいか、スペースは充分にある。だが、午後も遅い時間になってくると、色とりどりのテントがひしめき合うことになるらしい。

正樹が設営しているのはふたり用のテントだ。ネットで買ったと言っていた。設営を手伝おうとしたら、足手まといだから、余計なことをするなと叱られた。

正樹もテントを張るのは初めてのはずだ。手間取る姿を見られたくないのかもしれない。

「男って、馬鹿」

雨音は呟き、正樹のそばを離れた。

ザックからスマホを取りだし、電源を入れた。道夫から小言を聞かされるのが嫌で、家出中は電源を入れないつもりだった。それでも、手持ちぶさたになるとスマホが恋しくなる。

道夫からLINEが来ていた。

〈馬鹿娘が。一生、逃げ回るつもりか〉

短い文面だが、道夫の憤りが伝わってきた。

「ごめんなさい」

雨音は呟き、スマホの電源を落とした。やはり、見るべきではなかった。

せっかくの気分が萎《しお》れていく。

近くにいた女性の登山者と目が合った。三十歳ぐらいだろうか。カラフルな登山ウエアをまとい、頭の上にサングラスを載せている。

「こんにちは」

女性が微笑んだ。

「こんにちは」

「凄く若い登山家ね。中学生？」

「はい」

「槍ヶ岳？　それとも、涸沢経由で穂高かしら？」

「わたしはここまでです。登山に来たわけじゃないんで」

「そうなの？　山は楽しいわよ」

女性の顔から笑みが消えることはなかった。

「初心者なんです。こないだ初めて蓼科山に登ったぐらいで。だから、槍ヶ岳とか奥穂高とか、まだ全然無理なんです」

「そっか。超初心者か。いいなあ」

女性の言葉に、雨音は首を傾げた。

「だって、蓼科山以外、みんなまだ登ったことのない山なのよ。これから登る山ばっかり。素敵」

「そうですか？」

「そうよ。初めて登る山って最高なんだから。わたしなんか、北アルプスも南アルプスも八ヶ岳も、あらかたの山登っちゃったから」

「凄いんですね」

「まだ中学生なんだから、あっという間に体力つくわね。そうしたら、日本の山ならどんな山でも登れるようになるわよ。お友達と一緒？」

「兄と一緒です」

雨音は正樹に視線を走らせた。テントが形をなしていた。

「兄妹で登山っていうのも素敵ね。ねえ、あなたたち、晩ご飯はどうするの？」

「インスタントラーメンを作るって言ってましたけど……」

「インスタントラーメンだけ？　よかったら、わたしたちと一緒に食べない？　焼肉パーティなの」

「え？」

「わたしたち、一週間かけて北アルプスの山々を縦走してて、今日、下山してきたのよ。そこに、仲間が入れ違いで今日入山したの。それで、無理言ってここで落ち合うことにして、下から食料担いできてもらったのよ。一週間ぶりにお肉をたらふく食べたいと思って。でも、量が半端ないのよね。わたしたちだけじゃきっと食べきれないから、どう？」

「いいんですか？」

「大歓迎よ。五時ぐらいからはじめるから。わたしたちのテントはあそこ」

女性が指差した方角に、テントが四張り並んでいた。

「じゃあ、兄と相談します」

「わたしは田中真希《たなかまき》よ」

「ひろ……じゃなくて、国枝雨音です」

雨音は女性の差し出してきた手を握り返しながら言った。兄妹だと言っているのだから、正樹の名字を使った方がいいだろう。

「じゃあ、後でね、雨音ちゃん」

田中真希が手を振りながら立ち去っていった。雨音はテントのところへ戻った。

「だれ、あれ？」

正樹は仏頂面でテントを張っている。

「今、仲良くなった人。今夜はここでテント泊するんだって。よかったら、晩ご飯、一緒にどうかって」

「知らないやつと飯食ったって気詰まりなだけだ。断って来いよ」

「焼肉パーティだって。知り合いが、下から肉をたくさん運んできてくれたんだって」

「焼肉？」

「気詰まりでも、インスタントラーメンよりはいいと思うんだけど」

「ちゃっちゃと食って、ちゃっちゃとテントに戻ってくるぞ」

正樹が言った。早めの昼ご飯を徳沢の山小屋で食べたっきりで、もう、お腹が減っていた。インスタントラーメンだけでは朝までもちそうにない。

「うん。愛想よくしてね、お兄ちゃん。わたしは妹ってことになってるから。広末じゃなくて、国枝雨音。間違わないように」

返事はなかった。正樹は口をへの字に曲げて、テントとの格闘を続けた。

*

焼肉パーティがお開きになって、自分たちのテントに戻ってきたのは午後八時を少し回ったところだった。

田中真希の登山仲間はみな三十代の女性で、雨音が正樹と連れだっていくと、歓声が上がった。正樹は露骨に顔をしかめたが、おおむね、行儀よくしていてくれた。

「ああ、お腹いっぱい」

テントの中に入ると、雨音はシートの上に転がった。遠慮したのだが、少しぐらいならかまわないだろうと、ビールとワインを少し飲まされたのだ。顔が火照り、体がふわふわする。

「肉、旨かったな」

正樹の顔もほんのり赤かった。年上の女性たちが次から次へと注いでくるワインを、正樹はあらかた飲み干していた。

「みんな口を揃えて、こんな弟が欲しいって言ってたね。めんどくさい性格だって知らないからそんなこと言っちゃうんだよね」

「おまえ、だいぶ酔ってるだろ？」

正樹が寝袋を座布団代わりにして腰をおろした。

「でも、みんないい人たちだったなあ」

肉をつつきながら、いろんな山の話を聞かせてもらった。

槍ヶ岳に穂高連峰、そして、劔岳《つるぎだけ》。正樹が近いうちに槍ヶ岳と奥穂高岳に登りたいのだと口を滑らせると、四人がこれまた口を揃えていった。

「劔岳も絶対に登らなきゃだめよ」

そして、劔岳がいかに美しく、いかにきつい山なのかを口々に語り出したのだ。

初めのうちは姦《かしま》しい女たちの会話に気乗りしない様子だった正樹も、身を乗り出して彼女たちの話に聞き入っていた。

「劔岳、登る気になってるでしょ？」

「ああ」

正樹がうなずいた。ザックから取りだしたランタンを灯《とも》し、代わりに額に装着していたヘッドランプを消した。

「立科に帰ったら、まず、八ヶ岳に登る。何度も何度も登って体力と技術を身につけて、それから北アルプスだ。道夫さんも、訓練に付き合ってくれるって言ってたし」

「受験勉強、しなくていいの？」

正樹は首を振った。

「大学には行かない。おれ、道夫さんと同じ、山岳カメラマンになる」

雨音はザックに手を伸ばし、水筒の水を飲んだ。やたらと喉が渇く。

「そう言いだすんだろうなとは思ってたけど、お父さんに反対されるんじゃない？」

「親父なんか、知ったことか」

親の臑を齧ってるくせに——喉元まで出かかった言葉を、雨音は慌てて飲み下した。

「これから一年は、道夫さんにみっちり仕込んでもらおうと思ってるんだ」

正樹が言葉を続けた。

「狭い部屋でいいから、立科にアパート借りて、バイトして、休みの時は道夫さんと山に登る。道夫さんが仕事で写真撮るなら、アシスタントもやる。それで一年経ったら、北アルプスのどこかの山小屋で住み込みながら働こうかなって」

「そんなにどんどん決めちゃっていいの？　まだ蓼科山にしか登ったことないのに」

「わかるんだ。これだって。これをやるために、おれは生まれてきたんだって」

薄闇の中でも、正樹の目が興奮に輝いているのがわかった。

「毎年、夏になれば立科に来てたのに、山になんかこれっぽっちも興味なかったんだぜ、おれ。それがさ、いろんなこともやもやしてて、バイク手に入れて、そしたら、槍ヶ岳が目に飛び込んできたんだ。これだって思った。山に登って、写真を撮る。道夫さんっていう大先輩がすぐ近くにいるんだ。なにかが導いてくれたとしか思えないじゃないか」

酔いと山の空気が正樹を饒舌《じょうぜつ》にしているみたいだった。

「親子の縁を切られてもかまわない。おれは山岳カメラマンになる」

雨音はうなずいた。正樹は腹を決めたのだ。だれに言われたのでもなく、自分で進む道を決めた。ならば、後は応援するだけだ。

「おまえはどうするんだ？」

「わたし？」

いきなり水を向けられ、雨音は言葉を失った。

「そうだよ。家出には付き合ってやってるけど、これ、逃げてるだけだろ。アメリカに行く気がないならないって、ちゃんと面と向かって言った方がいい」

「そんなの、わかってる」

せっかくの気分が消し飛んだ。道夫から来たＬＩＮＥのメッセージが脳裏に浮かんだ。わかっているのだ。母とちゃんと話をしなければだめだ。口を噤んでいるだけでは母に振り回される一生を送ることになる。

「正樹はわたしのお母さんのこと知らないからそんなことが言えるんだよ」

正樹の名を呼び捨てにした。正樹は気にする素振りさえ見せなかった。

「人の話なんか聞かないで、一方的に喋るだけなんだから。それで、喋り終えたら全部決まってるの。わたしの意見なんて、口にするだけ無駄」

物心ついた時からずっとそうだった。なにをするにしても、母が決めた。雨音の意思などお構いなしに物事が決まっていく。着る服も、歯磨き粉の香りも、布団カバーの柄も、すべては母の好みで統一されていく。

父の葬儀も、父の死後どこに住むかも、母が勝手に決めた。

雨音だけではない。父も母に振り回されていた。人の意見を聞く素振りは見せるが、あくまでも素振りだけだ。こちらが話し終える前に口を開き、一方的に喋って自分の思い通りにことを進めていく。

母のそばにいると、無力感に襲われて、口を開く気になれなくなる。

これまではそれでもなんとかやっていけた。だが、今回は違う。自分の未来がかかっているのだ。母の言うなりになるわけにはいかない。

正樹の手が伸びてきて、雨音の手をそっと握った。

「道夫さんとおれがついてるじゃないか」

正樹が言った。

「道夫さんはおまえの父親代わりで、おれはおまえの兄貴代わりだ。おれたちが雨音を支えてやる。だから、逃げずに闘え。おれも親父と闘う腹を決めたんだ。雨音も、おれと一緒に。な？」

温かいものが胸一杯に広がった。涙が溢れてきた。

母が与えてくれなかったものを、道夫と正樹は与えてくれるのだ。いや、道夫たちだけではない。ワルテルも、人間ではとうていかなわない温もりを与えてくれる。

「わかった。ちゃんと話し合う」雨音は言った。「でも、この旅行は続ける。飛驒高山に行きたいし、合掌造りの家も見たい」

「わかったよ」

正樹は苦笑し、雨音の頭のてっぺんをぽんと叩いた。

20

結局、上高地のバスターミナルに戻ってきたのは翌日の夕方だった。

せっかく横尾まで来たんだから、涸沢まで行かないのは損だという田中真希たちの言葉を信じ、涸沢カールまで足を延ばしたせいだった。

涸沢までの道のりは、上高地から横尾までのハイキングのようなものとは違い、本格的な登山道だった。

三時間かけて涸沢小屋という山小屋まで辿り着き、そこで早めの昼食をとった。

氷河に削られた圏谷《けんこく》は神の造形と呼ぶに相応《ふさわ》しいほど荘厳で美しかった。

遥か高みにぽつんと建っているのは穂高岳山荘。その横に聳えているのが奥穂高岳。

涸沢小屋からは、穂高岳山荘や奥穂高岳を目指して登る登山客の姿がはっきりと見えた。

とてもじゃないけど、無理——奥穂高岳を見上げながら雨音は思った。涸沢までの道のりだけでもかなりへばっていた。ここからさらに登り続けるなんて、できっこない。

いつか、自分もあの高みにまで登ることができるのだろうか。

「絶対に行こうな、あそこに」

雨音の気持ちを見透かしたかのように正樹が言った。

その言葉に、雨音はうなずいた。

一時間ほど休憩してから、涸沢小屋を後にした。道中、正樹は何度も振り返った。後ろ髪を引かれる思いなのだろう。

ターミナルで沢渡温泉行きのバスを待っている間に、スマホの電源を入れた。母と道夫からＬＩＮＥのメッセージが届いていた。

母のものは無視し、道夫のメッセージに目を通した。

〈ワルテルが入院した。すぐに帰ってこい〉

意味がわからず、メッセージを何度も読み返した。

「どうした？」

正樹がスマホを覗きこんできた。

「道夫さんから。ワルテルが入院したって……どういうこと？」

「道夫さんに電話しろ」

正樹の目つきがきつくなった。

「うん」

道夫の番号に電話をかけた。

「どこにいるんだ？」

電話はすぐに繋がり、不機嫌な道夫の声が耳に流れ込んで来た。

「上高地です。あの、ワルテル、どうしたんですか？」

声が上ずっていた。

「家から脱走して外をうろついて、車に轢《ひ》かれた」

雨音は絶句した。

「多分、おまえを捜しに行ったんだ」

道夫の声には静かな怒りとでもいうものが含まれていた。

「ワ、ワルテルはだいじょうぶなんですか？」

「幸い、打撲だけで済んだ。念のために、今日は入院させる。おれも慌てておまえにメッセージを送ったが、帰ってきたくないなら帰ってこなくていい」

「すぐに帰ります」

考える必要などなかった。ワルテルが怪我をした。それも自分のせいで。すぐにでも飛んでいきたい。抱きしめて、ごめんねと謝りたい。

「好きにしろ」

電話が切れた。

「ワルテルが車に轢かれたって。大怪我はしてないけど、入院だって」

正樹に言った。

「聞こえてたよ。すぐに戻ろう」

「わたしのせいなの。わたしを捜そうとして、家から脱走して轢かれたんだって」

突然、涙が溢れてきた。

「おまえのせいじゃない」

正樹に抱き寄せられた。雨音は正樹の胸に顔を埋めて泣いた。

＊

立科に戻った時には午後の九時を回っていた。正樹は飲まず食わずでバイクを走らせてくれたのだ。真っ直ぐ家に向かった。かかりつけの動物病院の診察時間は終わっている。行っても、面会はできないだろう。

「ワルテルはどうですか？」

ただいまも言わず、家の中に駆け込んだ。居間の真ん中で道夫が腕を組んで立っていた。

「だいじょうぶだ。明日には退院できる」

「よかった……」

雨音はその場にへたり込んだ。

「上高地か……どこまで行った？　横尾か？」

「涸沢まで」

「そうか」

道夫が背中を向けた。拒絶された気がして、雨音は叫ぶように言った。

「ごめんなさい」

「おれは雨音と心の奥でちゃんと繋がってると思っていたが、勘違いだったな」

「そうじゃないんです。道夫さんのこと、大好きです。ごめんなさい」

「ワルテルはおまえのことを心配して捜しに行ったんだ。なにか、尋常じゃないものを感じたんだろう」道夫が振り返った。「ワルテルだけじゃない。おれも本当に心配した」

「ごめんなさい」

「なのに、おまえは自分のことしか考えずに出ていった。妙子と一緒だ」

道夫の言葉が胸に突き刺さった。その通りだ。自分のやったことは、母のすることとなにひとつ変わらない。

「悪いのはおれなんです、道夫さん」

居間に入ってきた正樹が言った。

「正樹が?」

「止めるべきだってのはわかってたんだけど、ちょうど北アルプスの偵察に行こうと思ってて、雨音が一緒ならひとりより楽しいかなと思って、調子に乗っちゃった」

「涸沢まで行ったんなら、穂高連峰を見てきたんだな」

「うん。登りたくてたまらなくなったよ」

「山に一緒に登るパーティは家族みたいなものだ。好き勝手をやる人間を連れていくわけにはいかない」

道夫の声はかたくなだった。

「わたしが悪いの。わたしは登れなくてもいいから、正樹さんは連れていってあげて。お願い」

雨音は頭を下げた。

「わかったよ」

道夫が言った。雨音は顔を上げた。道夫が苦笑していた。

「ふたりでタッグを組まれたら、おれもかなわない。帰ってきたらぶん殴ってやろうかと思ってたし、まだ腹立ちがおさまったわけじゃないが、ゆるしてやる」

「ありがとう」

「気づいてるか、雨音。おまえ、今、敬語使ってないぞ」

言われて初めて気づいた。

「これからも、そうやって話してくれ。そうしたら、全部ゆるしてやる」

道夫はキッチンに顎をしゃくった。

「コーヒーを淹れてある。それを飲んで一息ついたら、風呂に入れ。ふたりとも、汗臭いぞ」

そう言われて、丸二日間、シャワーも浴びず、風呂にも入っていないことを思い出した。横尾から涸沢までの道のりでは汗もたっぷり掻いたのだ。

「腹も減った」

正樹が言った。お昼ご飯に凋沢でラーメンを食べた後は、なにも胃に入れていない。

ワルテルが心配で食欲どころではなかったのだ。

「今夜は泊まっていけ。風呂に入っている間に、パスタでも作っておく」

「ありがとうございます」

正樹は道夫に頭を下げ、さも当然というようにバスルームへ向かっていった。

*

診察開始時間の三十分前には病院に到着し、受付を済ませた。

診察開始と共に道夫の名が呼ばれ、道夫は診察室に入っていった。雨音は正樹と共に待合室で待った。ワルテルをいたずらに興奮させないためだ。

十分ほどで道夫が出て来た。

「ワルテルは？」

「駐車場に移動しよう。ここは狭いから、ワルテルが興奮したらちょっとめんどくさい」

道夫の言葉にうなずき、三人で待合室を出た。

「右前脚を強く打撲していて、まだ痛くて力が入らないらしいが、それ以外は問題はないそうだ。しばらくは痛み止めを飲んで、散歩や激しい運動は禁止」

道夫の説明に、雨音はうなずいた。

「わたし、ワルテルが動けるようになるまで看病します……看病するから」

「いちいち言い直さなくてもいいよ。少しずつ直していけばいいんだ」

道夫が苦笑した。正樹も笑っている。

「だって……」

なにか言い返したかったが、うまく言葉が出てこなかった。

駐車場のアスファルトの上は、強い陽射しの照り返しで目玉焼きが作れそうなほど熱くなっていた。

午前九時でこの暑さなら、昼過ぎには三十度を超えてしまうのかもしれない。別荘地まで上がれば多少は気温も下がるだろうけれど、この夏一番の暑さにはなるだろう。

だが、八ヶ岳の上空で雲が広がりはじめていた。午後には一雨来そうだった。

看護師に連れられて、ワルテルが外に出てきた。右の前脚をひょこひょこさせながら、こちらに向かってくる。若い看護師はその勢いに引きずられてしまいそうだった。

「ステイ」

道夫が声を張り上げた。ワルテルが立ち止まった。鼻息は荒いままだが、右の前脚を持ち上げて、道夫の次のコマンドを待っている。

道夫がワルテルに近づいていった。背をぴんと伸ばし、穏やかな落ち着いた表情を浮かべている。

犬と接する時は姿勢や表情が大事なのだ。背筋を伸ばすのは、自分の方が遥かに大きくて強いのだと犬にわからせるため。穏やかで落ち着いた表情は犬を無闇に興奮させないため。

ワルテルの呼吸が次第に落ち着いていく。

道夫は看護師からリードを受け取り、アスファルトに膝をついた。

「グッボーイ」

そう声をかけて、ワルテルの頭を撫でる。ワルテルは甘えるように道夫に体を押しつけた。

「さあ、帰ろう」

道夫はワルテルを抱き上げた。正樹が車の後ろのドアを開けた。エンジンはかけっぱなしでエアコンが稼働している。

道夫がワルテルを後部座席に乗せると、雨音は反対側から乗り込んだ。シートの上で伏せていたワルテルが雨音の太股の上に顎を乗せた。珍しく、尻尾が激しく揺れている。病院で夜を明かし、心細かったに違いない。

「ワルテル、痛かった？　ごめんね。わたしのせいで」

雨音はワルテルの右の前脚を優しくさすった。ワルテルが首を伸ばし、雨音の頬を舐めた。

道夫と正樹が乗り込み、車が動き出した。正樹が後ろの方に身を乗り出してきた。

「脱走したんだって？　そんなに雨音が心配だったのか？　おまえ、そういうキャラじゃなかっただろう？」

ワルテルは正樹が伸ばしてきた手の甲もぺろりと舐めた。

「早くよくなって散歩に行こうな」

正樹が正面を向いてシートベルトを装着した。

「そうだよ。早くよくなろうね。元気になったら、またあの森に行こう、ワルテル」

ワルテルはまた雨音の太股に顎を乗せて目を閉じた。尻尾がゆらゆらと揺れている。

それから、ワルテル。そばにいて、わたしに力を貸して——雨音はワルテルを撫でながら祈った。

＊

鹿肉のブロックに塩胡椒してから一口大にカットした。その肉をフライパンで炒め、全面に焼き色をつけた。

深い鍋にオリーブオイルを引き、みじん切りにしたニンニクとタマネギを弱火でじっくりと炒める。タマネギの色が透き通ってきたら、カレー粉大匙《おおさじ》2を入れてさらに炒めた。スパイスの香りが立ってきたら、ソテーしておいた鹿肉を加え、赤ワインとホールトマト、野菜ブイヨンを加えて三十分ほどことこと煮込む。

その間に、ジャガイモと人参《にんじん》の皮を剝いてカットする。他にも、芯まるごとのトウモロコシやパプリカなどもカットする。

トウモロコシからはいい出汁が出ると道夫に教わっていた。トウモロコシを茹でた汁で作る味噌汁はほんのり甘くて絶品だった。

鹿肉が柔らかくなってきたところを見計らって野菜を加えた。煮汁を味見し、カレー粉を少々に、クミン、ガラムマサラなどのスパイスをさらに加え、バターを落とした。

後は野菜に火が通るのを待って、味を調えるだけだ。

道夫のレシピに従って作った鹿肉カレー。正樹はまだ食べたことがないと言ったので、作ることにした。

正樹は居間のソファに腰掛けて、山岳雑誌に目を通していた。その足もとでワルテルが眠りこけている。

怪我をしたり、病気になったりしたら、犬はひたすら眠るのだと道夫が言っていた。

余計なことはせず、食事も摂らず、ただ眠る。そうやって怪我や病気が癒えるのを待つのだ。

「道夫さん、遅いな」

正樹が雑誌から目をあげた。道夫は母を迎えるために上田駅へ行っている。そろそろ戻ってもいい頃合いだ。

そう考えるだけで胸がざわついてきた。

母は一昨日、来るはずだった。それが夜になって急用ができたと道夫に電話してきたのだ。正樹との家出はまったくの無駄足だった。

「道が混んでるのかも」

雨音は素っ気ない口調で言った。

「夏休みの昼間だもんな」

「なんでいるの？」

「カレー食うからだろ」

「晩ご飯までいるの？」

正樹がうなずいた。

「今日はずっといるよ。雨音のフォローしてやらなきゃ」

「変なこと言わないでよ」

「言わない」

胸のざわつきがおさまらない。

「そのままでいてくれる？」

正樹が口を開く前に、スマホのタイマーをセットしてスケッチブックを開いた。

気を紛らわせるのには絵を描くのが一番だが、絵に集中するとカレーを煮込んでいることを忘れてしまう。タイマーをセットしておけば焦げ付かせる心配もない。

白い紙に、正樹とワルテルの姿を描いていく。ソファでだらしなく脚を伸ばし、山岳雑誌を読む正樹。その足もとで無防備に寝ているワルテル。

鉛筆を走らせていると、胸のざわつきはすぐにおさまった。

正樹の顔の輪郭に集中していると、タイマーが鳴った。もう十分が経ったのだ。

ガスコンロのところへ戻り、鍋の中身をかき回す。ついでに味見をした。少しコクが足りない。なにかを入れ忘れている。

「あ、ヨーグルト」

冷蔵庫からヨーグルトを出した。地元の酪農家が作っている自家製のものだ。カレーにヨーグルトを足し、もう一度味見をした。

「うん」

雨音は小さくうなずいた。カレーにコクとほどよい酸味が加わったのだ。後十分ほど煮込んで味を調えれば完成だ。

すぐに食べるより、一度冷ました方が具に味が染みこんで美味しい。このカレーは晩ご飯に食べるのだ。

ワルテルが目を開け、頭を上げた。耳が持ち上がっている。

胸のざわつきが再びはじまった。

さほど待つこともなく、車のエンジン音が聞こえてきた。道夫が母を連れて戻ってきたのだ。

レードルを持つ手が震えて止まらなくなった。口の中が干上がり、喉が痛くなる。何度も咳《せ》き込んだ。水を飲んでも喉の痛みはおさまらなかった。

正樹が雑誌を置いた。

「ステイ」

ワルテルにコマンドをかけ、立ち上がって駆けだしたりしないよう、背中を手で押さえた。

車が敷地に入ってきて停まった。ドアを開閉する音が続く。

雨音は深呼吸を繰り返した。

「雨音、お母さんよ」

玄関が開き、母の甲高い声が響いた。

ワルテルが唸った。体を雨音の足に押しつけて、低く唸っている。雨音の動揺を察知し、守ろうとしているのだ。

「だいじょうぶだよ、ワルテル。わたしはだいじょうぶだから」

雨音はワルテルの背中に触れた。それだけで震えが止まった。

だが、ワルテルは唸るのをやめなかった。雨音が触れている背中の毛が逆立っている。

「ワルテル、やめて。お願い」

雨音はワルテルの背中の皮膚を握った。ワルテルが雨音を見上げた。

「だいじょうぶだから。わたしのお母さんなの。わかるでしょ？　お母さん。家族。わたしの家族ってことは、ワルテルの家族でもあるんだよ」

ワルテルが鼻を鳴らした。また居間の入口に目を向ける。耳も持ち上がったままだ。だが、毛の逆立ちも唸り声もおさまっていた。

「雨音」

母の妙子が姿を現した。ワルテルが吠えた。妙子の背後にいた道夫が一喝した。

「ワルテル！」

ワルテルの耳が下がった。吠えるのをやめ、妙子を睨む。

「ああ、びっくりした。なに、この子？　マリアは人に吠えるなんてことしなかったのに」

妙子は胸に手を当てながら息を大きく吸い込んだ。

「初対面の犬がいるのにでかい声を出してずかずか家に入っていく方が悪い」

道夫はそう言って、手にしていた妙子のスーツケースを床に置いた。

「ワルテル、おれの妹の妙子だ」

道夫が妙子を紹介すると、ワルテルの体からすっかり力が抜けた。それでも、妙子の動きを見張ることはやめなかった。

「相変わらずわたしを悪者にするのね。元気だった、雨音?」

妙子は道夫にしかめっ面を見せてから、雨音に微笑んだ。

「うん」

雨音は素っ気なく答えた。

「そっか。元気ならいいんだ。あちらの方は?」

「隣の別荘の国枝正樹さん」

「国枝さんって、あの? 昔はあんなに小さかったのに」

「どうも。正樹です」

正樹は腰を上げ、会釈した。その姿だけ見ていると、確かに名家のお坊ちゃんだった。

「国枝さんと仲良くしてるの?」

妙子がぎこちない口調で訊いてきた。正樹に気を遣っているのだ。いつもなら、付き合っているのかと直接訊ねてくる。

「うん」

雨音は答えた。

「そう……あのね、国枝さん、せっかくいらしていただいてるのに悪いんだけど、これから家族会議なの。今日のところは帰っていただけないかしら」

胸の奥に熱い塊が生じた。妙子はなにも変わっていない。他人の気持ちを考えることなく自分の考えや意見を押しつけてくる。

「正樹にはおれが頼んで来てもらったんだ」

道夫が言った。

「みっちゃんが？　どうして？」

「雨音には味方が必要だからな」

「味方って、なに言ってるのよ」

「ちなみに、おれも雨音の味方だ。とにかく、座れ。着いた途端に家族会議もくそもないだろう。コーヒーを淹れるから、少しゆっくりしろ」

妙子は頬を膨らませたが、それ以上反論はせずにうなずいた。

「その子、嚙んだりしない？」

ワルテルを見て言った。

「噛まないよ」

雨音は答え、正樹の隣に腰をおろした。ワルテルは雨音と正樹の間に割り込んできて、床に伏せた。相変わらず、妙子の動きに神経を尖らせている。

「やっぱりわたしが悪者みたい。ただ、娘と一緒に暮らしたいと思ってるだけなのに」

妙子がダイニングテーブルの椅子を引いて腰をおろした。

「あのね、雨音。絵をやりたいなら、やっぱりニューヨークがいいと思うの」

「お母さん、家族会議はコーヒーを飲んでからですよ」

正樹がやんわりと釘を刺した。

「わたしはただ――味方って、そういうことなの?」

「雨音は自分のペースを乱されるとうまく喋れなくなるんです。だから、道夫さんとぼくは雨音がお母さんと対等に意見を交わせるようにフォローするだけです」

「みんなでわたしを悪者にするつもりなのね」

妙子が唇を噛んだ。

「ワルテルも雨音の味方ですよ。噛んだりはしませんけど、だれかが雨音を傷つけるようなことをしたら、唸ったり吠えたりして威嚇します」

「ちょっと……」

妙子がワルテルを見て腰を浮かせた。

「お母さんと同じように、ここにいるみんな、雨音の家族なんですよ」

正樹が言った。

「あまり時間がないの。わたし、明後日には東京に戻らなきゃならないし、用事を済ませたらまたニューヨークに戻るの」

「まずはコーヒーを飲んでから。そうでしょう、お母さん？」

正樹がこんなに頼もしく思えたことはなかった。

＊

「まだ飲み終わらないの？」

雨音がコーヒーを啜っていると妙子が痺《しび》れを切らしたというように口を開いた。せっかちなのも相変わらずだ。

「妙子――」

道夫が妙子をたしなめる。だが、妙子は引き下がらなかった。

「雨音はみっちゃんじゃなくて、わたしの娘なのよ。娘とこれからのことを話し合うの。それがそんなに悪いこと？」

道夫と目が合った。雨音はうなずいた。道夫が肩をすくめた。

「好きにしろ」

道夫の了解を得て、妙子は我が意を得たりとばかりにうなずいた。

「一緒にニューヨークで住もう、雨音」

いつものように単刀直入に切り出してくる。

「行きたくない」

雨音も簡潔に言い返した。

「雨音、馴染みのない男の人と一緒に暮らすのが不安なのはわかるよ。でも、とても優しい人なの。雨音の素敵なお父さんになってくれるから――」

「そうじゃない」

雨音は言った。喉が渇いて仕方がなかった。隣に座る正樹が無言で励ましてくれている。

「ニューヨークに行くのも嫌だし、お母さんのボーイフレンドと同じ家で暮らすのも嫌。でも、一番嫌なのはお母さんと暮らすこと」

一気にまくし立てた。昔はどうしても言えなかったことが、今なら言える。成長したからだろうか。それとも、道夫と正樹とワルテルがそばにいてくれるからだろうか。

「雨音――」

妙子が目を丸くした。予想外の言葉だったのだ。

「お母さんはなんでも自分だけで決める。わたしの意見なんて一度だって聞いてくれたことがない。嫌なことでもどんどん勝手に決められて、わたしはお母さんの喋るスピードについていけなくて、結局、お母さんに押し切られて……お母さんと一緒だと、わたしはわたしでいられない」

妙子が唇を噛んだ。

「わたしはそんなつもりは――」

「今のボーイフレンドと付き合いはじめた時もそうだった。お母さんはわたしのことすっかり忘れてた。自分のやりたいことが一番なんだ。そうでしょう？　まだ小学生の娘がひとりで暮らしてても気にしない」

「あなた、平気だって言ったじゃない」

「平気なわけないじゃない。小学生なんだよ。強がり言ってただけ。寂しくて不安でたまらなかった。気づいてほしかった。お母さんに帰ってきてほしかった。でも、気づかなかったよね。帰ってきてくれなかったよね。だから、わたしはここに来たの。ここでいつでもわたしのことを気にかけてくれる本当の家族と出会ったの。それなのに、また気まぐれで一緒に暮らそうって言われて、はいそうですかなんて言えるわけないじゃない」

雨音は叫ぶように言った。

「ありがとう、ワルテル」
妙子の声を振り切り、雨音はワルテルと一緒に家を出た。
「待ちなさい、雨音」
音についてきた。
ワルテルが虎かライオンのような身ごなしで立ち上がり、妙子に一瞥をくれてから雨
としてるだけ。行こう、ワルテル」
しに話して、一方的に決めたでしょ。わたしはお母さんの娘だから、お母さんと同じこ
「ボーイフレンドと一緒に暮らすって決めた時、お母さん、一方的に自分の気持ちわた
「犬の散歩って、なによそれ。今、大切な話をしてるのよ」
雨音は立ち上がり、ワルテルを促した。
「ワルテルの散歩の時間だから、行ってくる」
よ。だから――」
「雨音の気持ちはわかったわ。お母さん、悪かったと思ってるの。本当に反省してるの
な犬がいるの。ここを離れたくない」
「ここにはお父さんみたいな伯父さんがいて、お兄ちゃんみたいな友達がいて、大好き
ワルテルが雨音を見上げていた。澄んだ目の奥にあるのは雨音を気遣う心だ。
「雨音――」

雨音はワルテルにリードをつけ、その体をそっと抱きしめた。

「お散歩行こうね」

庭に置いてあった道夫の自転車が目に留まった。あの森に行きたいと無性に思った。歩いていくのには無理があるが、自転車ならなんとかなるだろう。だが、ワルテルは散歩を禁止されている。

「ワルテル、歩ける?」

雨音が声をかけると、ワルテルは激しく尻尾を振った。リードを引っ張って先を急ごうとする。痛みは感じていないようだった。

雨音は自転車に跨ると、ブレーキをかけながらゆっくりと坂を下った。ワルテルは軽やかに駆けながら笑っていた。

「ワルテル、楽しい?」

ワルテルが吠えた。雨音も微笑んだ。

*

自転車を漕いでいる途中で雲がばらけ、太陽が顔を出した。木漏れ日の射し込む森は静まりかえっていた。

自販機で買ったペットボトルのミネラルウォーターを一口飲み、残りをワルテルに与えた。走り続けて喉が渇いていたのだろう。ワルテルは貪るように水を飲んだ。

リードを外してやると、ワルテルはパトロールをはじめた。あちこちの匂いを嗅ぎ、気になるところにはおしっこをかける。その動きからは怪我の影響は感じられなかった。

雨音は木々の間を縫って森の奥へ進み、あの大きな岩を背もたれにして地べたに座った。植物たちが放つ濃密な緑の匂いに噎《む》せ返りそうだ。

ぼんやりしていると、パトロールを終えたワルテルがやって来た。横で腹這いになり、雨音の太股の上に顎を乗せた。雨音はワルテルの背中に手を置いた。掌からワルテルの体内で生み出されるエネルギーが伝わってくる。

ワルテルは——犬は命の塊だ。犬だけではなく、すべての生き物がそうなのだろう。人間だって同じだ。

言葉はいらなかった。お互いに寄り添っているだけで幸せな気持ちに包まれていく。

雨音はワルテルを愛し、ワルテルも雨音を愛している。雨音はワルテルを慈しみ、ワルテルも雨音を慈しむ。ワルテルは見返りなど求めない。ただ無条件に雨音を受け入れ、愛してくれるのだ。

「ワンコって、神様みたいだね。それとも天使かな？　天使っぽいよね？　天使の方がぴったりだよね？」

雨音はワルテルに語りかけた。ワルテルは目を閉じているが、かすかに耳が持ち上がっている。雨音の言葉をちゃんと聞いているのだ。

天使と一緒に静かな森の真ん中に座っている。目に映るのは生命力に溢れた木々と木漏れ日。聞こえるのは鳥や虫の鳴き声とときおり吹く風に揺れる葉の音。手に感じるのはワルテルの温かさ。

穏やかで満ち足りている。妙子のことも頭から消えていた。

「こうしてると、天国にいるみたい」

雨音は呟いた。ワルテルが頭を持ち上げ、雨音を見た。漆黒の瞳に雨音が映りこんでいる。

「いつも言ってるけどワルテルの目は本当に人間の目みたいね」

ワルテルが目を閉じ、また雨音の太股に顎を乗せた。

「ありがとうね、ワルテル。全部のことにありがとう」

雨音も目を閉じた。森の匂いをさらに強く感じた。しばらくすると、森が暗くなったように感じられ、目を開けた。

木漏れ日が消えている。また雲が太陽を覆ったのだろう。木漏れ日が消えると、森の空気は徐々に冷えていった。雨音はワルテルに抱きついた。

「あったかい……」

雨の音が聞こえてきた。だが、木々の葉に遮られ、雨粒が森の中に落ちてくることはない。

ワルテルが空を気にしている。

「だいじょうぶ。ただの通り雨だよ。雷はならないから。雨がやむまでこうしていよう」

雨音はワルテルを抱きしめたまま言った。ワルテルは身じろぎもしなかった。

21

いきなりドアが開いた。

「入ってもいい？」

妙子がドアをノックしながら言った。いつもそうなのだ。開けてからドアをノックする。

「順番が逆だっていつも言ってるのに」

雨音は英語の問題集を閉じた。

「ごめん。お母さんの悪い癖だね、これも」

妙子が部屋に入ってきた。妙子の後ろにワルテルがいた。

「この子、わたしを見張ってるみたい」

「元々、男尊女卑の気味があるんだって。男の人より女の人に厳しいの。見ず知らずの女の人が好き勝手に家の中を歩き回ってたら見張るよ」

「男尊女卑の犬なんているの？」

「この子がそう」

雨音は椅子を回転させて妙子と向かい合い、自分の太股を軽く叩いた。ワルテルがやって来て雨音と妙子の間で立ち止まった。身をくねらせて妙子に顔を向けた。

「わたしを守ろうとしてるの」

雨音の言葉に妙子がうなずいた。

「ワルテル、だいじょうぶよ。わたしのお母さんだから」

雨音はワルテルに言った。だが、ワルテルは動かなかった。妙子が部屋を横切り、ベッドの端に腰をおろすのをじっと見つめていた。

「マリアとは違うけど、この子も雨音のことが好きなのね」

「わたしもワルテルが大好き」

妙子がうなずいた。

「雨音がこの子と出ていったあと、みっちゃんと話したわ。ここでの暮らしぶりのこと。登山はじめたんだって？　全然知らなかった。電話してもＬＩＮＥでメッセージ送っても無視されるだけだから」

「ごめんなさい。今後はあらためます」

雨音は言った。

「山は楽しいの？」

「一回しか登ったことがないから、まだよくわからない。登るのはきつかったけど、山頂から見える景色は素敵だったから、また登ってみたいって思ってる」

「雨音が山登りね……みっちゃんは山バカだけど、まさか雨音が感化されるなんて思ってもいなかったな」

「山頂から見える景色を絵に描きたいの」

雨音は参考書の間に立てておいたスケッチブックに手を伸ばした。蓼科山の山頂からの景色を描いた絵を開き、妙子に見せた。色鉛筆で描いたものだ。

「綺麗」

「わたし、絵を描くのが好きで、将来はなんとなく絵を描いてお金稼げたらなって思ってた。でも、実際になにを描くんだって言われたら返事できなかったの。なんでも描けるけど、全部そこそこの出来で、これがわたしの絵だって言えるもの、ひとつもなかったから」

妙子はスケッチブックの他の絵にも目を通していった。

「でも、今は山の絵を描きたいって思ってるの。山頂からの景色だけじゃなくて、登ってる時に見える景色だとか、登山者の表情とか」

「この絵も素敵」

妙子はワルテルのポートレートに見入っていた。

「わたしの話、聞いてる？」

「うん。ちゃんと聞いてる。今まではわたしが一方的に話すだけだったけど、今後はあらためます」

妙子は雨音の口調を真似て言った。ワルテルが床に伏せた。目は相変わらず妙子に向けられている。

「アメリカにも山はあるわよ。日本より高くて、日本よりずっと雄大な景色も広がってる」

「ワルテルと一緒に行けないから、アメリカには行かない」

「それを言われると困っちゃうな」

「わたしと一緒に暮らしたいなら、日本に帰ってくればいいのに」

「あの人のことを愛してるの」

妙子がスケッチブックから顔を上げた。

「両方を手に入れようなんて、欲張りだよ」

「ふたりとも愛してるのよ。しょうがないでしょう」

「離れてても愛することはできるよ。娘の希望を受け入れて、温かく見守るのも愛じゃない？」

「口が達者になったなあ。みっちゃんのせいかな……そういえば、みっちゃんに敬語使わなくなったね」

「家族だから」

雨音は言った。妙子の言うとおり、雨音は口下手だった。思っていることを言葉にするのが苦手で、妙子に言いたいことがあっても言えずにいた。

今は違う。道夫と正樹が教えてくれたからだ。

「その写真はなに？」

妙子が腰を浮かした。ワルテルが立ち上がった。口がかすかに開いている。妙子が予想外の動きをしたら、唸りだすかもしれない。

「ワルテル、ノー」

雨音は強い口調で言った。ワルテルは妙子を見つめたままだ。

「ノー」

もう一度言った。ワルテルが雨音を見た。

「ダウン」

コマンドを出すと、ワルテルは渋々といった表情で床に伏せた。

「ステイ」

動くなと命じて、雨音は妙子に顔を向けた。

「急に動かないでよ。ワルテルがびっくりしちゃうじゃない」

「そんなこと言われたって……それより、その写真、見せて」

妙子は机の上を指差した。正樹が撮ってくれたあの森の写真だ。道夫には見せるなと正樹に言われたので普段は抽斗《ひきだし》にしまってあるが、勉強の息抜きに眺めたままにしてあった。

雨音は妙子に写真を渡した。

「素敵。これ、みっちゃんが撮ったの？」

「正樹さん。道夫さんも撮ってくれたけど、写真は見せてもらってないんだ」

「へえ、あの子がね。カメラが好きで、山にはまって。まるで道夫二世ね」

雨音は笑った。妙子の前でこんなふうに屈託なく笑うのは久しぶりだった。

「ほんとにそんな感じ。親子みたいなの」

「でも、本当にいい写真よ、これ。森の中に降り注ぐ光の下で岩の上に立つ少女と見守る犬。絆を感じるわ」

「でも、その写真を撮ってもらった時は、わたし、ワルテルのことあんまり好きじゃなかったんだ」

「そうなの？」

「マリアと違ってすぐに唸ったり吠えたりして怖かったし、なんだか馬鹿にされてるような感じだったの。今も馬鹿にされてるとは思うんだけど」

「でも、今は大好きなのね？」

雨音はうなずいた。

「わたしの家族だもん。相変わらず威張りんぼだけど、いつもそばにいてくれる。わたしが悲しい時とか辛い時とかは、必ずそばに来て慰めてくれるんだ」

自分のことを話しているとわかるのか、ワルテルが尻尾を揺らした。

「弟か妹、欲しいと思ったことある？」

妙子が言った。いつものことながら、唐突すぎて面食らう。

「あんまり考えたことないけど、いたら楽しいかも」

「もし、わたしとあの人との間に子供ができてもだいじょうぶ？」

雨音はうなずいた。以前なら耐えられなかったかもしれないが、今は気にならない。

「よかった。はい、これ」

妙子は写真を雨音に返した。

「ゆっくり動くから唸らないでよ」

ワルテルにそう言って、ゆっくり立ち上がる。そのまま、なにも言わずに部屋を出ていった。

「いつもああなんだよ。わたしが疲れるの、わかるでしょ、ワルテル」

ワルテルは立ち上がると、開いたままのドアから廊下に出ていった。妙子の見張りを続けるつもりらしい。

「なんだかなあ……」

雨音はドアを閉め、ベッドに倒れ込んだ。

またドアが開いた。

「なによ、もう」

雨音は俯《うつぶ》せになったまま顔も上げなかった。

「明日、お昼ご飯の後、買い物に付き合ってくれる？　久しぶりに雨音にわたしの手料理食べさせたいの」

妙子の声がした。

「勉強」

「正樹君も来るのよ。晩ご飯招待したし」

「ふたりで行ってくればいいじゃん」

「雨音、お願い」

「わかったよ」

妙子の気配が消えた。顔を上げると、ドアを開けたまま妙子は去っていた。

「いい加減にしてよね、もう」

雨音は溜息を漏らした。

＊

スーパーに行く途中で女神湖に立ち寄った。昨夜のうちに田口にパンを頼んでおいたのだ。

有紀は部活で留守だった。

「へえ。道夫ちゃんの妹さん。へえ」

妙子を見た田口は目を丸くした。道夫はアウトドア一直線という男だが、妙子はどこからどう見ても都会の女だ。そのギャップに驚いたらしい。

「道夫さんの妹っていうか、わたしの母なんですけど」

雨音は田口の淹れてくれたコーヒーを啜りながら言った。

「そうなんだけど……ほら、雨音ちゃんも最初の頃は東京から来た女の子って感じだったけど、今はもうすっかり道夫色に染まっちゃってるじゃない」

「褒められてるのかけなされてるのかわかりません」

「まいったな……」

田口は頭を掻きながら苦笑した。

「いつも娘がお世話になっています。そちらの娘さんとも仲良くさせてもらっているとか」

雨音は愛想笑いを浮かべる妙子を冷めた目で見つめた。昔から外面《そとづら》だけはいいのだ。

「なんか、家にいる時とは別人だな、おまえの母さん」

正樹が言った。正樹のマグカップはほとんど空になっている。

「そうなの。お父さんも二重人格だって言ってた」

正樹がうなずき、腰を上げた。

「田口さん、コーヒー、ご馳走様です。妙子さん、そろそろいかないと。雨音の勉強のこともあるし、夏休みの時期だから、ぐずぐずしてるとスーパー、混むんですよ」

「そうね。じゃあ、行きましょうか」

妙子はしなを作って田口に背中を向けた。

「それでは、ごめんあそばせ」

雨音は正樹と顔を見合わせた。正樹が肩をすくめた。

ぽかんとしたままの田口に会釈して、雨音は妙子の後を追って店を出た。

「なんなの、あれ？」

「あれって？」

「ごめんあそばせ」

「一度言ってみたかったの。東京だとあれだけど、こういう田舎だとだいじょうぶかなと思って」

「恥ずかしいからやめてよ。絶対、夏休みが終わったら学校中で話題になるんだから」

「そうなの？」

「東京と違って狭いから、噂《うわさ》はあっという間に広がるの」

「それはごめんあそばせ」

妙子は笑いながら車に乗り込んだ。

「面白すぎるな」

正樹が呟いた。

「恥ずかしすぎる」

雨音は車に乗ると、乱暴にドアを閉めた。妙子は意に介する素振りも見せずにエンジンをかけ、車を発進させた。昔から車の運転は父よりも上手だった。

「昨日は訊かなかったけど、正樹君、まだ高校生なんでしょ？」

妙子が口を開いた。

「はい。三年です」

「ご両親は？」

「さあ」

正樹はぶっきらぼうに答えた。

「そうか。君も親との間に問題を抱えてる若者か」

妙子の口調に正樹が噴きだした。

「妙子さん、面白すぎです」

「みっちゃん、昔から心に傷のある若者に人気があるんだよね。なんでだろ」

「真っ直ぐ歩いていくからです。迷ったり寄り道したりすることなくとにかく真っ直ぐ歩いていく。道夫さん見てると、自分はなにしてるんだろうって考えちゃうんですよ」

「山に登って写真撮ることしかできないのに」

「山にも登らないし写真も撮らない人、いっぱいいますから」

「正樹君は哲学者だね」

妙子の言葉に、正樹がまた笑った。

「雨音の話聞いて、どんなに酷い母親だろうって思ってたんですよ。だけど、全然違うや」

「母親としてはめちゃくちゃ酷いと思う。昨日、気づかされたわ」

「昨日まで気づいてなかったの？」

雨音は口を挟んだ。

「うん」

隣で腹を抱えている正樹を肘で小突いた。段々、腹が立ってくる。

スーパーの駐車場は半分近くのスペースが埋まっていた。混み合うのはもう少し時間が経ってからだ。

「正樹君、カート、お願いね」

正樹の返事も待たずに妙子はさっさと店内に入っていく。

「おまえの母さん、すげえな」

「うるさい」

雨音はもう一度肘で正樹を小突いた。

妙子は野菜売り場で顔をしかめていた。

「こういうところのスーパーなのに、オーガニック野菜はほとんど置いてないのね」

「そうだね。無農薬とか減農薬の野菜作ってる農家さん、そんなに多くないし」

「まあ、しょうがないか」

「なにを作るの？」

「ミートローフとミネストローネ。雨音、好きだったでしょ？」

思わずうなずいた。妙子は料理好きというわけではなかったが、なぜだかミートローフだけは上手で、雨音の大好物だったのだ。

「凄く久しぶり」

「そうね。考えたら、雨音の十歳の誕生日に作ってあげたのが最後だったわ」

「覚えてたの？」

妙子はうなずきながら、タマネギなどの野菜を正樹の押すカートに載せた買い物かごに入れていった。

聞き慣れないメロディをハミングしていた。機嫌がいいらしい。

「わたし、ちょっとお手洗いに行ってくる」

雨音はふたりから離れてトイレに向かった。トイレに入る前に周囲を確認した。松田史恵に嫌な思いをさせられたことを思い出したからだ。

彼女の姿は見当たらなかった。

「そんなにしょっちゅうスーパーにいるわけないよね」

雨音は苦笑しながらトイレに入り、用を足した。外に出て異変を感じた。トイレ脇のスペースで雑談をしていた主婦たちが姿を消していた。代わりに、柄の悪い若い男がふたり、腕を組んで立っていた。左側の男は痩せていて、もう一方は小太りだ。

「おまえ、広末雨音だろ?」

目を合わせないようにして通り過ぎようとしたが、名前を呼ばれて思わず立ち止まった。

「ちょっと付き合えよ」

小太りの方が言った。

「すみません、母と来てるんで」

足早に立ち去ろうとしたが、痩せている方に肩を摑まれた。

「時間はかからねえからよ、ちょっと付き合えって」

「困ります」

心臓が早鐘を打った。

「いいから来いよ。史恵がおまえとナシつけたいってよ」

小太りに手首を摑まれた。周囲の客たちは見て見ぬ振りをして近づいてこない。

「やめてください」

雨音は抗った。

「なに逆らってんだよ、このガキ」

痩せた方が顔を近づけてきて雨音を睨んだ。煙草《たばこ》の匂いが強くした。

雨音は目を閉じた。ワルテルの顔が脳裏に浮かんだ。あの独特の目で雨音を見つめている。

頑張れと言われた気がした。頑張れば、なんでもできる。

「やめてください!」

雨音は大声で叫んだ。男たちが怯んだ。その隙を逃さず、手首を掴んでいた小太りの手を振りほどき、身を翻した。

「待てよ、こら――」

追いかけてくる声が途中で止まった。雨音の叫びに気づいた店員がこちらに向かってくる。

「お客様、どうかしましたか?」

三十代ぐらいの男の店員だった。

「あの人たちが――」

雨音は振り返り、男たちを指差した。男たちは舌打ちし、ジーンズのポケットに両手を突っ込んだ。

「なにか問題でも?」

店員が男たちに声をかけた。

「なんでもねえよ」

小太りが言った。

「行こうぜ」

痩せている方が歩き出した。

「ちょっと、お客様」

「うるせえな。なんにもしてねえよ」

男たちは店員を睨みつけ、その場を立ち去った。

「だいじょうぶ？」

店員の声が柔らかくなった。

「絡まれてたのかな？　ひとりでだいじょうぶ？」

「はい。母や友達が一緒なので」

「じゃあ、お母さんがいるところまでついていってあげようか？」

「本当にだいじょうぶです。ありがとうございました」

雨音は店員に頭を下げ、駆け足で売り場に戻った。妙子と正樹は肉売り場にいた。

「どうした？」

雨音の顔を見るなり、正樹が眉を吊り上げた。

「なんでもないよ。どうして？」

「ちょっと言ってみただけ」

冗談めかした口調だったが、正樹は雨音の心を覗きこむかのような目つきをしていた。

緊張と興奮の余韻で頬が火照っているし、息も微かに上がっている。正樹はそういうところは見逃さないのだ。妙子の手前、雨音に話を合わせてくれただけだ。

「さて、と、後はワインね。みっちゃん、焼酎派だから、家にワインなんてないわよね？」

「バーベキューやる時は参加する人がワイン持ってくるけど、家にはそんなにはないと思う」

「じゃあ、お酒売り場に移動しましょ」

妙子がスカートの裾を翻して歩きはじめた。正樹は少し遅れてからカートを押した。

「なにがあった？」

「なんでもないよ」

「ほんとに嘘が下手だな、雨音は」

「嘘なんかついてないもん」

正樹は肩をすくめ、妙子の後を追っていった。

＊

スーパーでの出来事が後を引いて勉強に身が入らなかった。こんな時は絵を描くに限る。

雨音はスケッチブックを開き、鉛筆を握った。

なにを描こうか——そう思った瞬間、あの時脳裏に現れたワルテルの顔が浮かんだ。

雨音は紙の上に鉛筆を走らせた。

だれかがドアをノックした。雨音は返事をしなかった。

妙子は入る前にノックなんかしないし、道夫はワルテルと散歩に出かけている。ドアを叩いたのは正樹だ。

「入るぞ」

正樹の声が響いた。

「女の子の部屋に勝手に入るつもり？」

「勝手に入らないと、無視するつもりだろ？」

ドアが開いた。正樹は廊下で突っ立っている。

「入っていいのか？　だめなのか？」

「だめって言っても入ってくるくせに」

「じゃあ、入る」

正樹は部屋に入ってきて、ドアを閉めた。

「お母さんは？」

雨音はスケッチブックを閉じた。話をはぐらかしたくて、妙子のことを訊いた。

「ご機嫌で食事の支度してる。なにも気づいてないみたいだ」

「気づくってなににょ」

雨音は机に向かったまま、参考書に手を伸ばした。

「スーパーでなにがあった？」

正樹が背後に立った。

「なんにもないってば」

「嘘をつけ、小走りできょろきょろしておれたちを捜してた。息は上がってたし、顔も赤かったし、目も潤んでた。なにかがあった証拠だ」

雨音は参考書を開いた。書かれている内容を読もうとしたが、一文字も頭に入ってこない。

「雨音――」

「わたしと正樹が付き合ってるって勘違いしてる人がいるの。その人が知り合いの不良みたいな人たち使って嫌がらせしようとしてきただけ。ちゃんと自分で対応してうまく躱《かわ》したから、なんの心配もいらないよ」

「おれと雨音が付き合ってる？　おれが？　中坊と？」

　正樹の声が裏返った。

「だから勘違いだってば」

「だれだよ、そんな勘違いする馬鹿は」

「言っても知らないと思うよ」

「言えよ」

　雨音は溜息を漏らした。もうここまで喋ってしまったのだ。

「松田史恵っていう地元の高校生。綺麗な人だよ」

「知るかよ。勝手に勘違いして雨音を脅したんだろう？　見た目は綺麗だとしても心はブスだ」

　正樹がドアに向かった。

「どうしたの？」

「ちょっと出かけてくる」

「まさか松田さんに会いに行くつもり？　やめてよ」

　雨音の言葉が終わる前に正樹は部屋を出ていった。

　雨音はもう一度溜息を漏らした。やはり話すべきではなかった。

しばらくすると、国枝家の別荘からバイクのエンジンをかける音が聞こえてきた。

　雨音は窓際に移動した。

正樹の跨ったバイクが急加速して坂を下っていった。

＊

なにもかもを頭の中から追い出し、絵に集中する。

描いているのはワルテルの目だ。大きな漆黒の目。人間の心を見透かすような目。犬なのに犬らしくない目。

記憶を辿り、形を描き、輪郭を浮かびあがらせていく。

この目を上手く描ければ、納得のいくポートレートになる。そんな確信があった。

あの時頭に浮かんだワルテルの目はそれほど印象的だった。

スマホの着信音が鳴った。

気にせず、描き続ける。

着信音は鳴り止まなかった。

「もう、せっかくいいところなのに……」

雨音は鉛筆を置いた。これからは、絵を描く時にスマホの電源を落とそう——そう思いながらスマホを手に取った。

電話をかけてきたのは有紀だった。日中はお互いに勉強や部活で忙しいため、ＬＩＮ

Eでのやりとりが多くなるので、電話は珍しい。

雨音は首を傾げながら電話に出た。

「さっき、正樹さんが来たの」有紀が言った。「それで、松田史恵にはどこに行ったら会えるか教えてくれって。けっこう怖い感じで。なんかあったの？」

「まさか、有紀、教えたの？」

「だって、正樹さんの頼み、断れるわけないじゃない。やばかった？」

「まずいよ。なにするかわからないんだから」

「なにするかって、なに？　正樹さん、松田史恵となんかあったの？」

「後で連絡する。ごめんね」

急いで電話を切り、正樹の番号にかけた。繋がらない。LINEでメッセージを送った。

〈どこにいるの？　なにするつもりなの？〉

いくら待っても返信は来なかった。

スマホを握ったまま部屋を出た。足音を殺して階段をおりる。キッチンから妙子の機嫌のよさそうな鼻歌が流れてくる。まだ、道夫とワルテルは散歩から戻っていないようだった。

「なんなのよ、もう……」

クロックスをつっかけ、外に出た。国枝家の別荘まで行って中の様子をうかがった。

正樹はいないのになにをしているんだろう――そう思ったが、なにかをせずにはいられなかった。

また電話をかけた。繋がらなかった。

ＬＩＮＥのメッセージを送った。返信はなかった。

「もう、頭がおかしくなりそう」

坂の下の方から車のエンジン音が聞こえてきた。道夫とワルテルが戻ってきたのだ。

雨音は踵を返し、家の中に駆け込んだ。

後ろめたさが募る。今、道夫に顔を見られたら異変に気づかれてしまうだろう。

部屋に戻り、有紀に電話をかけた。スーパーで起こったことを話した。

「マジ、それ？　なんなの、そいつら？」

「だから、松田史恵の知り合いだと思う」

「関係ないじゃん」

「そうなんだけど……」

「きっと暴走族まがいの連中だよ。週末の夜とか、松田史恵と仲のいい女子高生たちがそういうやつらのバイクの後ろに乗ってるの見たことがあるって、友達が言ってた」

「心配になるようなこと言わないでよ」

「だって、本当のことだもん。でも、心配だよね」

「どこに行けば松田史恵に会えるって教えたの？」

雨音は訊いた。

「休みの時は、よく、佐久平《さくだいら》のファミレスにいるみたいだけどって」

隣町の佐久市の繁華街だ。立科には中高生の遊び場になるようなところが少ないので、みな、佐久にまで足を運ぶのだ。

「今日、絶対に佐久平にいるってわけじゃないもんね」

雨音は自分に言い聞かせるように言った。

「うん。もしかしたら、今日は佐久じゃなくて茅野の方に行ってるかもしれないし」

有紀の声も、自分に言い聞かせているかのようだった。

「知り合いの知り合いでさ、その暴走族みたいな連中のパシリやってる子がいるの。なにか起こってないか、それとなく訊いてみようか？」

「お願い」

一旦、電話を切った。ドアの向こうにワルテルの気配がした。雨音はドアを開けた。ワルテルは部屋に入ってくるとしきりに雨音の膝や太股の匂いを嗅いだ。

なにかがおかしいと悟っている。

「なんでもないよ、ワルテル。わたしが心配性なの、知ってるでしょ？　多分、なんでもないんだ」

床に膝をつき、ワルテルを抱きしめた。それだけで、不安が薄れていく。

「だいじょうぶ。正樹はだいじょうぶ」

雨音は祈るように呟いた。

スマホに有紀から電話がかかってきた。

「あのね、今日は佐久平じゃなくて、茅野の方に遊びに行ってるみたい。よかったね」

「うん、ありがとう。なんか、ほっとして力が抜けちゃった……」

「それにしても、正樹さん、格好いいね」

「格好いい？　どこが？」

「だって、大切な妹分のために、自分で話つけに行こうとするなんてさ、男気があって格好いいじゃん」

「馬鹿なだけだよ。じゃあね」

雨音は電話を切った。

正樹が喧嘩をしているシーンを想像した。正樹が自分のために殴られ、怪我をしたりしたら、とても耐えられない。

そう思い、嫌な想像を頭から追い払った。

＊

五時少し前に、正樹のバイクのエンジン音が聞こえた。窓から外を見る。出ていった時とは逆に、ゆっくり坂を登ってくるバイクが見えた。

雨音は階下におりた。

「正樹さんが戻ってきたみたいだから、あと一時間ぐらいで晩ご飯だよって伝えてくる」

居間に声をかける。妙子はまだ料理に忙しく、道夫はワルテルとの散歩の後にシャワーを浴びて、今はビールをちびちび飲んでいるところだった。

玄関までワルテルがついてきた。

「だいじょうぶだから」

ワルテルの頭をひと撫でして、雨音は外に出た。国枝家の別荘に向かう。ちょうど、正樹がバイクから降りるところだった。

「どこ行ってたのよ」

「佐久平」

やはり、そうだったのだ。

「何度も電話したし、LINEでメッセージも送ったのに」

「知ってる」

正樹はヘルメットを脱いだ。髪と額が汗で濡れていた。

「そんな言い方しないでよ。本当に心配だったんだから」

「なんでだよ？　おれが殴り込みに行くとでも思ったのか？　そんなこと、しないよ」

「だけど——」

「話をしようと思っただけだ。でも、見つからなかった」

「こんなこと、もうやめて」

「なんで？　おれのせいで雨音が嫌な思いしてるから、それを止めようと思っただけじゃん」

「嫌な思いなんかしてないから」

「そうか？　スーパーじゃ、今にも泣き出しそうな顔してたぞ」

「してない」

「最近、頑固だな、雨音は」

正樹が頭を掻いた。

「もとから頑固なの」

「わかった、わかった。おれが悪かった。シャワー浴びるから、もう行けよ」

「なに、その言い方」

「シャワーを浴びたいので、どうか、お帰りくださいい、お嬢様」

いやみったらしい言い方だった。腹が立つ。

「もう、正樹のことなんか知らない」

雨音は正樹に背を向け、乱暴な足取りで歩き出した。

「機嫌が直ったらＬＩＮＥでメッセージくれよ」

正樹の能天気な声が追いかけてきた。腹立ちがさらに強まって、雨音は中指を突き立てた右手を正樹に向けた。

22

「乾杯」

妙子のかけ声で晩餐《ばんさん》がはじまった。食卓に並んでいるのはシーザーサラダ、ミネストローネ、ミートローフ、それに田口のパンだった。

雨音は炭酸水で、他の三人はランブルスコというイタリアの微発泡の赤ワインで乾杯した。

シーザーサラダのドレッシングもスープも、すべて妙子の手作りだ。妙子のここまで徹底した料理を食べた記憶がない。アメリカでやることがなく、料理教室にでも通っているのかもしれない。

「どう、雨音？　美味しい？」

道夫が切り分けてくれたミートローフを頬張っていると、妙子が訊いてきた。すでに、頬がほんのり赤く染まっている。

「うん。美味しい」

「昔作ってたのとはスパイスとか微妙に違うの。わかる？」

「うん。クミンが利いてて美味しいよ」

妙子の顔に笑みが広がった。

「正樹君は？」

「めっちゃ旨いっす」

「みっちゃんは？」

「旨いよ。おまえの作った料理、こんなに旨いと思ったことはない」

道夫が言った。妙子の笑みがますます広がっていく。

雨音は身構えた。テンションが高すぎる妙子はなにを言いだすかわからない。

「ワイン、注いでくれる？」

妙子がほとんど空になったワイングラスを道夫の方に差し出した。ワインを飲むペースも速い。

「ちょっと飲むペース、速すぎないか？」

道夫も同じことを危惧したのだろう。

「いいじゃない。久しぶりの家族揃っての食事なんだから。正樹君、ランブルスコは口に合う？　他のワインも用意してるから、嫌だったら変えてもいいのよ」

「だいじょうぶですよ。さっぱりしてて、美味しいです。後でミートローフがっつり食う時に、もっとボディの重いワインにします」

正樹はそう言って、ワイングラスを傾けた。高校生のくせに、いっぱしのワイン通気取りだ。

「ワイン、よく飲むんだ」

雨音は言った。まだ腹立ちがおさまっていない。

「たまに、ね」

正樹がウィンクしてきた。それがまた癪に障る。

「どんどん食べて。もし足りなくなったら、ステーキ用のお肉も買ってあるから、それを焼くわ」

「そんなに買ってきたの？」

雨音は言った。

「だって、みっちゃん、大食いじゃない。正樹君もどれぐらい食べるかわからないし」

妙子はグラスの中のワインを一気に飲み干した。

「あ、そうだ。ちょっと待ってて」

妙子が席を立った。キッチンから皿を持って戻ってくる。

「これ、ワルテル用。お肉焼いただけだからだいじょうぶでしょう？」

妙子の言葉に道夫がうなずいた。皿には焼いた牛肉が載っていた。

「ワルテル、おいで。美味しいお肉よ」

妙子が猫撫で声を出した。ワルテルは道夫の足もとで伏せていた。顔を上げ、鼻をひくつかせる。肉に気づいたようだったが、すぐに妙子に近づいたりはせず、道夫に顔を向けた。

「食べていいぞ」

道夫が言うと、ワルテルは立ち上がり、警戒心をあらわにして妙子に近づいた。妙子の掌に載った肉をくわえると、部屋の隅に移動して肉を食べた。

「わたし、よっぽど嫌われてるのね」妙子が言った。「もういいわ。雨音があげて」

「ワルテル、カム」

雨音はワルテルを呼んだ。ワルテルは文字通り飛んできた。雨音の与える肉をその場で勢いよく食べた。森からの帰り道は少し右前脚を引きずるような仕種を見せて雨音を心配させたが、もう痛みはまったく感じていないようだった。

「なんなの。この態度の違い」

「雨音は家族で、おまえは他人だ。他人のことは警戒するが、家族のことは信用している。それだけだよ」

道夫が言った。

「こう見えても、わたしも家族なのよ」

妙子が話しかけてきたが、ワルテルはそれを見事に無視した。

「腹が立つのを通り越して情けなくなってきたわ」

「犬は人間と違って取り繕ったりしないからな」

道夫は笑い、ワインを飲んだ。

皿の肉がなくなった。ワルテルはもっとよこせというように体を雨音に押しつけてくる。

「もうないよ。ダウンしていい子にしてて」

ワルテルは動かなかった。雨音の太股に顎を乗せ、上目遣いで見つめてくる。

「あなたたち、本当のきょうだいみたいね」

「最初はわたしのことも相手にしてくれなかったんだよ、ワルテル」雨音は言った。「今は手のかかる妹だって思ってるみたい」

「お姉ちゃんにならなきゃって頑張ってるんだけど、まだ努力が足りないみたい」

雨音は舌を出した。

「雨音が妹なの？」

妙子がフォークとナイフを置いた。

「雨音はそういうふうに笑って話す子だったのよね」

「急にどうしたの？」

「お父さんが亡くなってから、雨音は笑わなくなったし、口数も減った。あの人の死がショックだったんだと思ってたけど、違うわね。わたしのせいだわ」

「今頃気づいたのか。おまえは本当にどうしようもないな」

道夫が言った。正樹が笑いをこらえている。

「真面目に話そうとしてるのに、茶化さないでよ」

道夫は肩をすくめ、グラスにワインを注いだ。

「考えたんだけど、ニューヨークで一緒に暮らしたいっていうのは、やっぱりわたしの我が儘よね」

雨音はうなずいた。

「だから、今のままでいいわ。わたしはニューヨーク。雨音はここでみっちゃんと暮らす。でも、お願いがあるの。夏休みや春休みにはニューヨークに来てほしいの。わたしは彼と再婚するつもり。そうなったら、雨音の新しいお父さんになるんだから……」

「再婚するのはかまわないよ。でも、わたしは行かない」

「雨音――」

「絵も描きたいし、山にも登りたいし、ワルテルと一緒にいたい。やりたいことがいっぱいあって、時間が足りないぐらい。わたしに会いたいなら、お母さんと彼氏が日本に来て。わたしのお父さんになるつもりなら、それぐらいしてくれてもいいでしょ」

「言うじゃないか」

正樹が囁いた。妙子が唇を尖らせている。道夫は無関心を装って食事を口に運んでいた。

「だれに似たのかしら？」

妙子が道夫に助けを求めた。

「おまえだろう。頑固なところや、自分のやりたいことに集中して周りが見えなくなるところなんか、そっくりだ」

「みっちゃん！」

雨音の横でワルテルが唸りはじめた。妙子の甲高い声に反応している。雨音はワルテルの首筋をそっと撫でた。唸りがやんだ。

「だが、雨音の言うことはもっともだと思うぞ。おまえが勝手にニューヨークに行ったんだ。娘に会いたいなら、おまえが日本に来るのが筋だろう」

「雨音にニューヨークを見せてあげたいの。将来、アートの仕事をするなら絶対にあっちの方がいいんだから」

「大学生になったら、一度、行くよ」

雨音は言った。

「一度だけ？」

「気に入ったらもっと行くかも。でも、今は行かない。日本で——立科でやりたいことがたくさんあるの」

「わかったわ。さっきからワルテルがずっとわたしのことを睨んでるの。雨音はどこにも行かせないぞって言ってるのね」

「ありがとう、お母さん」

「寂しいけど、しょうがないわね。わたしが好き勝手やって、あなたをみっちゃんに預けることにしたんだもん。でもよかった。おかげで、明るい雨音に戻ってくれたもの。みっちゃんと正樹君とワルテルのおかげね」

ワルテルが伏せた。もう神経を尖らせていなくてもいいと悟ったのだろう。まるで人間の言葉を理解しているかのような行動だ。

雨音は身を屈めてワルテルの頭を撫でた。

言葉はわからなくても、理解しているのだ。犬は人の気持ちを読む。読んで理解して寄り添っていてくれる。

「ありがとうね、ワルテル」

ワルテルが尻尾を振った。

23

妙子の乗った新幹線がホームから走り去っていった。

「いると騒がしいが、いなくなると寂しいな」

道夫が言った。

「うん。寂しいって思っちゃうの、自分でもちょっとびっくり」

後ろ髪を引かれながら道夫と肩を並べて佐久平駅を出た。

「どこか寄りたいところあるか？　佐久に来るのは初めてだろう」

駐車場に向かう途中で道夫が言った。

「佐久はなんでもあるぞ。東信州で一番活気のある町だからな」

新幹線の佐久平駅ができて、佐久市は飛躍的な発展を遂げたらしい。

「ユニクロある？」

「ある」

「画材屋さんは？」

「それはわからんな。スマホで調べてみたらどうだ？」

「そうしてみる」

スマホで検索をかけた。

「岩村田《いわむらだ》駅の近くにあるみたい」

ＪＲ小海《こうみ》線の岩村田駅のそばにあるのが、佐久市で唯一の画材屋らしかった。

「先に画材屋。それからユニクロだな」

道夫が車に乗り込んだ。雨音は助手席に座り、後ろに視線を向けた。ワルテルはいない。真夏に短時間でも冷房の切れた車内に置いておくことはできないからと、正樹にワルテルの面倒を頼んで出てきたのだ。

妙子は帰ったし、ワルテルはいない。

寂しい気分が募っていく。

画材屋で新しいスケッチブックとカラーボールペン、水彩絵の具を買った。新しい画材がほしいと言ったら、妙子がお小遣いをくれた。支払いはそのお金で済ませた。

「頬が緩んでるぞ」

画材屋を出ると道夫が言った。

「嬉しいんだもん」

雨音は画材の入った手提げ袋を後部座席にそっと置いた。

マリアとワルテルのポートレートを夏休み中に完成させよう。そうしたら、ワルテルはもちろん、きっと天国のマリアも喜んでくれるだろう。

画材屋からユニクロまでの道は混んでいた。

「こんなにたくさんの車見るのアウトレット以来」

「言っただろう。立科からしたら、佐久は大都会だ。どこもかしこも混んでるから、あまり来たくないところだな。妙子のやつ、上田から新幹線に乗ればいいのに」

「お母さん的には、少しでも都会っぽいところから新幹線に乗りたいんだと思う」

「考え方がガキだな」

「永遠の少女なんだよ、お母さんはきっと」

「雨音も段々わかってきたな。妙子のこと、ゆるせるようになったんだな」

雨音は道夫には答えず、微笑んだ。

道路と同じようにユニクロの駐車場も混んでいた。道夫はげんなりした顔で、なんとか見つけたスペースに車を停めた。

「おれは車内で待ってるからひとりで買い物してこい。金はあるか？」

「お母さんにもらったお小遣いがまだ残ってるから」

雨音は車を降り、駐車場を横切った。画材屋を出た時に道夫に指摘されたとおり、今日はとても気分がいい。

妙子ときちんと話し合うことができたからだ。

立科に来る前は意固地になっていた。

妙子に話してもしょうがない。そもそも妙子は雨音の言葉になど耳を傾けてくれない。妙子は自分のやりたいことしかやらない。

全部間違っていた。

いや、自分が間違っているのはわかっていたのだ。ただ、拗《す》ねて意固地になって、すべてを放りだしていた。辛いことに背を向け、楽な方へ逃げ込んでいたのだ。

今でも自分ひとりでなにかができるとは思っていない。

道夫と正樹とワルテルがそばにいてくれたから、自分の思いを妙子に告げることができたのだ。

店内に入るとレディース売り場に足を向けた。お盆を過ぎると、朝晩は冷え込むようになると道夫が口にしていたのを聞いて、厚手の上着が欲しいと思っていたのだ。

確かに、この数日はワルテルと朝の散歩に出ると、体が温まるまでは背中を丸めてしまうことが多い。

そういえば、地元の人たちは今年は夏が短そうだと話している。

パーカを見ていると、背中の方から近づいてくる人の気配を感じた。振り返る。

松田史恵だった。友達がふたり、松田史恵の後からついてくる。

「こんなとこで、奇遇だね」

松田史恵は雨音の前で立ち止まると腕を組んだ。

「どうも……」

雨音は軽く頭を下げた。道夫は、佐久は大都会だと言ったが、結局は地方都市だ。人が動くエリアが限られているから、会いたくもない人間と鉢合わせしてしまう。

「ちょっと付き合いなよ」

「伯父と一緒に来てるんで」

雨音は松田史恵に背を向けた。その場を立ち去ろうと足を踏み出した瞬間、左の腕を摑まれた。

「時間はかからないからさ」

「困ります。放してください」

雨音は松田史恵の手を振り払った。松田史恵が顔をしかめ、他のふたりが雨音を睨んだ。

ワルテル、力を貸して——脳裏にワルテルの顔が浮かんだ。ワルテルは牙を剝いて唸っている。

「言っておきますけど、国枝さんとはなんの関係もありませんから。別荘がうちの隣だからお付き合いが少しあるだけです」

「それ、わたしが聞いてる話と全然違う」

「だれから聞いたのか知らないですけど、でたらめです。わたし、中学生ですよ。国枝さんにとっては妹みたいなものです」

「泊まりがけでどこかに行ったって話は？」

呆れて二の句が継げなかった。どこのだれがそんな話を拾い上げるのだろう。

「登山に行ったんです。涸沢。上高地からずっと登っていくんです」

「登山？」

「蓼科山にも一緒に登りました。それがなんですか？　うちの伯父が登山家だから一緒に教えてもらって登ってるんです。それだけです」

「それ、本当？」

松田史恵が言った。年相応の可愛らしい声だった。

「はい」

「あの人がこんな子に熱上げるとは思えないよ」

松田史恵の連れが言った。

「愛梨《あいり》と和樹《かずき》って話盛るじゃん」

もうひとりの連れが言った。松田史恵がうなずいた。

愛梨と和樹というのがどこのだれかは知らないが、そのふたりがちょっとした噂話を大きくして松田史恵の耳に吹き込んだのだろう。はた迷惑な話だった。

「ちょっと訊くけど、あの人、彼女いるのかな？」

松田史恵が言った。これまでとはまったく違う話し方だった。

「東京でなにをしてるのかは知らないけど、多分、いないと思います」

「そう。ありがと。迷惑かけたね」

強張った笑みを残して、松田史恵たちは立ち去った。

雨音は肺に溜まっていた息を吐き出した。緊張が一気にほぐれていくのを感じた。

妙子と同じだ。逃げずに話したから誤解が解けた。

ありがとう――脳裏のワルテルに感謝した。ワルテルは欠伸をしている。

店を出て車に戻った。うたた寝をしていた道夫が起きた。エンジンをかけたままの車内は冷えていて気持ちがいい。駐車場はアスファルトの照り返しが凄くてサウナの中を歩いているかのようだった。

「うん？　なにも買わなかったのか？」

「欲しいのがなかったの」

雨音は言った。

「そうか。じゃあ、帰るか」

「うん。きっと、ワルテルが首を長くして待ってるよ。早く帰ろう」

「了解」

道夫がパーキングブレーキを解除してギアをドライブに入れた。

朝の散歩は登山用のウエアを着ればいいのよね——雨音は遠ざかっていくユニクロの店舗を振り返りながら思った。

＊

「うん？」

道夫が首を傾げた。坂の上の方に見えてきた国枝家の別荘からなにやら不穏な雰囲気が漂ってくる。

「国枝さんとこ、だれか来たかな」

「そうみたい」

雨音は相槌を打った。真澄が来たのかもしれない。それで正樹が不機嫌になっている。不穏な雰囲気はそのせいだ。

「親父さんだな」

国枝家の前を通った瞬間、道夫が言った。庭に停まっているのがポルシェではなくメルセデスだったのだ。車のことはよくわからないが、一目見ただけで高級だということがわかるデザインの車だった。

「正樹のやつ、荒れなきゃいいけどな」

道夫は駐車スペースに車を停めた。家の中からワルテルの吠える声が聞こえてくる。

「あれ？　正樹、こっちにいるんだ」

雨音は呟いた。画材の入った手提げ袋を摑み、家に入る。ワルテルが廊下を駆けてくる。

「ただいま。いい子にしてた？　ワルテルのおかげで今日もいいことがあったよ」

ワルテルをハグし、胸の毛に顔を埋めた。道夫が姿を現すと、ワルテルは雨音を押しのけるようにして道夫に近づいていった。

「もう少し優しくしてよね」

雨音は唇を尖らせ、靴を脱いだ。居間へ行くと、正樹が不機嫌な顔をしてソファに座っていた。

「お父さんが来てるんじゃないの?」

雨音は正樹に声をかけた。

「ふたり揃って来やがった」

正樹が答えた。表情と同じように刺々しい声だった。

「戻らなくていいのか? 親父さんと会うのは久しぶりだろう」

「道夫さんが戻ってくるまでワルテルの面倒見てなきゃって言って逃げてきたんだ。もう少しいてもいいでしょ?」

「おれはかまわんが……」

ワルテルがソファに飛び乗り、正樹の太股に顎を乗せた。

スマホの着信音が鳴った。正樹のスマホだったが、正樹は電話に出る素振りを見せなかった。

「着信、いいの?」

「どうせあの女からだ」

正樹は吐き捨てるように言った。

「おれたちが帰ってきたから、早く戻って来いって催促の電話だろう」

そう言って、道夫はキッチンに向かった。

着信音が切れたが、またすぐに鳴りはじめた。

「電話に出た方がよくない？」

雨音はおそるおそる声をかけた。

「雨音には関係ないだろう」

正樹が乱暴に立ち上がった。ワルテルが慌てて飛び退《との》く。

正樹はワルテルを気遣う余裕もないほど苛立っていた。

「道夫さん、ビールもらってもいいですか？」

正樹はキッチンに向かい、冷蔵庫を開けた。

「ああ、かまわんが――」

道夫が答える前に缶ビールの栓を開けて飲みはじめた。

道夫と目が合った。道夫が肩をすくめた。

正樹は居間を横切ってベランダに出ていった。ワルテルがソファでうずくまったまま、そんな正樹の様子をうかがっている。テーブルに置かれたままの正樹のスマホは、着信音が鳴っては途切れ、途切れては鳴るということを繰り返している。

別の着信音が鳴った。道夫のスマホだ。道夫は電話に出て、居間に背を向けた。仕事絡みの電話だ。

「ワルテル、二階に行こうか?」

雨音は言った。ワルテルがソファから飛び降りた。

「ほんと、扱いにくいんだから嫌になっちゃうね、あの男」

階段をのぼりながらワルテルに話しかけた。ワルテルは相槌を打つように尻尾を揺らした。

＊

国枝家の別荘から言い争う声が聞こえてきた。雨音は溜息を漏らしながら鉛筆を置いた。

いつもなら、絵を描くことに集中すると他のことは気にならなくなる。

だが、今は別だ。

言い争いをしているのは正樹と父親のようだった。親子の不和が我がことのように感じられて胸が締めつけられる。

「ちゃんと話し合えばいいのに」

雨音は呟いた。ベッドで伏せているワルテルも隣が気になって眠れないようだ。

「ワルテル、これ、どう思う?」

雨音はスケッチブックをワルテルに向けた。雨音の太股に顎を乗せて食べ物をねだるワルテルのポートレートだ。まだデッサンの途中だが、頭の中には明確なイメージができあがっていた。

夏休みが終わる前には完成させることができるだろう。ワルテルの気高さと可愛さを同時に表現する作品になるはずだ。

「あいつも犬を飼えばいいのよ」

雨音はスケッチブックを置くと、ベッドに移動した。ワルテルの背中を枕にして横たわる。

正樹はワルテルを可愛がっているし、ワルテルも正樹を慕っている。だが、それでもワルテルは乾家の家族なのだ。道夫も雨音も、基本的には二十四時間、ワルテルと一緒にいる。

正樹はそうではない。自分の都合のいい時にワルテルを可愛がり、時間が来ると去っていく。

ずっと一緒にいなければ、犬から教わることができない。

見返りなど求めずに家族を愛し、気持ちを汲《く》み、辛い時や悲しい時には余計な言葉は口にせずにただ寄り添ってくれる。

犬の愛に触れる度、自分もだれかにとってのそういう存在でありたいと思う。

人間には犬のように振る舞うことはとても難しい。それでも、努力することで近づけるはずだ。

見返りを求めず、愛し、見守り、寄り添う。

シンプルなそれだけのことがどれだけ難しいかを知れば、他人に対する鬱憤や不満は薄らいでいく。

妙子に対する雨音の思いがワルテルと暮らすことによって変わっていったように、正樹も犬と暮らせば家族に対する考え方が変わるのではないだろうか。

「いつもいつも、なににあんなに怒ってるんだろうね」

雨音は体を起こした。ワルテルの脇腹を優しく撫でてやる。

ワルテルは鼻を鳴らした。気分がいいのだ。道夫に同じことをされるとお腹を天井に向ける。

犬と暮らしている人たちはその姿を「へそ天」と呼ぶらしい。

ワルテルは道夫にはへそ天をするが、雨音には絶対にしない。

どうやら、牡としてのプライドが関わっているらしい。

ワルテルが反転した。耳が持ち上がっている。次の瞬間、インタホンが鳴った。

「ワルテル、ノー」

ワルテルが吠えはじめる前にコマンドをかけて制止した。ワルテルは不満そうに唸ったが吠えたりはしなかった。

雨音は首を傾げた。

車やバイクのエンジン音は聞こえなかった。インタホンを鳴らしたのは郵便配達でも宅配業者でもないのだろう。だとすれば、訪問者は近所からやって来たことになる。

「だれだろう？」

耳を澄ました。応対する道夫の声が聞こえた。丁寧な言葉遣いだった。道夫はこの辺りで付き合いのある別荘族とは砕けた話し方をする。やって来たのは国枝家のだれかだろうか。

雨音はベッドを離れ、ドアをそっと開けた。くぐもった女性の声が聞こえてきた。

やはり、訪問者は真澄だった。

ふたりの姿は見えないが、道夫が真澄を家の中に招き入れる気配が伝わってきた。ワルテルの唸り声が大きくなる。

「ノーだってば」

雨音は振り返ってワルテルを睨んだ。ワルテルが口を閉じた。ワルテルに言うことを聞かせるには、こちらが真剣だということをわからせればいいのだ。

「ちょっと待ってて。すぐに戻ってくるから」

雨音は廊下に出、足音を殺して階段を途中までおりた。膝を折って手すりから顔を出した。ドアが開きっぱなしの居間が覗けた。

ソファに座った真澄がハンカチで目を押さえている。

「申し訳ありません」

姿の見えない道夫にかける声も湿っていた。

「いいんですよ」

道夫が姿を現した。真澄のためにコーヒーを用意していたらしい。

「あそこにいるのが居たたまれなくて。かといって車のキーは孝一《こういち》さんが持っているし、他に知り合いもいないし」

「気にしないで。さ、コーヒーを飲んで、少し落ち着いてください」

道夫が真澄の向かいに腰をおろした。

「あのふたり、本当に仲が悪くて。血の繋がった親子なのに」

「逆に血が繋がってるからこそぶつかり合うということもありますよ」

「孝一さんが立科に行くと言った時に、わたしがなにがなんでも止めればよかったんです。こうなることはわかってたのに……」

「なにを言い争ってるんですかね？」

「正樹が無断でバイクの免許を取って、バイクを買ったことに腹を立てているんです。それから、勝手にこっちに来て過ごしていることも」

「もしかしたら、大学には行かないって言っちゃいましたか？」

真澄がハンカチをどけ、顔を上げた。瞼が腫れていた。

「ご存じだったんですか？」

「まあ、はっきりと本人の口から聞いたわけではないんですが、雰囲気からそうかなと……」

「そうでしたか……わたしたちより乾さんの方が正樹のことをよく知っているんですね」

「親には言えないことも他人になら言いやすいってこともあるでしょう。この夏で、彼、登山にはまってしまいましてね。本格的に山をやりたいと、ことあるごとに口にしています」

「山、ですか……」

「写真の他に初めて、真剣にやりたいことを見つけたんだと思いますよ。コーヒー、冷めちゃいますよ」

道夫に促され、真澄がコーヒーカップに手を伸ばした。

「登山なんて、きっと、孝一さんはゆるしません」

「正樹君も諦めないと思いますよ」

「頑固なところだけそっくりなんです」

真澄が歯を見せた。笑ったのだ。

「わたしがふたりの間を取り持つべきなんでしょうけど、後妻だし、若すぎるし……」

「年は関係ないですよ。あなたが正樹君の母親として振る舞う意思があるかどうか、それだけです」

「そうですね」

真澄はうつむき、またハンカチを目に押し当てた。

雨音は部屋に戻った。大の大人が他人の前で泣く姿を見るのが後ろめたかった。

ワルテルがドアのすぐ後ろに立っていた。雨音がドアを閉めると、足に体を押しつけてきた。

「正樹のお父さんってどんな人だろう？　話聞いていると、わたしのお母さんをめっちゃ嫌な人にしたみたいな感じだけど――」

雨音は途中で口を閉じた。正樹と父親の言い争いはまだ続いていた。

＊

夕方の散歩の前に言い争う声が途絶え、それからほどなくして真澄も帰っていった。

ワルテルを連れて階下におりた。道夫はまただれかと電話をしていた。

「散歩に行ってきます」

　電話中の道夫の背中に声をかけ、雨音はワルテルと外に出た。国枝家の門の前で足を緩め、中の様子をうかがった。国枝家は静まりかえっていた。

「なにも聞こえないと余計心配になっちゃうな……」

　ワルテルも正樹のことが気になるようだった。普段なら、尻尾をぴんと持ち上げて歩くのに、その尻尾が下がっている。

「夜になったら電話してみようか？　それともメッセージの方がいいかな？」

　ワルテルに語りかけながら坂道を下った。

「でも、あいつ、どっちも無視しそう」

　アップダウンの激しいエリアを小一時間かけて歩いた。ワルテルの運動のためでもあるし、登山のためのトレーニングにもなる散歩コースだ。家を出た時は少し肌寒かったが、途中から体が火照って上着を脱ぐ羽目になった。

　家に帰ると香辛料のいい香りがキッチンから漂ってきた。

「ただいま」

　ワルテルの肉球を濡れた布巾で丁寧に拭いてから、キッチンに声をかけた。

「いい匂い」

「猪の肉で作ったソーセージだ。今夜はそれにサラダとコーンスープ。トウモロコシもだいぶ甘みが乗ってきて旨いぞ」

「最近、肉食べ過ぎな気がする」

雨音は言った。昨日も妙子が作った肉料理をたらふく食べてしまった。

「雨音の年頃なら食べ過ぎなぐらいがいいんだ。たくさん食べて、たくさん体を動かす。それで筋肉が増えていく」

「有紀を見てるからよくわかる。なにか手伝う？」

「ワルテルの飯の支度をしてくれ」

「はい」

道夫の言葉を理解したのか、ワルテルが雨音にまとわりついてきた。道夫がご飯の支度をする時は少し離れたところでおとなしく待っているのに、雨音の時はやりたい放題だ。

「ワルテル、ステイ」

少しきつい口調でコマンドをかけると、ワルテルは不満そうな表情を浮かべてその場に座った。

「いい子ね。やればできるじゃない」

雨音は手早く作業を進め、ワルテルの足もとにご飯の入った食器を置いた。ワルテルは何度も舌なめずりして口に溜まる唾液を飲みこんでいる。

「ＯＫ」

雨音が言うと、ワルテルは食べはじめた。見ている方の気分がすかっとするほどの食べっぷりだ。

「隣の言い争い、聞こえてた？」

雨音は道夫に話しかけた。

「うん。奥さん、ここに逃げてきたよ。居たたまれないって言ってさ」

「来たのは知ってる」

「そうか……」

「国枝さんってどんな人か、知ってる？」

「何度か話したことはある。自尊心の塊で、他人の言葉に耳を貸すタイプじゃないな。頭ごなしに人に指図するのが当然と思ってる」

「最悪」

雨音は思わず呟いた。

「そうだな。ああいう人が自分の父親だったら最悪だな。あの人こそ子供は自分の所有物だと決め込んでる感じだ」

道夫はコーンスープを味見してうなずいた。

「親子なんだから、仲良くやれればいいのに」

雨音は思わせぶりに道夫を見た。

「親子喧嘩の仲裁してこいというならお断りだ。家庭内のトラブルに他人が口出ししてもろくなことにならん」

「そうだとは思うけど……」

「正樹だって馬鹿じゃない。ちゃんと、自分の力で乗りきるさ」

「うん」

ワルテルが道夫のそばに来て、鼻をうごめかせた。ご飯の入っていた食器は空っぽで、磨き上げたかのように綺麗になっていた。

「まだ食べたりないのか？　今日はおまえに食わせてやれるものはなにもないぞ」

道夫が素っ気ない言葉をワルテルにかけた。ワルテルはそれを聞くと、踵を返してソファに飛び乗った。

「お盆が過ぎたら少しは人も減るから、また蓼科山に登りに行くか。正樹も誘って」

「うん、行きたい」

「雨音たちの若さなら、何度か蓼科山を登れば、八ヶ岳にも登れるようになる。冬になる前に、一度八ヶ岳にも行こう」

「正樹さんは無理だよね、八ヶ岳？」

「高校を卒業すれば、好きな時に好きなだけ登れるようになるさ」

「そうだね」

雨音は食器棚からスープボウルや皿を取りだした。鍋で茹でていたソーセージが浮かんできている。後はフライパンで皮をぱりぱりになるまで焼けばできあがりだ。

道夫がソーセージをザルに上げた。

「サラダとスープの用意を頼む」

道夫の声にうなずき、雨音はサラダの盛りつけに取りかかった。

ソーセージはもちろん、道夫の手作りのドレッシングがかかったサラダも、コーンスープも美味しかったが、どこか味気なかった。

耳の奥に正樹と父親の言い争う声がこびりついているせいだった。

食事を終え、洗い物を片付けると部屋に戻った。スマホに手を伸ばし、正樹にメッセージを送る。

〈今、だいじょうぶ？〉

十分待ってみたが、返事はなかった。次は電話をかけた。呼び出し音が鳴るだけで正樹が電話に出ることはなかった。

「やっぱ、スルーか……」

雨音はスマホから手を離した。ワルテルがやって来る気配もない。今夜は道夫と寝るつもりなのだろう。

「勉強する気分じゃないし、やっぱり、こっちかな……」
スケッチブックを開き、デッサン用の鉛筆を握った。描きはじめてしばらくすると、国枝家のことは頭から消えた。

24

苦しそうなエンジン音を発して坂を登ってきたトラックが国枝家の前に停まった。二トントラックで、荷台は空だった。なにか大きな荷物でも運び出すのだろうか。洗濯物を干す手を止めて、雨音は様子をうかがった。トラックの助手席側から人が降りてきて、国枝家のインタホンを鳴らした。運送業者のようだ。

しばらくすると門扉が開いた。トラックが何度か切り返しを繰り返してから国枝家の敷地にバックで入っていく。

「こんにちは」

人の声に我に返った。家の前の道を、トイプードルを連れた年配の女性が歩いていた。少し先の別荘の住人だ。

「こんにちは。また暑くなってきましたね」

雨音は笑顔で挨拶を返した。秋めいた気温が続いていたが、今日から二、三日は夏らしい暑さが戻るらしい。

国枝家で怒号が響いた。年配の女性が思わず足を止め、トイプードルが甲高い声で吠えた。それに応じるように家の中からワルテルの吠え声が響く。

国枝家から聞こえてきた怒鳴り声は正樹のものだった。

雨音は洗濯物を放りだし、クロックスをつっかけてベランダから庭に飛び降りた。

年配の女性が回れ右をして、来た道を戻っていく。正樹の怒鳴り声には凄まじい怒りが込められていたのだ。

敷地を出て国枝家まで駆けた。門の外から中を覗きこむ。運送業者たちが正樹のバイクをトラックの荷台に運び上げようとしていた。ふたりは手を止めて玄関の方を見つめていた。その視線の先には正樹と恰幅《かっぷく》のいい年配の男がいた。おそらく、正樹の父、国枝孝一だ。

「あれはおれのバイクだ」

正樹が孝一に食ってかかっていた。

「だれの金で買ったんだ？」

孝一は涼しい顔で応じた。シルバーグレイの頭髪に覆われた顔立ちは、確かに正樹に似ている。傲慢《ごうまん》な振る舞いの時の正樹に冷徹さを足した顔だ。

正樹たちの間に立ちこめる空気は険悪で、運送業者たちは困惑していた。真澄の姿が見えないのはふたりの板挟みになるのを恐れているからだろうか。

「おれのバイクだ」

正樹が繰り返した。

「おれの金で買ったバイクだ。おれがそのバイクをどうしようが、おまえの知ったことじゃない」

正樹の声が、触れるものを焼き尽くす炎なら、孝一の言葉はすべてを凍《い》てつかせる氷の刃《やいば》だった。

「早く持っていけ。そのために金を払ってるんだぞ」

孝一が運送業者たちに言い放った。有無を言わせぬ響きがある。運送業者たちはうなずき、バイクをトラックの荷台に載せはじめた。

「やめろって言ってんだろう」

正樹が叫んだ。だが、運送業者たちの手が止まることはなかった。どちらがこの家の主《あるじ》なのかは一目瞭然なのだ。

「ふざけやがって」

正樹は荒々しくドアを閉めて家の中に消えていった。

「自分で金を稼いだこともない若造が、偉そうに。さあ、早く持っていけ」

孝一も顔を歪めて業者を威嚇すると家の中に入っていった。

雨音は肺に溜めていた息を吐き出した。あんな親子と一緒に暮らすなんてぞっとする。間違いなく居たたまれなくなるだろう。初めて、真澄に対する同情を覚えた。

家に戻り、洗濯物を干した。国枝家に渦巻く怒りと憎悪に当てられたかのようで体が重かった。

居間に入ると、倒れるようにソファに座り込んだ。

「疲れた……」

ワルテルがソファに飛び乗ってきて、雨音の体のあちこちを嗅いだ。自分を置いてひとりで外に出ていったことを咎め、なにをしていたか確かめている。

「どうだった、隣の様子？」

仕事部屋にこもっていた道夫が出てきた。真夏の北アルプスの写真を使いたいという依頼があり、これまでに撮った写真をセレクトするのだと言っていた。

「怖かった」雨音は正直に答えた。「今にも殴り合いの喧嘩がはじまるんじゃないかって、思って……」

「確かに、正樹の声には殺気があったな」

「国枝さん、初めて見たけど、凄く嫌な感じの人だった」

道夫がうなずいた。

「東京にはああいう人種は大勢いるけどな」

「あんなお父さんと一緒にいたら、正樹さんまでああなっちゃいそうで悲しかった。怒鳴ってる時の顔、そっくりだったし」

「正樹はだいじょうぶだ」

「どうしてそう言い切れるの？」

「あの家にいちゃ自分がだめになると自覚して、家を出ようともがいてる。ただ、お坊ちゃん育ちだからな。嫌いな父親の金使って反抗しようなんて馬鹿なことをしてるのさ。本当に自立するにはなにをしなきゃいけないのかってことにそのうち気づく」

「自分でお金を稼いで、住むところを見つけて――」

道夫が笑った。

「中学生の雨音にもわかることが、あいつにはわからないんだよなあ」

「頭ではわかってるみたい。偉そうだけど、甘いところがあるの。ワルテルに似てる」

「確かにそうだな」

雨音の太股に顎を乗せていたワルテルが顔を上げた。

「ワルテルに似てるってことは、本当は優しいってことだよ。だから、だいじょうぶ。そうだよね？」

ワルテルはわかりきったことを訊くなというように鼻を鳴らし、また雨音の太股に顎を乗せて目を閉じた。

＊

数学の問題を解いていると、正樹からＬＩＮＥのメッセージが届いた。

〈なにしてる？〉

雨音はすぐに返信した。

〈勉強〉

〈ワルテルは？〉

〈下で道夫さんと一緒〉

〈窓、開けておいてくれ〉

〈窓？　なんなの？〉

返事はなかった。雨音は窓を開け、外を見た。すぐ目の前にある樅の木が揺れている。下を覗くと、正樹が木をよじ登っていた。

「なにしてるのよ？」

小声で訊ねると、正樹は人差し指を口に当てた。理由はわからないが、雨音に会いに来ることを道夫に知られたくないらしい。だから、ワルテルのことを訊いてきたのだ。ワルテルが正樹に気づけば間違いなく反応する。

窓を開けたまま、正樹が登ってくるのを待った。昼間は暑かったが、吹き込んで来る風はひんやりしていた。聞こえる足音はまだ遠いが、秋が確実に近づいてきている。

「手、貸して」

窓と同じ高さまで登ってきた正樹が言った。雨音は窓枠から身を乗り出して、正樹が伸ばしてきた腕を摑んだ。

「まさか、そこからジャンプするつもり？」

言い終わる前に、正樹が木の幹を蹴った。雨音に抱きついてくる。正樹の体重を支えきれず、雨音は真後ろに倒れた。

目を閉じた。頭の中がぐるぐると回った。痛みを覚悟したのになにも感じない。動きが止まり、おそるおそる目を開ける。

正樹に抱きしめられていた。雨音が倒れているはずなのに、床に背をつけているのは正樹だ。雨音は正樹の上に乗る形になっている。

「どうなってるの？」

「柔道の受け身は有段者並みだって褒められたことがある」正樹が顔をしかめた。「早くどけよ。重いだろう。何キロあるんだよ」

「失礼ね」

雨音は立ち上がった。耳を澄ます。道夫の気配は感じられず、ワルテルの声も聞こえない。夕飯の時に赤ワインをけっこう飲んでいたから、道夫とワルテルはもう床《とこ》についているかもしれない。

「なんで家《うち》に来るのにこんなことしなきゃ——」

正樹の顔を見て、雨音は言葉を飲みこんだ。眼窩《がんか》が落ちくぼみ、頬がげっそりと痩《こ》けている。昨日は不機嫌ではあったけれど、ここまで酷くはなかった。たった一日で人の顔つきがこんなに変わるなんて、聞いたことがない。

「酷い顔だよ」

「そうか?」

正樹は靴を脱ぎ、立ち上がって窓を閉めた。

「そんなにお父さんと一緒にいるのが辛いの?」

正樹はそれには答えず、雨音の机に向かった。スケッチブックを手に取って、ページをぱらぱらとめくった。

「お、これいいじゃん」

正樹が目を留めたのは描きかけのワルテルのポートレートだった。

「まだ描きかけだけど」

「いいよ。完成してなくてもわかる。雨音のワルテルへの想いが詰まってる。おれもこういう写真、撮りたいな」

「お母さんが、その写真、とても素敵だって言ってた」

雨音は机に出していた写真を指差した。

「モデルがいいからだ」

正樹は閉じたスケッチブックを机に置いた。部屋の中をゆっくり見渡してから、ベッドの端に腰をおろした。

「親父のことは嫌いだけど、辛いわけじゃない」

前置きもなく、唐突に話しはじめた。

「きついのはあの人だ」

「真澄さん？」

正樹がうなずいた。

「時々、親父に抱かれてるあの人の声が聞こえてくる。気が狂いそうになる」

正樹が真澄にそんな想いを抱いていたなんて、青天の霹靂《へきれき》だった。

「最初は口を利くのも嫌だった。金目当てで親と言ってもいいぐらい年の離れた男と結婚したクソ女だ」

雨音は唇を噛んだ。なにを言えばいいのか、見当もつかない。

「だけど、親父はたまにしか家に帰ってこない。昼間はおれも学校があるし、あの女も買い物だとかエステだとかに行って留守にしてるけど、夜はずっとふたりでいるんだ」

　正樹は口を閉じ、天井を睨んだ。

「話し方も、振る舞い方も、着る服のセンスも全部嫌いだ。でも、いつもおれのそばにいる。おれがどんな嫌みを言っても、酷い態度を取っても、めげないであれこれ世話を焼こうとするんだ。それがまた、苛々するし腹が立つ」

　正樹が視線を雨音に向けてきた。

「そんなのがずっと続いててさ、おれはどんどんひねくれていくばっかだった」

　正樹が笑った。今にも消えてしまいそうな頼りない笑顔だ。

「ゴールデンウィークが終わって東京に帰ってすぐ、親父と喧嘩した。進学のことで揉めてさ。親父のやつ、いきなり殴りかかってきて、おれは意識を失った……」

「え？」

　雨音は思わず声を漏らした。高校生の息子を、意識を失うほど殴る親を想像することができなかった。

「気がついたらベッドに横たわってて、あいつが看病してくれてた。親父の命令で病院には連れていけない、ごめんねって泣きながら。親父はどうしたって訊いたら、仕事でシンガポールに行くって言って出ていったって」

正樹がまた笑った。

「息子を気絶させておいて、病院にも連れていかず、自分は仕事だってよ。そんな親、いるか？」

雨音は首を振った。

「みっともない話だけど、おれ、泣いちゃってさ……悔しくて、惨めで。そしたら、あいつが可哀想にって涙を拭いてくれた。で、起こっちゃいけないことが起こった」

いつの間にか拳を握っていた手が汗ばんでいた。目の前にいる正樹と自分の間を薄い膜が隔てているような感覚があった。

「それからは、いつも頭の片隅にあいつがいるんだ。間違いがあったのはあの時だけだ。二度と起こっちゃいけない。わかってる。でも忘れられない。それなのに、たまに親父が帰ってくると、あいつは親父に抱かれるんだ。耐えられない。死んでしまいたい……ごめんな。こんな話聞かせて」

雨音は首を振った。本当は優しい人間なのに、いつも不機嫌で怒っているように見えていた理由がやっとわかった。

「だれにも話せなかったし、話すつもりもなかった。だけど、おまえにだけは言っておいた方がいいって気がしたんだ」

「どうして？」

「おれには家族なんていない。親父は論外だし、あいつも家族じゃない。道夫さんにはこんな話できない。おれの家族はおまえだけだ」

胸が締めつけられた。立科に来る前の雨音も苦しみを抱えていた。辛い気持ちを訴えることのできる相手がどこにもいなかったのだ。ここへ来て、道夫に少しずつ話すようになり、ワルテルに慰められて変わることができた。正樹の存在も大きかった。強引ではあったけれど、絵を描く自信を与えてくれたし、山の魅力も正樹のおかげで味わえた。そう。正樹も雨音の家族なのだ。

「わたし、一緒にいるから。正樹のそばにずっといるから」

ワルテルがそうしてくれるように、雨音も正樹に寄り添う。それだけだ。

「ありがとう、雨音。おれ、家を出る」

雨音はうなずいた。道夫の言葉が脳裏によみがえる――本当に自立するにはなにをしなきゃいけないのかってことにそのうち気づく。

「親父の臑を齧ってるままじゃ、なにを言ったって嘘くさいよな。自分で食い扶持《ぶち》稼がなきゃ。それに……」

正樹は言葉を途中で飲みこんだ。聞かなくてもわかる。このまま家にい続けたら、真澄への恋慕が強くなっていくだけなのだ。

「それで、どうするの？」

「どっかでアルバイトして、アパート借りる。自分で働いた金でカメラ機材買って、山に登る。まずはそれからだ」

「どこに行くにしても、必ず連絡してよ」

「するよ。約束する」

正樹が小指を突き立てた。雨音も小指を立てて指切りをした。

ゆびきりげんまん、嘘ついたら針千本飲ます――だれかと指切りをしたのはいつ以来だろうか。記憶を掘り返しても思い出せなかった。

「今の話、内緒だぞ。おれと雨音の間だけの話だ」

「わかってる。だれにも言わない」

「道夫さんにもだぞ」

「うん。だいじょうぶだよ」

正樹に抱き寄せられた。雨音は抱きしめられたまま目を閉じた。

「立科に親父の別荘があってよかった。おかげで、雨音っていう妹ができた」

正樹が言った。雨音はこくんとうなずいた。

25

「今日も最高」

雨音は屋根に干した布団の上に寝転んだ。眼下に広がるのは涸沢カール。その向こうに聳えているのは蝶ヶ岳《ちょうがたけ》や常念岳《じょうねんだけ》といった北アルプスの峰々だ。

穂高岳山荘のアルバイトとして入山して今日で二ヶ月。八月の混雑も一段落して、のんびりできる日々が続いていた。

スマホにメールが届いた。メールを開くと、岩壁をよじ登っている正樹の写真が現れた。

「やってるな」

雨音は微笑んだ。正樹は去年の秋から渡米している。アルバイトをしながら各地を転々とし、気に入った岩壁や岩山を見つけては登るという日々を送っている。

いつか、八千メートル級の山をやりたい。そのためにはロック・クライミングの技術も必要だと言って取り組みはじめたのだ。

山屋としてだけでなく、山岳写真家としても名前が売れはじめた矢先の渡米の決断だったが、雨音はもちろん、道夫も反対はしなかった。

正樹が国枝家との関係を一切断ち、この五年近くひとりで歯を食いしばって生きてきたことを知っていたからだ。

おまえの好きなようにすればいい——それがアメリカに渡る正樹に道夫がかけた言葉だった。

「あ、またサボってる」

佐久間恵美《さくまえみ》が屋根に登ってきた。先輩スタッフだ。雨音より三つ年上だが、気さくに接してくれる。

「ちょっと休憩してるだけですよ」

「なに見てにやけてるの？」

屋根の上をにじり寄ってきた恵美が雨音のスマホを覗きこんだ。

「あ、例の彼氏」

「彼氏じゃないって言ってるじゃないですか。兄貴みたいな存在なんですってば」

「またまたあ。雨音ちゃんが男どもに素っ気ないのは、この彼氏のせいだってみんな噂してるよ」

「彼氏なら別にいますよ」

雨音は笑いながらスマホを操作した。ワルテルの画像を恵美に見せる。

「バーニーズ・マウンテン・ドッグのワルテルっていうんです。ワルテルがわたしの彼氏」

「可愛い……っていうか、綺麗だわ、この犬」

恵美の顔が輝いた。

「でしょう？」

「こんなに素敵な彼氏がいるのに、二ヶ月も山にこもってバイトしてていいの？」

「優しいから、なにをしてもゆるしてくれるんです」雨音は答えた。「でも、今頃、なにしてるかなあ、ワルテル」

ワルテルに最後に会ったのはもう、半年近く前だ。

春休みに道夫のところに帰省して一週間ほど過ごし、その時に、ワルテルと散々じゃれ合った。

東京の美大に進学してからは、立科に戻るのは夏休みと正月休み、それに春休みの三度だけ。一緒にいる時間が短い分、帰省した時は一秒でも惜しくてワルテルと過ごしている。

「この子、何歳？」

「九歳かな？」

「聞いたことあるんだけど、このバーニーズっていう犬種、あんまり長生きしないんでしょ？」

「詳しいですね、恵美さん」

「実家でフラット・コーテッド・リトリーバーっていう犬種を飼ってるのよ。フラットも病気の子が多くて、それでちょっと知ってるの」

「そうなんだ……」

マリアも十歳の誕生日を迎えることなく旅立った。ワルテルも、雨音が立科で暮らすようになった頃と比べると老いの影が差してきているように思える。

いつかは別れの時が来る。

この一、二年、道夫は口癖のようにそう言う。自分と雨音に言い聞かせているかのようだ。

「どう？　二シーズン目の山小屋暮らしは？」

恵美が話題を変えた。

「最高です」

正樹が去った後も、道夫と一緒に毎週のように蓼科山に登り、ゴールデンウィークや夏休みには八ヶ岳、南アルプス、北アルプスの峰々を登った。登山をはじめて三年目には、厳冬期の八ヶ岳にも挑み、最高峰の赤岳にも登頂した。

道夫の指導があったからだが、今では自分はいっぱしの山屋だと思っている。

美大を受験した時の提出課題にも、この真冬の赤岳を描いた油絵を出した。無事合格できたのは山のおかげだと思っている。描くのは好きだが、モチーフがなかった自分に描くべきものを教えてくれたのはワルテルと、山だ。

「だよねえ。混む時期は目が回るような忙しさだけど、余裕のある時はこんな絶景を毎日独り占めできるし。休日は登り放題だし。あ、今度の休み、ジャンダルムまで足を延ばさない？」

ジャンダルムというのはフランス語で武装した警官を意味する言葉で、奥穂高岳の西南に聳えるドーム形の岩峰を指す。穂高連峰を縦走する登山者の行く手を遮るように聳えていることからそう名付けられたらしい。

「行きましょう、行きましょう」

ジャンダルムの頂《いただき》までは、奥穂高岳を越えて二、三時間の山行《さんこう》だ。一日だけの休みに登ってくるにはちょうどいい。

「雨音ちゃんの邪魔にならないよう、頑張って歩くから」

「なに言ってるんですか。恵美さんだって相当速いじゃないですか」

「雨音ちゃんにはかなわないわよ。男の子たちだって、広末はやばいって言ってるんだから」

「師匠がいいんです」

「乾道夫さんか……みんなの憧れの山岳カメラマンだもんなあ。伯父さんがそういう人で、アメリカでロック・クライミング三昧の兄貴分がいて、綺麗な毛むくじゃらの彼氏がいて。羨ましいなあ」

恵美が左腕に視線を落とした。

「もうこんな時間。夕食の仕込みしなくちゃ」

「わたしも、布団を取り込んだら手伝いに行きます」

「お願いね。雨音ちゃんが働き者で、みんな大助かりだよ」

雨音は慣れた足取りで遠ざかっていく恵美を、微笑みながら見守った。

＊

宿泊客たちの夕食の片付けが終わり、スタッフたちが三々五々、食堂に集まってきた。今夜は、明日下山する三人のバイトとのささやかなお別れ会が開かれるのだ。

「ここいい？」

雨音の右横に、古川拓真《ふるかわたくま》が座った。雨音と同い年の大学生だ。

「雨音ちゃんには彼氏がいるから誘っても無駄よ」

恵美が左隣に腰掛けた。

「そんなんじゃないっすよ」

拓真が頭を掻いた。拓真が自分に気があるのはわかっている。日焼けした顔は逞《たくま》しいし、山屋としての体力も充分だ。だが、拓真に男を感じないのは、ついつい道夫と比べてしまうからだった。

拓真だけではない。どんな男性も、道夫や正樹と比べると見劣りがしてしまう。みな、精神が幼いのだ。

小屋番の乾杯のかけ声と共に宴がはじまった。雨音は恵美や拓真とグラスを合わせ、ビールを口に含んだ。

「広末はさ、どんな山が目標なの？」

宴がはじまって三十分ほどが経った頃、拓真が唐突に訊いてきた。

「目標？」

「たとえば、エベレストに登りたいとか」

「ああ。そうね、エベレストとは言わないけど、いつか、八千メートル峰《ほう》には登ってみたい」

標高八千メートルを超える山は世界に十四座。そのすべてがヒマラヤに聳えている。いつか、一緒にヒマラヤの山を登ろう。

厳冬期の赤岳山頂で道夫が撮ってくれた写真をメールで送った時、正樹から返ってきた言葉がそれだった。

以来、自分はいつか正樹と共にヒマラヤの頂に挑むのだと決めている。

「広末なら、マジで行っちゃいそうだなあ」

向かいに座っていた島本《しまもと》が言った。バイトの中でも最年長のベテランだ。

「行っちゃいそうだ、じゃなくて、マジで行くんです。いつか」

雨音は言った。ビールがいつの間にか焼酎のお湯割りに変わっていて、それなりに酔っぱらっている。

スマホに電話の着信があった。道夫からだった。

「ちょっとすみません」

雨音は席を外した。

「例の岩屋の彼氏からじゃないのか？　拓真、早くなんとかしないと、広末、その彼氏と結婚しちゃうぞ」

拓真をからかう島本の声を背にしながら電話に出た。

「もしもし？」

「雨音。明日、下山できないか？」

道夫が言った。

「どうしたの？」

「ワルテルが危篤だ」

道夫の言葉が耳を素通りした。

「なに？　もう一回言って」

「七月に入ってから、ワルテルの調子がよくなくなった。病院に連れていったら、組織球性肉腫と診断された。マリアと同じ病気だ」

「そんな……どうして今まで教えてくれなかったの」

「おまえが山小屋から下りてくるまではだいじょうぶだと思ったんだ。せっかく山を謳《おう》歌《か》しているのを邪魔したくなかった」

スマホを握る手が震えた。震えはすぐに全身に広がっていった。組織球性肉腫――バーニーズがよくかかる悪性の癌。

「それで、ワルテルの具合は？」

声まで震えている。

「一週間ぐらい前から立てなくなって、今は寝たきりだ。食欲もない。今週一杯、保つかどうかだと思う」

「お医者さんはなんて言ってるの？」

「最初に癌だとわかった時は、余命三ヶ月から半年と言われたんだが、さっき、往診に来てくれた時は安楽死を考えるのもありだと言っていた」

「やだ。そんなのやだ」

「安楽死はさせない。ただ、ワルテルはおまえに会いたがってる」

「明日、すぐ下山する」

「上高地まで迎えに行くよ」

「ワルテルはどうするの？」

「グッチーが見ててくれるし、あいつはおまえが戻って来るまで絶対に踏ん張るよ」

道夫の声も震えているのにやっと気づいた。

「朝イチで下山するから」

「おまえの脚なら、上高地まで五時間半ってとこかな」

「五時間で下りる」

肩に手を置かれて振り返る。恵美が後ろに立っていた。酔って騒いでいたはずのスタッフたちも黙って雨音を見つめていた。

「無茶はするな。ワルテルはちゃんと待ってるから」

「うん。わたし、山屋だから。無茶はしない」

「よし。じゃあ、明日な」

電話が切れた。

「どうしたの、雨音ちゃん？」

恵美が口を開いた。

「ワルテルが危篤だって……」

雨音は恵美の胸に顔を埋め、泣きじゃくった。

＊

河童橋の真ん中に道夫が立っていた。道夫のもとへ駆けた。ザックが軽いから、穂高岳山荘から上高地まで、予定より早く下りてくることができたのだ。ほとんどの荷物は山荘に残してきた。後日、他のスタッフたちが雨音の荷物を下まで運んで宅配便で送ってくれることになったのだ。

「行こう」

道夫が歩き出した。ただ歩いているだけなのに、走っているようなスピードだ。

「正樹には？」

道夫の背中を追いかけながら訊いた。

「メールした。帰りの飛行機代がないから、向こうでワルテルのために祈ると言っていた。おまえのこと、ずいぶん心配してる」

雨音はうなずいた。

バスターミナルの脇の乗り場でタクシーに乗り込み、沢渡温泉まで移動した。上高地へ行く登山者や観光客のための駐車場に停めてあった道夫の車に乗り換える。

「立科に着くまで寝ろ。酷い顔色だ。昨日は眠れなかったんだろう」

車を発進させると、道夫が言った。

「寝てなんかいられないよ」

雨音は抗議した。

「寝なきゃだめだ。今夜から、寝ずの看病だ。おれとおまえで、交代でワルテルを看《み》る」

「そんなに酷い状態なの？　なんでそうなる前に教えてくれなかったの？」

「怖かったんだ」

道夫が言った。

「え？」

「ワルテルがマリアと同じ病気に罹《かか》ったと知って、恐怖でパニックになった。それで自分に言い聞かせていた。雨音が戻ってくるまではだいじょうぶだ。ワルテルは雨音が戻ってくるまで天国に行ったりはしない。だから、おまえに知らせて、おまえが予定より早く下山してくるのが怖かった」

「道夫さん……」

「ゆるしてくれ。真っ先におまえに知らせるべきだってことはわかっていたんだ。でも、できなかった」

道夫の目が潤んでいた。ワルテルを喪うことでだれよりも悲しみに暮れるのは道夫なのだった。

*

停止するのと同時に車から飛び降り、家の中に駆け込んだ。

居間の中央に、小さなベッドがこしらえてあり、ワルテルが横たわっていた。

田口が床に腰をおろしてワルテルの脇腹を優しく撫でている。

「あ、雨音ちゃん、お帰り」

「ただいま」

挨拶は返したものの、雨音の足は居間に入ったところで止まった。

ワルテルは痩せ衰えていた。雨音の記憶にあるワルテルと比べると、三分の二ぐらいの大きさに縮んでいる。肋骨《ろっこつ》が浮き出、脚の筋肉が落ち、頭蓋骨の輪郭がはっきりとわかるほど頭部からも筋肉や脂肪が消えている。体毛にも艶がなく、痛々しい。

ワルテルは目を閉じていた。その目がゆっくりと開く。雨音に気づくと、ワルテルは骨だけのようになった四肢をばたつかせた。

「落ち着けよ、ワルテル」

田口がワルテルをなだめようとした。だが、ワルテルは四肢をばたつかせ続け、やがて、寝返りを打った。

「道夫ちゃん、ワルテルが寝返りを打ったよ。雨音ちゃんに気づいて、自分で寝返り打ったんだ」

田口が叫んだ。雨音は背後に道夫の気配を感じて振り返った。

「やっぱり、雨音ちゃんの存在は大きいね」

田口の言葉が続く。

「どういうこと？」

雨音は道夫に訊いた。

「もう、寝返りも打てなくなってたんだ。床《とこ》ずれにならないよう、おれが一日に何度も寝返りを打たせてやっていた。そうか。雨音がいるなら、群れの上位にいるものとして、格好つけなきゃならないもんな、ワルテル。寝返りぐらい、自分で打てないとな」

道夫はよろめくような足取りでベッドに近づいた。床に膝をつき、優しく包み込むようにワルテルの頭を抱きかかえた。

「雨音ちゃん、早くこっちにおいでよ。ワルテル、ずっと雨音ちゃんのこと待ってたんだよ」

「あ、はい……」

雨音はおずおずと足を進めた。ワルテルがじっと雨音のことを見つめている。

「ワルテル……」

名を呼ぶと、尻尾が揺れた。

「そんなことしなくていいよ」

雨音は道夫の横で膝をついた。道夫が、抱いていたワルテルの頭をベッドにそっと置いた。

「わたしのために寝返りなんか打たなくていいよ。尻尾も振らなくていいよ。そんなことしなくていいから、自分が生きるためにエネルギー使って」

道夫の代わりにワルテルの頭をそっと抱いた。骨だけになった感触におののいた。

「犬は今を生きてるんだ。おまえに会えて嬉しい。ワルテルが今思っているのはそのことだけだ」

道夫が言った。

「ごめんね、ワルテル。こんなになるまで知らなくて、ごめんね」

雨音は泣いた。昨夜、恵美の胸で泣くだけ泣いて、もう涸《か》れ果てたと思っていたのに、涙がとめどなく流れ落ちた。

26

小型のすり鉢でブロッコリーのスプラウトをする。スプラウトの形がなくなって水分が鉢の底に溜まったら、水を注ぐ。

淡い緑色に染まった水を器に注いだら、器をワルテルの口元に置く。

ワルテルが舌を伸ばして水を飲んだ。

「ありがとう、ワルテル」

雨音は心の底から湧き出てくる感謝の言葉を口にした。

道夫に聞いていたとおり、ワルテルはなにも食べられなくなっていた。喉を通るのはわずかな水分だけだ。そのわずかな水に、少しでも栄養分を含ませようとブロッコリーのスプラウトをすって加える。

スプラウトの栄養分で、ワルテルは消えかかった命を長らえているのだ。

「辛いだろうに、飲んでくれてありがとうね」

ワルテルが水を飲み終えるのを待って、雨音はワルテルを撫でた。ワルテルは目を閉じた。下山してきた昨日には揺れていた尻尾が動くことはない。

「寝返り打とうね」

ワルテルの前脚と後ろ脚を両腕で抱えて持ち上げ、そっと寝返りを打たせる。変な力がかかったら、脚が折れてしまいそうで神経を使った。

寝返りを打たせたら、おむつが濡れていないかどうか確かめた。

ワルテルは人間の介護用のおむつをはかされていた。鋏《はさみ》で切れ目を入れて尻尾が通るよう、道夫が細工をしたものだ。

おむつは少し濡れていた。おむつを脱がせ、お腹の毛のない部分と生殖器の周りにベビーパウダーをはたいてやった。汗疹《あせも》ができないようにとの心遣いだ。

どうしてやったらいいのか、全部道夫に教わった。

道夫は今、仮眠を取っている。午前二時から六時まで寝ずの番をして、雨音と交代したのだ。

新しいおむつをはかせてやる。ワルテルはされるがままだった。

「可愛いね、ワルテル。赤ちゃんみたい」

雨音は呟いた。あれだけ気位が高かったワルテルが、今はすべてを雨音に任せている。

唸ることも牙を剝くこともない。生まれたての赤ん坊のようだ。

衰えていくワルテルを見守るのは辛いが、ワルテルを看病している間はなぜか、穏やかな時間が流れているような気がするのだ。

ワルテルが寝息を立てはじめた。一日の大半を眠って過ごすと道夫が言っていたとおりだ。

すり鉢と水の器を洗い、コーヒーを淹れた。友人たちにしばらく東京には戻れないとＬＩＮＥでメッセージを送る。

友人たちからの返信に目を通していると電話の着信があった。正樹からだった。

「だいじょうぶか？」

電話に出た途端、正樹の声が耳に流れ込んできた。

「ワルテルは寝てる」

「おまえは？」

「わかんない。一昨日と昨日は体の震えが止まらなかったけど、立科に戻ってワルテルと一晩過ごしたら、少し落ち着いたかな」

雨音はコーヒーを啜った。看病疲れの道夫のためにと、田口が持ってきてくれた豆を、淹れる直前に挽いたものだ。香りとコクが素晴らしかった。

「ワルテルの病状は道夫さんがメールで詳しく教えてくれた。きついよな」

「ガリガリに痩せちゃって、別の犬みたい。見たら、正樹もショック受けるよ。写真撮って送ろうか？」

「いらねえよ。おれは腹が立つぐらい綺麗なワルテルのことだけ覚えておく」

「気楽でいいなあ。今、どの辺りにいるの？　いつも岩登ってる写真送ってくるだけだから、全然見当もつかない」

「ヨセミテだよ。近いうちにエル・キャピタンをやろうかと思ってるんだ」

正樹はヨセミテ渓谷の北部に聳える千メートルを超える花崗岩《かこうがん》の一枚岩の名を口にした。

「エル・キャピタンやるんだ。凄いなあ」

「有名だけど、そんなに難しいってわけじゃないよ。ルートだって七十以上あるしな。とにかく、時間のゆるす限りここにいて片っ端から岩に登ろうと思ってるんだ。おまえは？　今年も穂高岳山荘でバイトしてたって？」

「うん。九月半ばに下山する予定だったんだけど……ワルテルのこと聞いたら、とても山にはいられなくて」

「少しでも早くワルテルに会いたくて、下山の時無茶したんじゃないのか？」

「道夫さんにも釘刺されたし、わたしだっていっぱしの山屋なんだから、無茶なんかしませんよ」

正樹が目の前にいるわけでもないのに、雨音は舌を突きだした。

「だよな……なあ、おまえのスマホ、ワルテルの耳元に持ってってくれない？」

「どうするの？」

「ワルテルにおれの声聞かせてやるんだ」

「寝てるって言ったでしょ」

「いいから。頼むよ」

雨音はベッドのそばに腰をおろし、スマホをワルテルの耳に近づけた。

「いいよ」

スマホに声をかける。

「ワルテル、聞こえるか？」

スマホのスピーカーから正樹の声が流れた。ワルテルの耳が小刻みに動いた。

「ワルテル。おれだ。正樹だ。久しぶりだな」

ワルテルの目がゆっくり開いた。

「会いに行きたいけど、ちょっと無理だな。金が全然ないんだ。その日暮らしってやつ。ゆるしてくれよ、ワルテル。会いには行けないけど、おまえのこと、いつも心に思い描いてる。それだけでおまえには伝わるよな」

ワルテルの尻尾が揺れた。

「病気と闘うのきついだろうけど、道夫さんと雨音のために頑張れ。でも、無理はしなくていいからな。無理はだめだ」

　正樹の声と揺れる尻尾——涙が溢れてきた。

「じゃあな、ワルテル。おれもおまえを愛してるぞ」

　正樹の声が遠ざかると、ワルテルは尻尾を振るのをやめ、また目を閉じた。

「やだよ」

　雨音はスマホに向かって叫ぶように言った。

「なんだよ。泣いてるのか？」

「ワルテルが逝《い》っちゃうよ。そんなのやだよ」

「やだよな。おれだってやだ」

　正樹の声も湿っていた。

「でもさ、昔から道夫さん、言ってただろう？　別れの時は必ず来る。だから、その時後悔しないよう、毎日、目一杯ワルテルを愛してやるんだって」

「うん」

　雨音は涙を拭い、洟《はな》を啜りながらうなずいた。

「おまえもそうして来ただろう？　大学入って離れて暮らすことになっても、ワルテルのこと忘れたことないだろう？」

「友達と遊んだり、そんな時は忘れてた」

雨音は言った。正樹が笑った。

「変なとこで強情張るなよ」

「だって、ほんとのことだもん」

「ワルテルは逝くんだ、雨音。ワルテルだけじゃない。他の犬も動物も、基本的にはみんな人間より早く逝く。それでも、人が動物と暮らすのは、別れの悲しみより一緒にいる喜びの方がずっと大きいからじゃないのかな」

涙が止まらなかった。右手でスマホを握り、左手でワルテルに触れた。

「ワルテルがそばにいてくれて幸せだっただろう？」

「うん」

正樹の言うとおりだ。ワルテルはどんな時でも雨音のそばにいてくれた。必要な時には必ず寄り添っていてくれた。威張りんぼでプライドが高すぎるのが玉に瑕《きず》だけれど、全身全霊で雨音のことを愛し続けてくれたのだ。

「だから、どんなに辛くても悲しくても、今度は雨音がワルテルのそばにいてやらないとな。見守ってやらないとな」

「わかってる」

「道夫さんはきっとまた犬を飼うぞ」

「そうだね」

「新しい犬が来たらさ、ワルテルから教わったことをその子にしてやるんだ」

「ワルテルから教わったこと？」

「そう。最初はワルテルに馬鹿にされっぱなしだったろう？　それがいつの間にか、いいパートナーになってたじゃないか。おまえとワルテルはさ。ワルテルがおまえを育ててくれたんだとおれは思ってるんだけどな」

ワルテルがいなくなって、別の犬がこの家で暮らしはじめる——想像できなかった。したくなかった。それでも、正樹の言うとおり、ワルテルは逝くのだ。新しい犬がこの家にやって来る。

「電話、ありがと」雨音は言った。「ワルテルも、正樹の声聞けて喜んでる。尻尾、振ってたよ」

「そうか。尻尾、振ってくれたのか」

「うん。昨日、わたしが帰ってきた時も振ってくれた。そんなことしなくていいのに。そんな体力あったら、少しでも自分のために使えばいいのに」

「犬ってそういう存在なんだよ。死ぬとか生きるとか関係なくさ、ただ愛してくれるんだ」

「わたしもワルテルにそうする」

「うん、そうしてやれ。じゃあな」

電話が切れた。

「泣いたりしてごめんね、ワルテル」

雨音はワルテルを起こさぬよう、静かに背中を撫でた。

＊

道夫が起きてきたのは正樹の電話があってから一時間ほど経った後だった。

「目が腫れぼったいぞ。泣いてたのか？」

雨音が用意したコーヒーを啜りながら道夫が言った。

「正樹から電話があったの。それで泣いちゃった」

「そうか。ワルテルの様子は？」

「スプラウトのお水、ちゃんと飲んだよ。後は、ずっと寝てる。おしっこしてたから、おむつ取り替えてあげた」

雨音はワルテルのベッドの横に腰をおろした。道夫がベッドを挟んだ向かいに、同じように座った。

「マリアの時は抗がん剤を使ったんだ」

道夫が言った。

「うん。知ってる」

「見た目はまだ若々しかったのに、抗がん剤を服用させたら、あっという間によぼよぼになった。いろんな数値も悪くなって、免疫力が下がるから、ちょっとした怪我でも命に関わる。だから、散歩にも連れていってやれなくなった」

「うん」

「最後は、マリアは凄く苦しんだ。痛かったんだろうと思う。マリアがそんな声を出すのかって驚くぐらい甲高い声でずっと吠えてて、最後はおれの腕の中で息を引き取った。安楽死させてやった方がいいんじゃないかと何度も考えたんだけど、できなかった」

「うん」

「だから、ワルテルが同じ癌にかかったと知っても、抗がん剤治療は頭になかった。できるだけの世話をしてやって、自然に逝かせてやりたいと思ったんだ。でも、こんなふうになったワルテルを見ると、それでよかったのかと思う」

「よかったんだよ」

雨音は言った。自分でも驚くぐらい素直に出てきた言葉だった。

「そうか。これでよかったのか」

「ワルテルが逝ったら、新しい犬を飼うの？」

道夫は答えなかった。じっとワルテルを見つめている。しばらくそうしてから、道夫の口が開いた。

「犬のいない暮らしは考えられない。マリアが逝った時も、悲しすぎて寂しすぎて、新しい犬なんてとても迎えられないと思ったんだ。でも、二ヶ月もすると耐えられなくなって犬を探しはじめた。それで家に来ることになったのがワルテルだ」

「その辺の事情は、わたし、全然知らなかったから」

「その方が、マリアもワルテルも喜んでくれると思うんだ。悲嘆に暮れているより、新しい犬を迎えて、新しい喜びに触れて……そして、一緒に暮らした犬たちから学んだことを通して、新しい犬と暮らす」

雨音は微笑んだ。

「なにがおかしい？」

「さっき、正樹も似たようなこと言ってたの」

「生意気だな、正樹は」

「昔から生意気だったもん。ワルテルにそっくり」

「逝く前に、好きなものを好きなだけ食べさせてやりたいなあ」

道夫が言った。

ワルテルが目を開けた。寝ている時は穏やかだった呼吸が忙しない。

「どうしたの、ワルテル。道夫さんの言ってること聞いて、お腹減った？　なにか食べたい？　それともお水飲む？　待ってて、今、スプラウトのお水作ってくるから」

雨音は腰を浮かした。道夫に制されて座り直した。

「道夫さん？」

「もう、いい」

「道夫さん？」

「もう、いいんだ、雨音」

道夫はコーヒーカップを床に置いた。

「逝くのか、ワルテル？」

ワルテルに声をかける。雨音がこれまでに聞いたことのない、透明で優しい声だった。

「おれはだいじょうぶだ。雨音もだいじょうぶ。だから、楽になっていいんだぞ。今まで、頑張ったもんな。最後にもう一度雨音に会うために頑張ってたんだもんな。お疲れ様。そして、今まで、本当にありがとう」

道夫がワルテルの頭を持ち上げ、腕の中に抱いた。ワルテルが道夫の匂いを嗅ぐように鼻を動かした。

「ワルテル……」

ワルテルが雨音を見た。涙でワルテルの顔が滲んでいた。

「やだよ。置いてかないでよ。わたしをひとりぼっちにしないでよ」

正樹に言われたのに。道夫の思いもわかったのに。遅かれ早かれ別れの時が来るのはわかっていたのに。

それでも涙が溢れた。辛さに胸が引き裂かれそうだった。悲しみの海の底に沈んでしまいそうだった。

ワルテルが唸った。牙を剝いた。

こんなことで泣くなと雨音を叱っている。

「そんな怖い顔したってだめ。やなものはやだ。逝かないで、お願い」

ワルテルがまた唸った。雨音は唇を嚙んだ。最後まで、ワルテルにはかなわないのだ。

当たり前だ。人間は迷い、惑う。でも、犬は真っ直ぐだ。これが得だとか損だとか、そんなことは思いもしない。純粋に生き、純粋に仲間を愛する。だから、間違わない。

「最後まで我が儘言ってごめん」

雨音は言葉を絞り出した。

ワルテルが目を閉じた。胸が大きく膨らんだ。そして、ワルテルは息を吐き出した。

それっきり、動かなくなった。

「ワルテル」

道夫がワルテルの毛に顔を埋めて泣きじゃくりはじめた。雨音もワルテルに手を伸ばした。道夫と同じようにワルテルの毛に顔を埋めた。

泣いた。道夫とふたりで子供のように泣いた。

泣いている間にも、ワルテルの体が少しずつ冷たくなっていくのがわかった。

それが悲しくて、さらに泣いた。

人間ってのはしょうがないなあ――魂になったワルテルが苦笑しているような気がした。

わかっていても、涙は止まらない。

最後まで怒らせて、ごめんね、ごめんね、ごめんね、ワルテル――。

*

「立派な遺骨ですね」

ワルテルの骨を見て、斎場の係員が呟いた。

「立派って？」

雨音は顔を上げた。

「ここで火葬する大型犬のほとんどはね、なにかしら病気になってて、抗がん剤とか、ステロイドとか、そういうのを長く服用してるんです。そうするとね、副作用で骨が緑っぽくなって、脆《もろ》くなる。ほら、この子の骨は真っ白で頑丈ですよ」

確かに、係員の言うように、ワルテルの遺骨は硬そうだった。

「マリアの遺骨とは全然違う」

道夫が言った。道夫の瞼は腫れぼったかった。昨日はふたりで浴びるように酒を飲んだのだ。

夕方の早い時間に田口と有紀や、静奈とお母さんがワルテルに別れを告げるために来てくれたが、彼らが帰ってしまうと、家の中が寂しすぎてお酒の力を借りずにいられなかった。

あんなに酩酊《めいてい》した道夫を見たことはなかった。自分自身も、あんなに酔っぱらったのは初めてだった。

気がつけば、ワルテルの遺体の横で、床の上に俯せになって寝ていた。毛布をかけてくれたのは道夫だと思うのだが、道夫自身も記憶がなくてよくわからないという。

喉がからからに渇き、頭が割れるように痛かった。

「やっぱり、無理な治療しなくてよかったんだよ」

雨音はワルテルの後ろ脚の骨を骨壺《こつつぼ》に入れた。

「骨壺に納まりきるかな？　セント・バーナードの遺骨が納まる大きさなんですけどね、これでも」

ワルテルの白くて硬い骨は、そのままでは骨壺に入りきらず、係員に頼んで、頭蓋骨を砕いてもらった。

綺麗に形が残った骨が割れる時、道夫が顔をしかめた。雨音は道夫の手を取って、強く握った。

「昨日、正樹に電話したか？」

斎場から家まで帰る途中、道夫が訊いてきた。

「したよ。そんなことまで忘れてるの？」

ワルテルの死を告げた瞬間、電話の向こうで正樹は号泣した。強がってはいたが、ワルテルに一日会えなかったことが残念で悲しくてしかたなかったのだ。

「飼い主が泣くのを堪えてるのに、おまえが泣くんじゃない、馬鹿野郎」

道夫は雨音のスマホに向かってそう怒鳴り、怒鳴った後で正樹と一緒に泣いていた。

家に戻ると、骨壺を居間のテーブルの真ん中に置いた。

「こんな日でも腹は減る」

道夫が自虐的に言って、台所に向かった。

「わたしもお腹減った」

雨音はソファに腰をおろした。二日酔いの頭痛がおさまるのと反比例して空腹感が強くなっていく。

道夫の言うとおりだ。どんなに悲しくても腹は減る。それがおかしくて、それが悲しい。

道夫はどうやらパスタを作るつもりらしい。

溜息が漏れた。昨日から、何度溜息をついたかわからない。ぼうっとしていると、いつの間にか目でワルテルの姿を捜してしまう。

ソファの上、道夫の足もと、廊下、玄関——突然我に返って、ワルテルはもういないのだと溜息をついてしまうのだ。

今も同じだ。名を呼べばワルテルが飛んでくるような気がしてたまらない。

ワルテルがいないだけで、家の空間が倍以上広くなったように感じられる。

「できたぞ」

道夫がパスタを盛りつけた皿をふたつ、ダイニングテーブルまで運んできた。

雨音は溜息を押し殺して立ち上がった。

ソーセージとキノコのパスタだった。ニンニクの香りが鼻をつく。

「ニンニクの匂い嗅いだら、涎が出そうになっちゃった。ムカつく」

雨音は席に着いた。

「おれもニンニクを炒めている最中に腹が鳴った。ムカつく」

道夫が言った。いただきますと声に出し、フォークで巻き取ったパスタを口に運んだ。

美味しかった。それがまたムカついた。

「来週、登ろうか」道夫が壁に掛けたカレンダーに目をやった。「どうせ、まだ山荘で働いてる予定だったんだ。一週間ぐらい、山に入り浸りでもかまわんだろう？　おれも、ワルテルのことを気にせずに山に専念できるのは久しぶりだしな」

「どの山？」

「西穂高《にしほたか》から槍ヶ岳まで縦走ってのはどうだ」

雨音はうなずいた。アップダウンが激しい岩稜《がんりょう》が続く、北アルプスでも屈指の難コースだ。一度はやってみたいと思っていた。道夫が一緒なら登攀《とうはん》技術の向上にもなる。

「ワルテルの追悼登山だ」

「その前に、蓼科山にも登ろうよ。ワルテルとよく登った山だもの」

「そうだな。山小屋の連中にも、ワルテルが旅立ったことを伝えなきゃならん」

道夫がフォークを置いた。雨音も置いた。ふたりの皿にはパスタがまだ残っていた。美味しいのに、空腹なのに、それ以上喉を通らない。

「まず、森に行こうか」

道夫が口を開いた。

「行く」

雨音は即答した。どこの森なのかは訊くまでもない。

空模様が怪しかった。午前中は晴れ渡っていたのに、空の半分以上を重く暗い雲が覆っている。夕立があるのかもしれない。

*

家にいる時と同じで、気がつけばルームミラーを覗き、首をねじって視線を後ろに向けていた。ワルテルの姿を捜してしまうのだ。

ワルテルがいつも寝そべっていた後部座席は空だ。シートに敷いたタオルについた抜け毛がもの悲しかった。

車が停まった。雨音は車を降りた。湿った風が頬を撫でていく。間違いなく雨が降る。登山を重ねる度に天候の変化に敏感になっていく感覚がそう告げていた。

「すぐに降り出しそうだな」

道夫が空を見上げた。道夫にもわかるのだ。

「降ってもいいよ。森の中ならそんなに濡れないし」

雨音は防虫素材でできたパーカを羽織り、森の中に分け入った。初めてこの森に連れられて来た時とは違い、今は迷うことなく歩くことができる。山で経験を積んだ足には、下草がどれだけ多くても、平坦な土地は苦にならない。

森の開けたところに出ると、あの岩が変わらず横たわっていた。あそこでワルテルと一緒に森に射し込んでくるお日様の光を浴び、道夫と正樹に写真を撮ってもらった。卒業制作にはその時の絵を描こうと、入学した時に決めていた。

「ここは変わらないね」

岩に寄りかかり、雨音は口を開いた。遅れてやって来た道夫はカメラバッグを担いでいた。バッグを降ろし、カメラにストロボを装着する。

「写真撮るなんて聞いてないんですけど」

雨音はカメラを構えた道夫から顔を背けた。写真を撮られるなら、眉毛を描いてルージュを塗るぐらいはしてきたのに。

「好きにしてろ。こっちも好きに撮るから」

ストロボが光った。撮影モードに入った道夫はだれにも止められない。雨音は諦めた。岩に背を押しつけたまま、地面に腰をおろした。森の中は生温《なまぬる》いが、岩肌は氷のように冷たかった。

視線を左右にさまよわせる。ワルテルが森の中を駆け回る様子を頭に浮かべる。

よくあの木におしっこかけてたっけ。

飛んでる蝶々を追いかけるのに夢中になりすぎて、道夫さんに叱られてたっけ。

森の中にいる間は、いつも目が輝いていて、頰が緩んでいて、犬種の名前のとおり、本当に山の犬なんだと思い知らされたっけ。

目が潤んできた。それを待っていたかのようにストロボが光った。

「本当にやめて欲しいんですけど」

口に出してから、昔の口調に戻っていることに気づいた。大人にはだれに対しても敬語を使っていた。それが自分を守る術だったのだ。

道夫と暮らすようになって、いつしか道夫に敬語を使うのをやめた。すると、他の大人にも違う言葉遣いで話しかけることができるようになっていった。

立科に来て、自分は成長したのだ。ワルテルがいつも見守ってくれていた。

雨が降ってきた。雨が葉を打つ音があちこちで聞こえ、やがて、間断ない雨音《あまおと》が森中に響いた。

「思ったより早く降ってきたな」

道夫が隣に腰をおろした。

「通り雨だよ、きっと」

「だいぶ天候のことがわかるようになってきたな」

「命に関わるから。天気図読むのも地形図読むのもお手の物。ちょっと待ってて」

雨音はスマホを取りだした。

「もう寝てる時間かな?」

アメリカとの時差がどれだけあるのか思い出せなかった。かまうものかと電話をかけた。電話はすぐに繋がった。

「そっち、今何時？」

雨音は挨拶もせずに切り出した。

「夜の十時前だよ」

正樹が答えた。

「午前中にワルテルを焼いてもらってきたよ。凄く頑丈で真っ白な骨で、焼き場の人が驚いてた。薬漬けだと骨も緑っぽくなってぼろぼろになるんだって」

「そうか。ワルテルの骨は頑丈で真っ白か」

「それでね、今、道夫さんとあの森に来てるの。覚えてる？」

「忘れないよ」

「雨が降ってるんだ。土砂降り。聞こえる？」

雨音はスマホを上にかざした。

「なんだか、ワルテルの足音みたいだな」

スマホから正樹の声が流れてくる。

「え？」

「なんだかさ、雨の音がワルテルの足音みたいに聞こえるんだよ。よく、その森の中、馬鹿みたいに駆け回ってただろう?」

雨音は耳を澄ました。雨の音のリズムは確かに走り回るワルテルの足音に似ていた。

そう思った瞬間、ワルテルの息遣いが聞こえた。

はっはっはっはっ——息を切らして駆け回るワルテルの姿が見える。雨の音に包まれた森の中をワルテルが子犬のように駆け回っている。

「本当にワルテルが走り回ってるよ」

雨音は言った。

「見えるか、あいつの姿?」

「うん。見える」

「おまえが山から下りてくるまで頑張ってたんだもんな。そりゃあ、嬉しくて魂になっても駆け回るよ」

道夫が言った。道夫は目を閉じている。ワルテルの足音に耳を澄ましている。

「きっと、マリアも一緒だよ」

雨音は言った。

「そうだな。マリアも一緒に駆け回っている」

道夫がうなずいた。

「今度、道夫さんと西穂から槍まで縦走するんだ」スマホに向かって言った。「正樹、やったことないでしょ」

「そのうちやるよ」

「ワルテル、ついてきてくれるかな？」

「おまえの行くところならどこにでもついていくさ。肉体から自由になって、どこへでも行けるんだ。あいつは今や、スーパードッグだぞ」

「そうだね。ありがと。また電話するね」

雨音は電話を切った。首を傾げて道夫の肩に頭を乗せた。

目を閉じる。

道夫と一緒に、マリアとワルテルの足音に聞き入った。

解説

池上冬樹

今年（二〇二〇年）七月、馳星周が『少年と犬』で、第一六三回直木賞を受賞した。デビュー作『不夜城』（吉川英治文学新人賞）『夜光虫』『M』『生誕祭』『約束の地で』『アンタッチャブル』と六回候補になり、七回目で受賞の運びとなった。かつての選考委員がみな若くて、貪欲に小説を読んでいて、ミステリに対する偏見がなければ、もっと早く受賞していただろうが（『不夜城』『夜光虫』短篇集の『M』などは文句なしの傑作だ）、若くしてノワールで賞をとっていたら、作家としての展開がすこし違っていたかもしれない。もちろん直木賞がすべてではなく、『鎮魂歌　不夜城II』で日本推理作家協会賞（長編部門）、『漂流街』で第一回大藪春彦賞も受賞している。

ここで注目すべきは、過去の受賞作も候補作もすべてノワールで、犬系ではないことである。直木賞受賞作はその名の通り、犬物語であり、すでに『ソウルメイト』『陽だまりの天使たち　ソウルメイトII』、本書『雨降る森の犬』もあったが、ノミネートもされなかった。しかし『少年と犬』を読んだあとに『雨降る森の犬』を読むと、これが助走だった印象を受ける。いや、助走というよりも、しっかりと書き込まれた長篇であるため、『少年と犬』ではオムニバスを選択した感じも受ける。

本書『雨降る森の犬』の魅力を語る前に、まずは、『少年と犬』に触れよう。

これは一匹の犬をめぐる連作で、六篇からなる。犬はまず「男と犬」で宮城に現れる。東日本大震災から半年後の仙台で、若者が一匹の犬と出会い、ジャーマン・シェパードと他の犬の雑種である犬に魅力を感じて飼い出すが、家族のために犯罪に手を染めて危うくなる話だ。そのあと、泥棒が犬をつれて逃亡をはかる「泥棒と犬」、壊れかけた夫婦が別々の名前で犬をよぶ「夫婦と犬」、風俗嬢が心身とも犬に癒されていく「娼婦と犬」、末期癌の老猟師と犬が熊狩りに挑む「老人と犬」、そして人間と犬の不可思議な縁を描く「少年と犬」で終点を迎える。犬は宮城から福島&新潟、富山、滋賀&京都、島根と旅を続け、最後は熊本となる。そう、犬は仙台から九州まで旅をする。

というと海外ミステリファンは近年の名作、ボストン・テランの『その犬の歩むところ』（原著二〇〇九年。文春文庫、二〇一七年六月）を思い出すのではないか。犬が彷徨《さまよ》う過程で人々と出会い、その個々人の営みを犬を通して描いていく感動的なロードノベルだ。馳星周はあるインタビューで、「ある翻訳ミステリーを読んでいたところ、どうしても作中の犬の行動原理が作者の都合のいい解釈にしか思えなくて……だったら自分の納得がいくものを書いてみよう」と『少年と犬』の裏話をしているので、ひょっとしたら「ある翻訳ミステリー」とは『その犬の歩むところ』かもしれないが（「オール讀物」での連載開始は二〇一七年十月号）、しかし、ともにある種宗教的な色彩も潜ませていて、実に力強い。

『少年と犬』の犬の名前は、多聞《たもん》。「多聞天の多聞」と何度か人物たちが呟くように、仏法の守護神と同じ名前であり、犬は「人という愚かな種のために、神様だか仏様だかが遣わしてくれた生き物なのだ」という言葉も出てくる。「人の心を理解し、人に寄り添ってくれる。こんな動物は他にはいない」と語らせるほど、人々は犬によって心を洗われ、勇気と愛をもらう。それほど人は弱く、もろく、傷ついているからだ。

それを明確に示しているのが、最後の「少年と犬」だろう。東日本大震災で被災した少年と家族がさらなる悲劇に見舞われる話だが、それまでの五話で触れられていた犬の出自が具体的に語られ、死者と生者の関係があらわになる。生きることが善なる死者を崇めることだと強く訴えるのである。ボストン・テランの言葉を借りるなら、犬も人間も人生の「悲しみとさよならの川」の一部であるけれど、それが、何と温かで豊かなものであるかを、馳星周は静かに謳いあげているのである。

ということで、『雨降る森の犬』である。二〇一八年六月に刊行されたが、改めて読み返すと『少年と犬』以上に、犬と人間の営みについて正面から語っていて、とくにラストの場面は胸をうつ。

物語の主人公は、中学生の広末雨音。四年前、十歳になる直前に父親を胃癌で失い、母親はやがて若い男に走り、母との確執が深まり、中学生の雨音は不登校になる。母親は若い男を追ってアメリカに渡り、雨音は、立科に住む山岳写真家の伯父・道夫のもとに身を寄せることになる。物語はその場面から始まる。

道夫は、バーニーズ・マウンテン・ドッグのワルテルとともに、自前のログハウスに住んでいた。雨音は母親に連れられて伯父の家を訪れたことがあり、そのとき前の飼い犬マリアと楽しく過ごした経験があったが、ワルテルはマリアと比べると無愛想で、感じが悪かった。でも、それは最初のうちで、次第に犬の性格を理解して打ち解けていく。

ログハウスの隣には大きな別荘があり、雨音は、持ち主の長男で高校生の正樹と知り合うことになる。正樹は再婚した父親と若い母親に対して、複雑な感情を抱えていた。

雨音と正樹は、道夫の影響で登山の魅力を知るようになり、道夫の愛犬ワルテルと自然との触れ合いが、二人の心を少しずつ和ませ、やがて進むべき道が見えてくるようになる。

家族の問題を抱えた女子中学生と男子高校生が、道夫とワルテルと過ごすなかで、自分の求めているものを見いだし、本当の家族とは何なのかを考える物語である。読者もまた多くのことを教えられるが、そのうちの一つが、犬を育てることの意味だろう。「ワルテルがおまえを育ててくれたんだとおれは思ってるんだけどな」という言葉をひくまでもなく、人は犬を育てると同時に犬によって育てられること、気づかされることが多々あるということだろう。そのためにも、ずっと犬と一緒にいなければならない。そうしなければ「犬から教わることができない」のである。

「見返りなど求めずに家族を愛し、気持ちを汲み、辛い時や悲しい時には余計な言葉は口にせずにただ寄り添ってくれる。／犬の愛に触れる度、自分もだれかにとってのそういう存在でありたいと思う。／人間には犬のように振る舞うことはとても難しい。それでも、努力することで近づけるはずだ。／見返りを求めず、愛し、見守り、寄り添う。／シンプルなそれだけのことがどれだけ難しいかを知れば、他人に対する鬱憤や不満は薄らいでいく。」

まさにその通りだろう。年をとれば、何一つ言葉をかけられない状況を経験することになる。言葉で慰めたいのに、かける言葉が見つからない。その人の苦しみ・悲しみは、その人にあずけるしかなく、ただ黙ってそばに寄り添うしかできなくなる。まさに犬のように。

本書を読みながら（いや『少年と犬』を読んだときも）思い出したのは、「わたくしの心乱れてありしとき海のようなる犬の目に会う」（道浦母都子）という短歌だった。馳星周の書く犬はみな「海のようなる目」をしている。とくに本書では『少年と犬』以上に、人間と犬の関係が濃密に書かれてあるのがたまらない。本書で濃密に書いたからこそ、『少年と犬』では抑制をきかせてあっさりとふれているだけなのだろう。それは本書では、少女と少年が主人公で、大人の道夫が諭す場面が多いからでもある。その教えのひとつひとつがエピソードを通して描かれているから、説得力をもつ。

もちろん最後に待っているのは、最愛の存在の避けられない死であるが、そのことにさえも積極的に意味を見いだしていく。この最愛の存在の死をどのように描くかに、作者の個性と人生観が出るといっていいけれど、精神の暗黒をえぐり、殺人と裏切りと悪意をとことん描き出すノワールの作家とは思えないほど、温かく真摯に人生を凝視し、未来へと視線をなげかける。その思いに、読者はみな胸が熱くなるのではないか。興をそぐので詳しくはふれないが、「悲嘆に暮れているより、新しい犬を迎えて、新しい喜びに触れ」ること、そして「一緒に暮らした犬たちから学んだことを通して、新しい犬と暮らす」ことの大事さを伝える言葉が静かに胸にしみこむ。「人が動物と暮らすのは、別れの悲しみより一緒にいる喜びの方がずっと大きいからじゃないのかな」というのも、一つの真理だろう。ここには、さきほど紹介したように、『少年と犬』における死者と生者の関係、つまり生きることが善なる死者を崇め、生者の中で死者が生き続けることの意味が強く打ち出されている。

ともかく、ここには『少年と犬』で直木賞をとる前の、人間と犬の営みのエッセンスが詰まっているといっていいだろう。『少年と犬』に感動した人は、ぜひとも本書『雨降る森の犬』を読まれるといいだろう。

（いけがみ・ふゆき　文芸評論家）

本書は二〇一八年六月、集英社より刊行されました。

初出　「小説すばる」（二〇一七年三月号～二〇一八年二月号）

淡雪記

馳　星周

最高の写真を撮ろうと北海道の大沼を訪れた青年・敦史は、森で妖精のような少女・有紀と出会い、惹かれ合う。だが重い秘密を持つ二人に悲劇が……。純な魂の彷徨を描く傑作長篇。

集英社文庫

馳 星周

ソウルメイト

集英社文庫

犬とは人間の言葉で話し合うことはできない。でも、人間同士以上に心を交し合うこともできる。思わず涙こぼれる人間と犬を巡る7つの物語。ノワールの旗手が贈る渾身の家族小説。

馳　星周

陽だまりの天使たち

ソウルメイトⅡ

集英社文庫

いつまでも健康ではいられない。人間も犬も。だからこそ、ともに過ごす一瞬一瞬が愛おしい。様々な「家族」の形を描いた感動の全7編。話題作「ソウルメイト」に続く第2弾。

馳　星周

雪炎

集英社文庫

元公安警察官が手伝うことになった地元原発の「廃炉」を訴える選挙戦。利権にまみれた政治家、警察、ヤクザの妨害を受ける中、選挙スタッフの女性が殺された……。馳星周の真骨頂!